廖柏森・歐冠宇・李亭穎・吳碩禹・陳雅齡・張綺容・游懿萱・劉宜霖 合著

ENGLISH-CHINESE TRANSLATION 1：
BASIC THEORIES AND METHODS

英中筆譯 1
基礎翻譯理論與技巧

眾文圖書股份有限公司

推薦序 1

完整而細膩的翻譯入門教科書

不論是從語言、文化或工作待遇的角度來看，翻譯真的是一項吃力不討好的工作，不過對於有志於或是已經從事翻譯的人士來說，不論是來自產官學的哪一個領域，都還是願意奉獻一己之心力，竭盡心智，將原文譯成正確無誤、通順可讀的譯文，完成該項主題領域 (theme-field) 的任務，這種敬業克己的態度，著實令人欽佩。

站在從事翻譯教學的理論與實務（包括口筆譯在內）已經快要 20 個春秋寒暑的一介「老兵」立場，本人很希望在「工欲善其事，必先利其器」的原則下，能夠一直不斷幫助這些致力於以翻譯為橋樑，引進輸出東西方知識與文明的有志人士，找到最適合的利器來讓他們（也包括自己在內）精益求精，更上一層樓。以翻譯教學的學界來看，當然這項利器就是要有更好的教科書。然而，「登高必自卑，行遠必自邇」，最好的以及最需要的翻譯教科書都是寫給學生在啟蒙階段時候用的。因此，本人樂於見到好友與同儕，目前任教於國立台灣師範大學翻譯研究所的廖柏森教授，帶領該所博士班的精英學生們，同心協力，發揮個人的專業與才華，完成了這本基礎級英進中筆譯技能的大專教科書。

這本教科書的章節與單元架構，以本土觀念與表達語句基準為依歸，從〈翻譯概述〉、〈中英語言比較〉到〈翻譯方法與技巧〉；從「課前暖身」到「翻譯鬧笑話」，不但有嚴謹的學術基礎，也有具體的規範引導，兼顧中西翻譯論述鋪陳與英中例句練

習，甚至穿插了由於文化差異、語法語意的誤解而造成令人莞爾的對應字詞的笑話，使讀者譯者均能有所警惕，知所更正；這樣細膩的組織安排方式也都完整而充分地呈現了一本基礎級翻譯教科書應有的特質與風貌，確實可以作爲中英翻譯入門的導航器，讓翻譯學界的師生，乃至於其他產業與政府部門對於翻譯頗有志趣的人士，都能夠據以掌握如何開發翻譯寶山、獲取翻譯寶藏的訣竅，促成翻譯成爲跨越時空、傳承文化的教育活動。本人衷心支持並盼望這樣的教育活動在人類文明歷史上可大可久，也因此很榮幸很願意爲這本卓越的筆譯教科書作序。

國立台北大學應用外語學系系主任
國際談判及同步翻譯中心主任

陸彥豪

推薦序 2

不只翻譯，更是一本優質的英文學習書

　　學英文對許多奮鬥者是苦差事。然西諺有云，兩點之間最短的距離未必是直線，學翻譯，亦是學英文之重要法門。柏森兄這本書目的在介紹基礎的翻譯理論和技巧，雖然是彎彎曲曲引進許多實例談中英翻譯，但因舉例論述得當，數量也夠，練習又多，編輯既精美，重點介紹又幽默體貼，量必將極為叫好叫座，本人預期亦將對英文學習產生莫大助益。再者，考量目前國內英外語相關學系學生修習口筆譯課程者眾，每位同學接收度不一，本書從理論到實務，從中文到英文，從論述到舉隅，柏森兄均帶著台灣師大譯研所博士生抽絲剝繭，層層節制，由淺入深，一一呈現，因此定能嘉惠莘莘學子，讓更多年輕人透過翻譯練習，不但學會基礎技巧，還透過更多實務練習與觀察，克服造成內心不安的英文科，增進學習興趣，並培養耐心與毅力，慢慢精進五技（聽說讀寫譯），最終變成無懼勇者。

　　就我看來，本書有三大優點：

一、介紹翻譯理論，言簡意賅：其中包含基本翻譯觀念，如翻譯能力的基本要求，翻譯優劣的判斷標準，以及文化考量等。在實務導向的設計下，初學之學生應該可以順利入門。另外，對研究生翻譯論文題目選擇也能具有啟發作用。

二、介紹中英語言異同，面面俱到：其中包含語序、詞類、語態與思維四大類之比較，可說是面面俱到，舉例豐富，亦舉得恰到好處。

三、介紹翻譯技巧，深入淺出：其中包含語詞、單句及多句的翻譯技巧介紹，並提供練習，最後並用文化翻譯的理論指出思維差異之問題與解決之道。這種由淺入深的入門方式，將使初學翻譯之學生獲益匪淺，更能使以英語為外語之學習者 (EFL learners) 透過翻譯克服對陌生語言的恐懼。

國立彰化師範大學兒童英語研究所教授兼文學院院長
前翻譯所所長及英語系主任

推薦序 3

原來翻譯教科書讀起來也可以如此有趣！

近二十年來，隨著翻譯研究 (Translation Studies) 的蓬勃發展，坊間有關翻譯教學的教科書也如雨後春筍般不斷問世，華語世界的翻譯教科書更是種類繁多，令人目不暇給。然而根據觀察，許多大學部或是研究所的翻譯老師都是自己編教材，使用教科書比例偏低。原因之一在於有些教科書內容未見系統化，偏向翻譯例句糾錯分析，以主觀經驗為論證主軸，或是自創例句，無法普遍適合不同老師之教學需求。另一原因則是偏重深奧翻譯理論之陳述，未經過理論培訓之讀者實難以一窺究竟。

我認識廖老師多年，深知他研究能量充沛，著作豐富，為國內英語教學及翻譯學界難得之多產作家。看完《英中筆譯 1：基礎翻譯理論與技巧》書稿後，更讓我肯定他整合翻譯理論、教學實踐與閱讀樂趣之能力。本書最特別之處便是由廖老師與他在台灣師範大學翻譯研究所的七位博士學生共同執筆，此舉不但拓展了本書的論證視野，同時也讓讀者接觸到這八位翻譯理論、教學及實踐工作者各自不同的專業理念。這些寶貴的實戰經驗靈活穿插在本書〈翻譯概述〉、〈中英語言比較〉及〈翻譯方法與技巧〉三個章節裡，字裡行間隨時呈現出每位作者在不同領域工作多年之後的心得，每個例句清晰易懂，配上深入淺出的理論分析，成功帶領讀者進入浩瀚的翻譯殿堂，也讓本書成為近年來國內難得一見的翻譯理論與實踐入門綜合教科書。

翻譯是重實踐的專業技能，在學術殿堂裡需要相關翻譯理論的指導，藉由翻譯教學課程將兩者結合為一，為大專學生鋪設出一條理論與實踐兼具的專業道路。坊間許多翻譯教科書雖然也強調理論與實踐的結合，但是廖老師這本書的陳述方式頗為特別，先以一些輕鬆的例句吸引讀者的注意力（「課前暖身」單元），再以平鋪直敘的語言介紹基礎的理論概念（「言歸正傳」單元），並佐以實用切題的例句，此一編排方式讓讀者卸下長期以來排斥翻譯理論的心防，成功達到教學指導的目的。

本書探討的翻譯理論非常廣泛，囊括國際譯壇多位重量級大師的論述，例如雅各布森的三類型翻譯論、卡特福特的語言對比論、弗米爾的目的論、余光中的「西而化之」論點、梁實秋的翻譯藝術觀、紐馬克的「科學、技巧、藝術、品味」觀點、嚴復的「信達雅」、奈達的動態對等論等等。這些理論均是基礎翻譯課必讀的論點，也是學生畢業後踏入譯界工作的實用指導原則。

《英中筆譯 1：基礎翻譯理論與技巧》一書也特別強調翻譯實作。透過創新的「鮮學現賣」、「腦力激盪」、「學以致用」等活潑的翻譯練習小單元，廖老師帶領學生將已學到的理論知識應用在各種簡短但又精心挑選的翻譯練習上，題目困難度適中，符合時事趨勢，也兼具挑戰性，學生只要循序漸進，一一完成每一道題目，必可獲得相關的理論概念以及翻譯實作經驗。書末也提供所有練習的參考解答，適合老師引用，作為與學生討論的依據。

完成翻譯實作之後，並不代表學習過程已經結束。廖老師特別在本書中穿插「翻譯小助教」及「翻譯鬧笑話」兩個小單元。前者主要是為某章節內容提供總結、延伸閱讀、翻譯訣竅等等，讓學生在看完每一章節之後有機會做自我歸納，並進一步根據個

人需求閱讀補充教材，加深對翻譯的認知。「翻譯鬧笑話」單元則是我很喜歡的內容，特別是廖老師帶領他優秀的博士生收集了許多含有趣味翻譯或特殊英文的圖片，例如將「愛玉冰」譯成 The lemon loves the jade.，「蔥爆羊肉」譯成 Onion explodes mutton 等等，讓我們在歡笑中體會翻譯的艱難及相關誤區，真實描繪出翻譯過程當中複雜與不可預測的工作特性，也為看似嚴肅的翻譯教科書帶來輕鬆的一面，相信對學生的學習成果肯定有所助益。

翻譯工作的過程中，牽涉到幾項重要的基本知識與技能，包括翻譯的定義、翻譯標準、源語與譯語之間的比較、各種基本的翻譯技巧等等。在廖老師的妥善規劃下，這些內容在《英中筆譯 1：基礎翻譯理論與技巧》一書裡均獲得平衡且充分的介紹。讀者另外還可從書中看到許多輔助學習工具的介紹，例如中英線上辭典、近年來逐漸流行的線上語料庫、百科全書、翻譯軟體、翻譯期刊簡介等等。這些資源無疑是學習翻譯的學生最佳的課後自修材料，也真實反映出翻譯工作者日常實踐當中所需的各種輔助工具。

翻譯實踐工作本身涉及雙語轉換技巧、接近母語般的雙語認知、雙語文化的養成、豐富的翻譯經驗等等，翻譯教師則在上述條件之外，還必須擁有雙語對比分析及解釋的能力、資料統合概念、從生活環境中引用譯例的直覺，以及紮實的翻譯研究素養。在我從事口筆譯實踐、研究與教學將近二十年的過程裡，深深體會到翻譯這一行專精但又繁雜的多面向特色，實非任何個人可以全面掌握與駕馭。《英中筆譯 1：基礎翻譯理論與技巧》一書內容廣泛多元，八位作者就各自專長闡述相關翻譯論點，多管齊下，

有如萬花筒般將翻譯工作的特點及教學方法完整呈現在學生及老師面前，在國內翻譯教學界實屬難得之佳作。

美國加州蒙特雷國際研究院

(Monterey Institute of International Studies)

翻譯暨語言教育研究所中英翻譯組主任、副教授

序言

　　人類文明的進展與全球文化的互動，都必須依靠知識的縱向傳承與橫向交流，而這種知識流傳最主要的載具就是語言。不論是從古至今或者由內向外傳播，只要和我們目前使用的語言有歧異，因而產生理解和表達上的困難，就脫離不了翻譯的中介活動，可見翻譯是引進和輸出知識，進而推動文明發展和文化交流的利器，其重要性不言可喻，但在歷史的悠久長河中卻往往為大眾所忽略。

　　幸而近幾十年來在全球化趨勢的引領下，國際交流日益頻繁，直接帶動各界對專業口筆譯的需求，各國高等教育機構對翻譯的研究推廣也就一日千里，不但促使翻譯研究 (Translation Studies) 成為一獨立學門，更競相設立翻譯系所訓練口筆譯員。台灣很早就體認到這股翻譯學習熱潮，1988 年輔仁大學就創立全國第一所翻譯學研究所（2010 年更名為跨文化研究所翻譯學碩士班），之後 1996 年國立台灣師範大學成立翻譯研究所、長榮大學成立翻譯學系，至 2004 年國立台灣師範大學翻譯研究所再設置博士班，我國的翻譯教育從大學部至碩博士班的體系終告完備。截至 2019 年止，國內大學已有九所研究所提供翻譯碩士學位或專業翻譯課程（台大、台師大、彰師大、輔仁、東吳、中原、高雄科大、長榮、文藻），兩個翻譯學系（長榮、文藻），其他開設翻譯學程或課程的外文系所更是難以勝數，足證翻譯課程極受到師生的重視歡迎。

　　然而在翻譯課程迅速發展的同時，也難免帶來一些隱憂，尤其是翻譯教材往往無法符合學生學習的需求。目前市面上國人編

製的翻譯教科書寥寥可數，而且品質參差不齊。在第一線教導中英翻譯的教師迫於選擇有限，只好使用從中國大陸（包括香港）進口或翻印的教材。在台灣可買到的大陸翻譯教科書種類相當多，其中不乏理論與實務兼擅、嚴謹有系統的專著，這些書對於國內翻譯教學發展的確有正面貢獻。但是國內翻譯觀念的建立和譯者的訓練，不能僅只依賴大陸學者的論述和譯法，甚至連譯例用字都成為我們翻譯教學的標準論述。我們的學生也不宜僅參考大陸的譯家著作、譯史譯論，只會使用大陸的譯名和語法來翻譯。雖然筆者不願使用「文化殖民」這種誇大的後現代詞彙來形容這種現象，但是看到愈來愈多學生譯出「……工作取得重大成就」、「……水平達到一定程度」、「……在很大程度上決定著…」、「……發揮巨大的作用」、「……做出偉大的貢獻」、「對社會經濟的發展產生巨大的推動作用」等譯文時，還是不免驚出一身冷汗。為何台灣學子摒棄國內通行已久的簡潔句型，反而採用對岸的冗贅用語而不自覺，我相信課堂內使用的大陸翻譯教科書「一定起到積極的作用」。

教科書不只是一種技術性的內容，用以傳遞領域知識，它還會反映一個文化的意識型態，傳達社會的價值觀和信念，讓學生建構共同觀念和集體記憶。翻譯教科書也不例外，如大陸教科書常援引共產黨政官員的談話或文章作為譯例，即可見一斑。筆者個人的立場是歡迎引進大陸的翻譯教科書，可擴大我們對於大陸翻譯現況的理解，也能促進國內譯學的多元發展。事實上對岸的譯學發展神速，教材的研發在質與量上皆有長足進步，有許多值得效法之處，本書的參考書目中也列有許多大陸學者的專著。不過筆者要強調的是，學生不能只讀大陸的翻譯教科書，我們對於翻譯該教什麼？該如何教？為何要如此教？也應該要有自己的觀點和聲音，才能傳承在地的翻譯書寫傳統與思維型態，產出符合

台灣本地閱讀品味的譯文。

　　那為什麼國內的翻譯教科書如此缺乏呢？這可能跟高等教育的學術生態有關。大學裡從事翻譯教學的教授大多埋首研究和致力發表論文，以求通過升等或評鑑。編寫教科書不僅曠日費神，對升等又無助益，難怪有志於此者幾希。但優質教科書可為翻譯教育奠定堅實基礎，引領學生正確的翻譯觀念與合理的技巧，在塑造並傳承在地翻譯文化上扮演極為重要的角色。筆者忝為譯研所教師，理不容辭當對國內翻譯教學略盡棉薄之力。之前我曾針對新聞編譯課寫過《新聞英文閱讀與翻譯技巧》，另與台師大博士班同學合編《翻譯教學實務指引：從 15 份專業教案開始》為翻譯教師提供教案，許多教師對這兩本書的反應都相當正面。而這本《英中筆譯》則是再次和博士班同學合作，針對大學生學習英進中筆譯的需求，編寫適用的教科書。

　　這本書發源於台師大翻譯研究所博士班的「翻譯教學實務專題」，筆者身為授課教師，認為翻譯教學的知識若只是在課堂上講授傳輸給這些已身為大專教師或譯者的博士生，效果其實有限。更有效的方式是採用社會建構論 (social constructivism) 的教學理念，讓他們共同完成一項真實、有目的性的任務，而這項任務就是編寫國內大專翻譯課程亟需的教科書。在過程中這些博士生必須自主學習翻譯教學的相關知識技能，經由同儕討論並觀摩彼此編寫的方法和作品，進而學習他人不同的觀點和譯法。透過此種親身經驗所建構的知識，對他們才會產生實質的意義，而執行整個任務的過程和最後產出的作品，也都能提升他們對翻譯教學的認知和技能。

　　在課堂上撰寫這本教科書，修課的七位博士生加上我，共有

八人成為當然作者。人多勢眾的好處是可以分擔章節，按各人的專長興趣來寫作，縮短成書的時程。但副作用也不小，因為該課程只有一學期，在短短四個月內要完成一本教科書，實非易事。加上作者群個個身兼數職，許多人還要教課、做研究、出國發表論文、考博士資格考等，使得整個撰寫過程處在極為緊迫的狀態。而且博士班同學雖受過翻譯學術訓練並具備豐富翻譯實務經驗，但並非每人皆有寫作教科書的經驗，仍必須從大量嘗試錯誤中學習成長。我們的做法是每個人先分配好章節，寫完部分內容就馬上在課堂上接受筆者和其他同學的批評指正，受挫之後埋首再寫，寫完又一再被批評和修訂，像墮入一種無間的修訂循環煉獄，無論在體力和精神上都是種折磨。但筆者身為教師，也只能視之為對博士生的身心訓練，為他們將來只會更加嚴峻的學術生涯做準備。

另外，龐大的作者群中，每人各有不同的寫作風格和翻譯品味，要融冶於一爐產出協調的作品，沒有想像中容易，需要時間和心力溝通磨合。因此我身為教師的角色相當接近一部戲的導演或合唱指揮，八位主角各自登場華麗演出，而我必須把各種唱腔化成和諧的曲調，但又不能完全抹煞個人的音高特長，這其實比自己唱獨角戲還要繁瑣困難。幸而作者群人多但不口雜，有志而能一同，教學相長的經驗也讓我受惠良多。

不論編書過程如何緊迫艱辛，那一場美好的仗我們已經打過，其中第一章〈翻譯概述〉由我和劉宜霖執筆，第二章〈中英語言比較〉由張思婷和吳碩禹撰寫，第三章〈翻譯方法與技巧〉則是由歐冠宇、游懿萱、李亭穎和陳雅齡編著，最後再由我增刪修訂全書內容並統整寫作風格。

此書定位爲基礎級英進中筆譯技能的大專教科書，使用對象爲翻譯系、英美文學系、應用英文系，以及翻譯學程修習翻譯課的學生。編寫主旨在於提升大學生學習翻譯的興趣，增益其翻譯觀念與策略意識，並熟稔從單詞到多句層次的翻譯方法。我們也決定讓這本書的內容與風格不要太過嚴肅，盡量少用抽象術語，避免與學生的距離太遠；但也不宜太活潑簡白，流於輕浮而不像一本大學用書。總之，希望這本書對學生而言是本易讀易懂，又具堅實學術基礎的大專教科書。

　　至於全書的架構，每章可包括以下幾個單元：

1. **課前暖身**：藉由翻譯活動或問題來刺激學生思考，準備進入接下來要討論的主題。

2. **言歸正傳**：深入論述該節的主題，並提供譯例和說明，幫助學生理解學習。

3. **鮮學現賣**：針對剛學過「言歸正傳」中的內容，設計簡單的練習，以保持學生鮮明的學習記憶。

4. **腦力激盪**：針對「言歸正傳」整節的內容，讓學生做回顧性的反思，可歸類爲「思考題」。

5. **學以致用**：也是依據「言歸正傳」整節的內容做回顧性的練習，題數較多，而且要求學生應用所學來實踐翻譯技巧，可歸類爲「實作題」。

6. **翻譯小助教**：以專欄形式整理總結先前章節的學習內容，或提供額外的相關資訊、學習訣竅等，協助學生舉一反三，擴增學習視野。

7. **翻譯鬧笑話**：集結翻譯相關的笑話、趣聞、軼事等，提振學生學習興趣，在會心一笑中再打起精神學習。

　　我們衷心希望學生在讀過這本書之後，除了提升自己的翻譯觀念和技巧之外，也會意識到其實翻譯並不只是一項專業技能，而是與我們的日常生活息息相關的文化社會活動，值得進一步去親近學習。而對於自學翻譯的讀者，本書也希望能成為一本入門的指引，就算沒有教師在身旁督促指導，仍可以在使用本書的過程中逐步培養筆譯的知識和能力。

　　經過一學期的共同努力，現在這本教科書就呈現在讀者面前，可說是國內唯一設有博士學位的台師大譯研所對於翻譯教學界的一個小小貢獻。但因成書時間短促，加上集體創作整合不易，恐仍有疏漏缺失之處，歡迎各界不吝賜教斧正，共同為提升國內翻譯教學品質和本土譯學發展而努力。

國立台灣師範大學翻譯研究所教授

作者簡介

廖柏森

美國紐約大學英語教學碩士，德州大學奧斯汀分校外語教學博士。現任台灣師範大學翻譯研究所教授。曾任台師大翻譯研究所所長、台灣翻譯學學會理事長、經濟日報編譯、非凡電視台編譯組組長等。著有《英文研究論文寫作指引》系列五冊、《英文論文寫作不求人》系列兩冊、《如何寫好英文論文摘要》、《新聞英文閱讀與翻譯技巧》、《翻譯教學理論、實務與研究》、《英語與翻譯教學》、《翻譯教學論集》、《決勝英語搭配力》，合著有《英中筆譯》系列兩冊、《翻譯進修講堂》、《翻譯教學實務指引》、《美國老師教你寫出好英文》，譯有《有文法藍皮書，你的英文就通了》、《英語學習策略完全教學手冊》（合譯）等書，並發表多篇中英學術論文。

歐冠宇

淡江大學英文系學士，美國威斯康辛大學新聞傳播碩士，台灣師範大學翻譯研究所博士。現任東吳大學英文學系專任助理教授、國防部《國防譯粹》譯者。曾任台灣科技大學應用英語系和淡江大學英文系講師、研究所及插大補習班翻譯科目教師、營建署《國家公園季刊》英文譯者暨編審、電視台國際新聞編譯。譯作包括《性感帶出場》、《身體憂鬱症》、《火線報導》、《伊拉克戰爭口述歷史》、《心靈貨幣》、《一夜七次貓》等書。

李亭穎

輔仁大學翻譯學研究所口筆譯組碩士，目前就讀台灣師範大學翻譯研究所博士班。曾兼任民視新聞台編譯、銘傳大學應用英語系講師，並於行政院大陸委員會擔任全職口筆譯副研究員。現為自由譯者，與考選部、科技部等政府單位簽約合作。

吳碩禹

英國布里斯托大學英語教學碩士，台灣師範大學翻譯研究所博士。現任中原大學應用外語系專任助理教授，研究興趣為符號學與翻譯之關聯。喜歡在學生、英語教師與自由譯者等身分中探索語言符號的各種可能。曾獲第三屆蘭陽文學獎散文類佳作。已出版作品包括譯作《神祕打字員》、《五個傷痕》、《微寫作》、《他們在島嶼寫作——楊牧》紀錄片字幕翻譯，以及英語學習著作《我的遜咖日記單字本》系列。

陳雅齡

台灣大學外文系學士，輔仁大學翻譯學碩士，美國加州大學洛杉磯分校圖書與資訊科學碩士，台灣師範大學翻譯研究所博士，並於政大法律系博士班進修中。目前為真理大學英美語文學系專任副教授，台灣大學翻譯碩士學位學程兼任副教授、台灣高等法院口譯員。著有《法庭口譯理論與實踐》，譯有《真心告白》（醫療短片），淡水古蹟博物館的《淡水旅遊指南》，並曾協助淡水新興國小進行校園網站英譯工作。發表多篇中英學術論文。

張綺容

台灣大學外文系學士，台灣師範大學翻譯研究所博士。現任世新大學英語學系助理教授，曾任台灣師範大學英語學系兼任助理教授，並於台師大英語中心、內政部警政署、國際特赦組織台灣分會擔任翻譯講師。合著有《翻譯進修講堂》，譯作包括《大亨小傳》、《傲慢與偏見》、《教你讀懂文學的 27 堂課》、《近代肖像意義的論辯》（合譯）等二十餘本，並為資策會翻譯國際參展短片。

游懿萱

輔仁大學翻譯學研究所碩士,目前就讀台灣師範大學翻譯研究所博士班。現任實踐大學兼任講師,並任教於各大英語補習班。曾獲第一屆林語堂文學翻譯獎佳作。著有《會話王:交通通訊》、《會話王:衣著外表》系列、《全民英檢初級寫作能力測驗》、《翻譯進修講堂》(合著)、佳音英語翰將系列講義與測驗卷(合著)。譯有《中年不敗》、《蒙古帝國之征服者》、《自私的巨人》、《達文西的機械》、《小口瓶的藝術》、《TOEFL iBT 階段式托福寫作》、《究極英單 12000 [2], [3], [4]》、《美麗的真相:寶拉教你破解138 個「保養+醫學美容」迷思》(合譯)、《這輩子我該怎麼過:超能靈媒教你從生命彩光中找出天命》等書。

劉宜霖

新加坡公民,土木工程系畢業,在建築業任職近八年。台灣師範大學翻譯研究所博士。近年兼修梵文/巴利語,對佛學和禪學有濃厚興趣。譯作有《我心是金佛》、《洞見最真實的自己》、《我是愛、我是喜》和《印度佛教復興血淚史 —— 護法大士傳記》。

目錄

第一章
翻譯概述

學習目標

- 了解翻譯的定義，以及譯者所需具備的能力。
- 熟悉評定譯文的標準、譯者翻譯時的心理過程等相關概念。
- 認識網路上各種學習翻譯的資源。

本章摘要

　　本書第一章的目標，是要建立翻譯活動的基本概念，共分為五節。首先第一節是翻譯的定義，一般大眾對翻譯常有某些迷思，以為翻譯只是兩種語言之間形式的互換，但其實目前翻譯學把翻譯視為兩種文化之間的溝通交流活動。語言的轉換是在文化和社會的脈絡中進行，同時還要考慮讀者的需求反應，以及譯文的預設目的，使得翻譯定義的層次更為豐富。

　　第二節承接對翻譯的定義，進一步界定譯者應該具備的能力。延續先前所述「翻譯只是兩種語言之間的轉換」這種迷思，衍生出「精通兩種語言就可擔任譯者」的另一種迷思，也需要破除；隨著翻譯定義的擴大，譯者除了語言能力之外，還須具備知識能力和策略能力等，經過分析後，相信可讓同學體會到成為專業譯者並不是件容易的事。

　　第三節翻譯的標準重新檢視傳統「信、達、雅」三大翻譯信條並加以修正，並且介紹國內外學者提出的各種翻譯標準，有助於同學在翻譯時能有依循的準則。

　　第四節以奈達 (Nida) 提出的三階段和吉爾 (Gile) 提出的兩階段翻譯過程模式，說明譯者翻譯時的心理認知狀態與流程，藉以讓同學了解翻譯活動的複雜性並反思自己的翻譯行為。

　　最後第五節則提供學習翻譯的線上資源，包括線上辭典、語料庫、百科全書、翻譯軟體等，以鼓勵同學善加利用發達的網路科技來輔助翻譯。

第1節 翻譯的定義

<table>
<tr><td>課前暖身</td><td>「翻譯不就是兩種語言文字的轉換嗎？」
「只要雙語都很好，不就可以做翻譯了嗎？」
「什麼叫作好的譯文？那是如何譯出來的呢？」</td></tr>
</table>

這些問題對許多想學翻譯，或是已經在修翻譯課的同學來說，應該是<u>耳熟能詳吧</u>？這幾個問題分別代表了翻譯的定義、翻譯的能力、翻譯的標準和翻譯的過程等相關概念，對有心學習翻譯的同學來說相當重要。例如就譯者的能力而言，真的只要精通兩種語言做文字轉換就可勝任了嗎？以我們每天都掛在嘴上的「我」來說，當你看到英文的 I，直接譯成「我」就完事了嗎？那可不一定。先看看在不同的角色中，英文的 I 可以翻譯成哪些中文詞彙：

學生	和尚	老人
末學、學生	老衲、老僧、貧僧	老朽、老身
混混	**帝王**	**宮女**
恁北、老子	朕、孤王、孤、寡人	奴婢、小的、小奴

從這個簡單的例子我們可看到，單單一個 I，也會因為古今、職業、地位、性別、年齡、文體的區分而有不同的中文譯法。所以譯者需具備的並非只有雙語能力而已。面對翻譯到底是什麼、譯者應該具備什麼能力、良好譯文的標準，以及翻譯的過程是什麼等問題，「區區、在下、筆者、本人、個人、不才、鄙人、卑職」也曾經苦思不已，下文將一一跟同學分享。

言歸正傳 一般人談到翻譯時通常只想到兩種語言之間的轉換，不過根據學者雅各布森 (Jakobson, 1959) 的分類，廣義的「翻譯」包含三種類型：

1. **語內翻譯 (intralingual translation)**：指使用同一種語言的其他符號來解釋該語言，譬如將國語翻成台語或客語，或是將傳統的文言文翻譯成白話文，如同我們在國文課常學到的翻譯。如下例：
   文言文：譯事三難：信、達、雅。（嚴復《天演論》之〈譯例言〉）
   白話文：從事翻譯工作有三種困難：訊息準確、行文通順和風格典雅。

2. **語際翻譯 (interlingual translation)**：指使用另外一種語言來解釋某種語言，包括書面文字和口語，這就是在外語課所學的筆譯和口譯。例如：
   英文：1. That the Translation should give a complete transcript of the ideas of the original work; 2. That the style and manner of writing should be of the same character with that of the original; 3. That the Translation should have all the ease of original composition. (Alexander Tytler)
   中文：(1) 譯作應完全複寫出原作的思想；(2) 譯作的風格和手法應和原作屬於同一性質；(3) 譯作應具備原作所具有的通順。（泰特勒著，譚載喜譯）

3. **符際翻譯 (intersemiotic translation)**：指不同符號之間的轉譯，包括用非語言符號來解釋語言符號，或用語言符號解釋非語言符號。例如將文字的意涵轉換為圖像、手勢、數字、電影或音樂。如下例：
   語言：開心
   圖像：☺

由上可知，翻譯的領域極為廣泛，且與我們的日常生活息息相關。但本書討論的範圍僅限於語際翻譯，也就是把來源語 (source language) 轉譯成目

標語 (target language)。這是較狹義的「翻譯」定義，也是大多數人所理解的翻譯活動。以下就語際翻譯再做進一步論述。

首先，對於翻譯的定義，在一般字典上的解釋都比較簡單。《漢語大辭典》的定義是「把一種語言文字的意義用另一種語言文字表達出來」；《辭源》的定義是「用一種語文表達他種語文的意思」；而《麥克米倫高級英漢雙解辭典》(*MacMillan English-Chinese Dictionary*) 則說 Translation is the activity of changing spoken or written words into a different language.（翻譯是將口述或書寫的語言轉換成不同語言的活動）。這些辭典的定義都只是陳述語文層次的轉換，簡單說就是「把某語言轉換成另一語言」而已。而英文辭典 *Collins COBUILD English Language Dictionary* 的定義則是：

1. If you translate something that someone has said or written, (A) you say it or write it in a different language; (B) you express it in a different way, using a different system, alphabet, etc.; 2. If you translate something such as an idea, you express it in a different way, for example, by putting the idea into practice; 3. If you translate a remark, gesture, action, etc. in a particular way, you decide that this is what it means.

1. 假設你要翻譯某人所說或所寫，意謂 (means) (A) 你以另一種語言重說或重寫其義；(B) 藉由不同系統、字母等以不同方式表達其義；2. 假設你要翻譯某些東西，例如概念，意謂以不同的方式表達，例如將該概念付諸實踐；3. 假設你要翻譯一則評論、手勢或是動作等，意謂以某特定方式來詮釋其所表達的含意。

上述對翻譯的定義似乎更深一層。從 express it in a different way, using a different system, you decide that this is what it means 等說明，我們可以知道翻譯並非只是單純的雙語文字轉換，還包括以不同的方式表達，且必須

決定該以什麼方式表達出來。這意謂譯者對於譯文擁有某種程度的操控，在翻譯的過程中甚至必須融入自己的詮釋。

另外，各國學者也從學術研究的角度，提出他們對翻譯的定義。英國語言學家卡特福特 (Catford, 1965) 從語言對比分析出發，把翻譯視爲 the replacement of textual material in one language by equivalent material in another language（以另一種語言的對等語料取代原文的語料），注重不同語言之間符碼的轉換和文本對照，這是傳統從語言學立場看待翻譯的觀點。而美國翻譯學家奈達和塔貝爾 (Nida & Taber, 1969) 則定義翻譯爲 reproducing in the receptor language the closest natural equivalent of the source-language message, first in terms of meaning and secondly in terms of style（在譯文中再製與原文訊息最貼近的自然對等語，首務是譯出其意義，其次是風格），他們認爲譯文讀者應該獲得與原文讀者相似的反應或效果，並稱之爲動態等值的翻譯觀。另外，德國翻譯學者弗米爾 (Vermeer, 2004) 則主張翻譯是種目的性的行爲，不是兩種語言間一對一的轉換活動，而是應以譯作所處情境及目的來決定翻譯的方法，達到譯文所設定的功能，這樣的論述就稱爲翻譯目的論 (skopos theory)。綜合以上諸多定義，翻譯可說是兩種文化或社會間透過語言所進行的交流溝通活動，在考慮目標語讀者閱讀需求的前提下，把某一語言的思想內容，用另一種語言的文字形式盡可能準確地重新表達出來，同時盡可能符合原文的文體風格和譯文預定達到的功能。

接下來再看看古今中外幾位知名譯家如何描述翻譯，這些論述可以豐富我們對於翻譯的多元觀點：

古：宋初高僧贊寧曾對翻譯提出一些特別的見解，他定義翻譯爲：「譯之言易也，謂以所有易所無也。」他還以易地種橘和翻錦綺來比喻翻譯：「譬諸枳橘焉，由易土而殖，橘化爲枳。枳橘之呼雖殊，而辛芳幹葉無異。」以及「翻也者，如翻錦綺，背面俱花，但其花有左右不同耳。」《宋高僧傳》，都相當生動地傳達出翻譯活動的特性。

今：余光中對翻譯有精妙的論述：「翻譯，是西化的合法進口，不像許多創作，在暗裡非法西化，令人難防。一篇譯文能稱上乘，一定是譯者功力高強，精通截長補短、化瘀解滯之道，所以能用無曲不達的中文去誘捕不肯就範的英文。這樣的譯文在中西之間折衝樽俎，能不辱中文的使命，卻帶回俯首就擒的英文，雖不能就成為創作，卻是『西而化之』的好文章。」「翻譯，也是一種創作，一種『有限的創作』。」《分水嶺上》

中：梁實秋認為：「翻譯是把別人的東西，咀嚼過後，以另一種文字再度發表出來，也可說是改頭換面的複製品。然而在複製過程之中，譯者也需善於運用相當優美的文字來表達原著的內容與精神，這也像是創造了。」梁實秋主張翻譯是種服務，不是一門學問，但需要「接近於學者治學態度的邊緣」，同時也說翻譯不是一種藝術，但「饒有一些藝術的風味」。《雅舍文選》

外：紐馬克 (Newmark) 是 20 世紀 80 年代英國著名的翻譯理論家，他對翻譯的看法如下：

Translation is first a science, which entails the knowledge and verification of the facts and the language that describes them—here, what is wrong, mistakes of truth, can be identified; secondly, it is a skill, which calls for appropriate language and acceptable usage; thirdly, an art, which distinguishes good from undistinguished writing and is the creative, the intuitive, sometimes the inspired, level of the translation; lastly, a matter of taste, where argument ceases, preferences are expressed, and the variety of meritorious translation is the reflection of individual differences. (*A Textbook of Translation*)

第一、翻譯是科學、需要了解和查證事實，並擁有描述事實的語言，能辨認出什麼是錯誤的事實；第二、翻譯是技巧，需要用合適的語言和可接受的語法；第三、翻譯是藝術，這點區隔出好的寫作和不好的寫作，這個翻譯等級是創意

的、直覺的，有時得靠靈感；第四、翻譯是品味，這個等級是無法爭論的，每個譯者都有自己的偏好，優秀的譯文都會顯示出個人的風格。《翻譯教程》，賴慈芸譯

鮮學現賣　各種中英辭典和譯家學者對於翻譯常有許多不同的詮釋或論述，請同學查詢各大字典對翻譯的定義，並上網搜尋以下國內外名家對翻譯的詮釋，填寫在以下的表格中。

1 中文字典	
2 英文字典	
3 林語堂	
4 魯迅	
5 Katharina Reiss	
6 Christiane Nord	

第2節 譯者的翻譯能力

　　一位譯者的養成，到底需要培養哪些能力呢？一般人常認為只要精通兩種語言就可從事翻譯工作，但其實這是個有待破除的迷思。擅長中外文閱讀和表達只是翻譯的必要條件，而不是充分條件。也就是說，要做好翻譯一定要具備優異的雙語能力，但光是擁有優異雙語能力卻不見得能成為傑出的譯者。德國學者威爾斯 (Wilss, 1982) 就認為譯者必須掌握三種能力：(1) 來源語的接收理解能力，(2) 目標語的再製表達能力，以及 (3) 兩種語言訊息間的轉換能力。由此可知，優異的雙語能力只是培養翻譯能力的必備基礎，同時必須倚重跨語言的轉換能力，才能勝任翻譯的工作。但以上這種對翻譯能力的論述在目前強調跨文化溝通的時代裡已顯不足，愈來愈多學者提出一種溝通式翻譯 (communicative translation) 的觀點。

　　美國學者柯林娜 (Colina, 2003:25) 就主張翻譯能力是一種獨特的溝通能力，她稱之為「**翻譯溝通能力**」。譯者必須具備第一和第二語言的溝通能力、語際轉換能力和跨文化溝通能力，才能有效適切地完成溝通翻譯的任務。這樣的論述基礎是源自外語教學的理論。許多教師發現只教外語的文法和單字是不夠的，更重要的是要教導學生能在各種社會情境中使用外語的溝通能力。例如卡納爾和思威 (Canale & Swain, 1980) 就把外語溝通能力解析為四個組成部分：(1) 文法能力、(2) 語篇能力、(3) 社會語言能力、(4) 策略能力。可知溝通能力的內涵非常豐富，不但包含語言能力，更要培養在社交情境中詮釋表達意義的能力。而這種語言溝通能力應用在翻譯工作上就形成「翻譯溝通能力」。

　　基於上述外語溝通能力的分類，曹薾艾 (Cao, 1996) 曾提出一個模式來描述「翻譯能力」，她認為翻譯能力應該包含翻譯的**語言能力**、翻譯的**知識結構**，和翻譯的**策略能力**（參照圖一）。「翻譯的語言能力」是指譯者使用兩種

語言的能力，包括語言的文法與文本知識；「翻譯的知識結構」指的是譯者對外在世界的一般知識，以及要完成翻譯任務所需的專業知識；而「翻譯的策略能力」則是指有效整合語言能力與知識結構的能力，並帶入文境的脈絡中，達到跨語言和跨文化的溝通效果。從溝通式翻譯教學的角度來看，教導學生培養翻譯的策略能力才能有效提升其整體的翻譯能力。

圖一：翻譯能力的組成要素 (Cao, 1996:328)

　　若再進一步深究，「翻譯的語言能力」還包含「組織能力」和「語用能力」（參照圖二）。「組織能力」可再細分為「文法能力」和「文本能力」：文法能力指的是譯者必須精熟雙語詞彙、詞態、語法和字形的轉換；文本能力是指對文本脈絡的銜接和修辭組織。兩者的區別在於，文法能力是處理句子層次的語言問題，而文本能力則是掌握句子與句子間關聯性的問題。另一方面，「語用能力」包括「言外能力」和「社會性語言能力」：言外能力指的是譯者能夠發揮想像力和分析力，操縱來源語和目標語的文本，讓讀者理解文本所要表達意在言外的內涵。社會性語言能力則是指對使用語言的社會情境有通透的理解，例如了解參與溝通者的角色、講者和聽者共有的背景資訊，以及溝通互動之意旨等能力，還包括對方言、區域語、國語等不同語體的了解，也能掌握文化的指涉和修辭的比喻說法等。

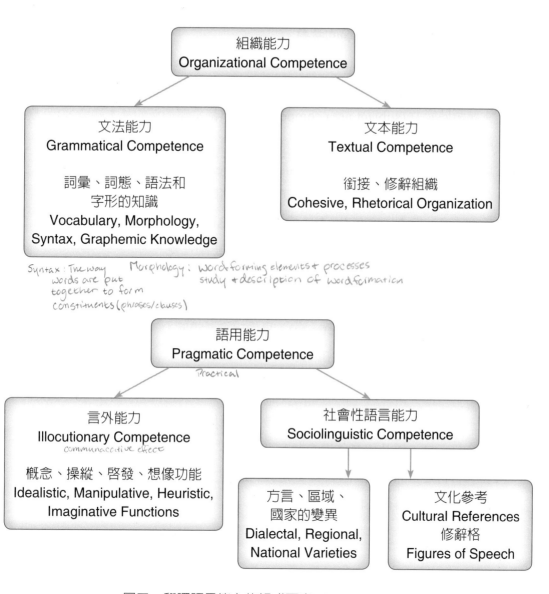

圖二：翻譯語言能力的組成要素 (Cao, 1996:330)

　而英國學者凱莉 (Kelly, 2005) 整理前人研究成果，歸納出學生應培養的七種翻譯能力：

1. 至少兩種語言文化的溝通和文本能力(communicative and textual competence in at least two languages and cultures)：包括對兩種語言

11

和篇章的意識以及對規範的掌握。

2. 文化和跨文化能力(cultural and intercultural competence)：了解文化中的歷史、地理等百科知識，及其反映之價值觀、信念、行為等。

3. 主題領域能力 (subject area competence): 具備主題領域的基本知識，足以解決專業文本的翻譯問題。

4. 專業和工具能力 (professional and instrumental competence)：能夠使用各種資訊科技和傳統工具，從事資料管理、術語蒐尋等專業用途。

5. 態度或身心能力 (attitudinal or psycho-physiological competence)：良好的自我概念，具有自信、專注力、記憶力和主動性等。

6. 人際能力 (interpersonal competence)：能與他人共事合作，具有團隊精神、談判和領導能力。

7. 策略能力 (strategic competence)：具備組織計畫能力，能找出問題加以解決，並能監控、自我評估和修正。

　　由上可知，要成為一位稱職的譯者需要培養多元的能力，語言能力僅是其中一部分，其他諸如文化和專業知識、邏輯推論、語際轉換、查找資料、使用資訊工具，以及認真負責的態度等，也都不可或缺。簡言之，翻譯是種複雜、有特定目的的認知運作，更是種跨語言文化的溝通活動，因此翻譯能力本質上就是跨語言文化的溝通能力。

腦力激盪　討論過譯者的能力之後，請同學思考一下，在台灣擔任譯者需要具備哪些語言能力、知識結構和策略能力呢？

第3節 翻譯的標準

　　一談到翻譯的標準或指導原則，許多人馬上就會想到嚴復在 1898 年所譯《天演論》中〈譯例言〉所提出的「譯事三難：信、達、雅」。而後翻譯界對此三難提出許多不同詮解並奉為翻譯的圭臬，與嚴復所處時代所提的本義已有出入。目前一般的見解，「信」是指精確完整地傳達原文的內容和風格；「達」是指文字表達的通順暢達、邏輯清楚，令人易解；「雅」則是重視詞藻的潤飾，嚴復本人甚至說要「用漢以前文字、句法」，也就是以古文撰寫譯文來達到典雅的要求。但隨著時代的演進，傳統「信、達、雅」的翻譯標準也有其侷限不足之處。

　　許多譯家曾對「信、達、雅」提出修正，例如林語堂 (1967) 就把「信」改稱為「忠實」，指譯者對於原文作者該負的責任，需「忠實於原文，不負著者的才思與用意」；「達」改稱為「通順」，是譯者對於譯文讀者該負的責任，且「與尋常作文之通順問題無甚差別」；而「雅」因無法充分說明藝術詩文戲曲的翻譯特色，林語堂就把「雅」代換為概念更大的「美」，這是譯者對於藝術該負的責任，應「以原文的風格與內容並重」。另外，翻譯家思果 (2003) 也有類似修訂，他把「信、達、雅」改成「信、達、貼」。「信」是表出作者原意，不要表錯；「達」是指讀者看得懂作者原意；「貼」則是指「原文的文體、氣勢、說話人的身份等各方面是否做到恰如其分的地步」。而學者吳潛誠 (2011) 則直言批評「信、達、雅」的不合時宜，他認為現代文學風格變化多端，許多作品（如荒謬劇）的原文既不達又不雅，則譯文如何求得既達又雅？充其量一個「信」字也就夠了。

而「信、達、雅」之說其實未必是嚴復的創見，英國學者泰特勒 (Tytler) 在 1790 年也曾提出類似的分類，稱爲「翻譯三原則」，對於西方譯學發展也有重要影響：

1. That the Translation should give a complete transcript of the ideas of the original work; 2. That the style and manner of writing should be of the same character with that of the original; 3. That the Translation should have all the ease of original composition. (Alexander Tytler)

1. 譯作應完全複寫出原作的思想；2. 譯作的風格和手法應和原作屬於同一性質；3. 譯作應具備原作所具有的通順。（譚載喜譯）

從西方翻譯學界的觀點出發，翻譯也有許多不同的標準。例如美國翻譯學家奈達 (Nida, 1964) 提出「動態對等」(dynamic equivalence) 的翻譯觀，其定義如下：

...the receptors of the message in the receptor language respond to it in substantially the same manner as the receptors in the source language. (Nida & Taber, 1969:24)

……譯文訊息接受者的反應與原文接受者的反應大體上相同。

此種翻譯標準認爲，譯文讀者所獲致的反應要與原文讀者對等一致 (equivalence of response)，而不強調譯文與原文兩種語言形式的對等。後來奈達還把動態對等改稱爲功能對等 (functional equivalence)，偏向文本功能一致的翻譯標準，接近德國「功能學派」(functionalism) 的立場。

德國功能翻譯學派的開創者萊斯 (Reiss) 認爲文本類型所具備的功能會決定翻譯的方法和標準，她提出三種文本類型及其翻譯方法和標準如下：

1. **訊息類文本 (informative text)**：提供事實、知識、意見等資訊的文本，其功能爲傳達訊息，行文講求邏輯清楚，例如參考工具書和報告。翻譯時應直接明瞭，將文字指涉的事物或觀念明白陳述出來，有時或可忽略原文的形式。

2. **表達類文本 (expressive text)**：強調語言美感層面的文本，功能爲表情達意，讓讀者產生審美感受，例如詩歌、劇本等文學作品。翻譯時應強調傳達原文的藝術形式，以原文作者的觀點爲主。

3. **操作類文本 (operative text)**：呼籲讀者採取行動的文本，功能爲勸說或影響讀者的意向，包括廣告、競選演講稿等文本。翻譯時要創造與原文相同的呼籲效果，常採取歸化譯法，以期喚起譯文讀者產生與原文讀者相同的反應和行爲。

　　萊斯的學生弗米爾 (Vermeer) 更進一步提出翻譯的「目的論」(skopos theory)，主張以譯作的目的來決定翻譯的方法，而翻譯的標準就是看能否達到譯文所設定的功能而定，甚至可與原文的功能不同。在實務工作上，委託翻譯者（如翻譯公司）與譯者雙方應事先協定翻譯的目的和交稿期限、字數、稿費等事項，並載明在翻譯委託書上，譯者才有具體的指引以完成翻譯任務，達到預期的翻譯標準。

　　萊斯的另一位學生諾德 (Nord) 則將翻譯功能的標準加上忠誠的原則 (function plus loyalty)，以凸顯翻譯的倫理道德責任。諾德所謂的「忠誠」與傳統的「忠實」概念不同，她說：

> Loyalty is a moral principle indispensable in the relationships between human beings, who are partners in a communicative process, whereas fidelity is a rather technical relationship between two texts. (2005:33)

忠誠是人際溝通成員間不可或缺的道德原則，而忠實則是兩個文本間的技術關係。

也就是說，「忠實」(fidelity) 強調譯文需重現原文，而「忠誠」(loyalty) 是指譯者對於原文作者、譯文讀者、委託翻譯者（如出版社）等參與翻譯過程成員應盡的道德責任。此概念將翻譯的標準從傳統的文本間之關係，擴大到譯者的倫理規範和社會責任。舉例來說，讀者通常期望譯文會反映原文作者的觀點論述，原文作者也相信譯文讀者會接收到其文本的內容和想法，而譯者在這其間就必須對他們雙方負責，一方面符合讀者期待，另一方面也不能扭曲原作意圖，否則就會違背翻譯的道德規範。

但在目前後現代的思潮裡，若按照解構主義的論述，文本的意義是處於歷時變化和開放狀態中，作者一旦完成作品，他和作品的關係就結束，改由讀者接手解讀詮釋並賦予個人的意義。如果原文已不再具有確定的意義，那麼譯者就可按一己之意進行詮釋翻譯，也就沒有所謂客觀翻譯標準的問題了。不過一般翻譯實務並不採取這麼極端的觀點，除了比較特殊的文本和翻譯目的之外，大致上仍遵循「忠實」和「通順」的標準。

腦力激盪

1. 中國的佛經翻譯大師玄奘所提出的翻譯標準為「既須求真，又須喻俗」，這與嚴復的「信、達、雅」有何異同？

2. 同學認為台灣目前譯者的翻譯工作達到哪些翻譯標準？請舉例說明。

_____

_____

_____

第4節 翻譯的過程

　　翻譯是種內在的心理認知過程，從譯者工作時的外表觀察似乎沒有特別之處，但其實譯者的腦部正在積極地思考運作，想方設法解決從原文轉換到譯文過程中所出現的種種複雜問題，是相當勞心費神的工作。到底譯者是如何進行翻譯的心理活動呢？美國學者奈達 (Nida, 1964) 將翻譯的過程區分為三個階段：1. 分析 (analysis)、2. 轉換 (transfer)、3. 重建 (restructuring)（如圖三）。分別簡述如下：

1. **分析**：這是翻譯的第一步，也就是對原文語言各種層次意義的透澈了解，包含解析原文深層的字彙意義、句法結構、邏輯關係和文化社會意涵，以求得透澈正確的理解。此階段是整個翻譯活動的基礎，有了精確深入的原文分析，直透文字意義幽微之處和文境的來龍去脈，接下來才能進行有效的轉換和表達貼切的譯文。若是一開始的分析有誤，之後的翻譯步驟也就白費功夫。

2. **轉換**：是指譯者使用翻譯的技巧策略將原文轉化為譯文，這也是譯者展現專業技能的階段。有些精通英語的人士卻不見得能夠勝任翻譯的工作，原因就在於他們雖然擅長英文，卻無法掌握轉換中英兩種文字訊息的技能。也就是說，要做好翻譯一定要具備優異的英文能力，但英文能力優異卻不一定能做好翻譯。只有經過練習或訓練，有經驗的譯者才能遊走於兩種語言文字之間，做好轉換的工作。

3. **重建**：把原文不同層次的意義表達成為譯文的階段。譯者需要把分析和轉換的結果用譯文的形式內容重新建構出來，但是分析和轉換的正確無誤並不一定等於重建的貼切妥當，譯者仍需具備良好的文字修養才能妥適重建。而且重建的方式通常不只一種，譯者必須考量文本風格、社會脈絡、

讀者需求等各種因素後選擇一種最佳的表達方式。優秀的譯文表達可讓人覺得毫無做作痕跡，讀來行雲流水，猶如原文創作一般；差勁的譯文則詰屈聱牙，使人感到處處斧鑿，阻滯難通，大嘆不如去讀原文還比較清楚。

　　以上是奈達所提出的翻譯過程的三個階段，分析時必須要從原文的表面結構形式進入到深層結構的意義，再轉換成譯文的深層結構意義後，才重新建構為譯文的表面結構形式，而不是從原文的表面結構就直接轉換成譯文的表面結構。此外，奈達的翻譯三階段表面上看來有先後次序之別，但這只是為了說明方便，實際作業時譯者通常是在很短時間內，甚至是下意識地就完成整個過程。最後，負責任的譯者在完成譯文後還會再加上編輯校對 (editing and proofreading) 的步驟，針對文字形式和意義內容多次仔細校核潤飾，確認符合忠實通順的標準，以確保譯文品質。

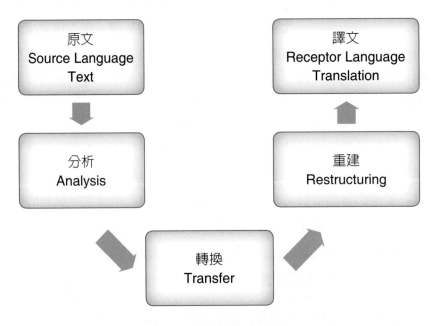

圖三：翻譯三階段的過程 (Nida, 1964)

另一方面，法國學者吉爾 (Gile, 1995) 也提出了兩階段的**序列模式** (the sequential model) 來分析翻譯的過程（如圖四），雖然序列模式比奈達的三階段模式少了一個步驟，但每個階段中的認知活動卻更複雜，譯者要進行更多的思考和決定。吉爾把翻譯過程分為理解 (comprehension) 和再製 (reformulation) 兩階段：

1. 理解：譯者首先把原文切分成不同的翻譯單位 (translation unit)，作為翻譯的基礎，這些單位可能是單字、片語或句子，視文本的難易與譯者的能力而有大小不等的翻譯單位。接著譯者就每個翻譯單位提出暫時性的假設意義 (meaning hypothesis)，再依據譯者的知識背景 (knowledge base) 和知識習得 (knowledge acquisition) 來測試這些假設意義的合理性 (plausibility)。如果不合理，譯者就必須重新提出另一假設意義，再做一次測試，直到譯者覺得合理可行，那麼這個翻譯單位就可以進入到下一階段的再製。

2. 再製：譯者在此階段就其理解合理的翻譯單位提出暫時性的譯文，接著依據其知識背景和知識習得就譯文忠實度 (fidelity) 和接受度 (acceptability) 做檢測。如果譯者覺得譯文不夠忠實或不能被目標語讀者接受，就必須提出新的譯文，再做一次檢測，直到譯者判斷譯文已經達到忠實和可接受的標準，才可繼續下一個翻譯單位的翻譯過程。

按照吉爾的兩階段翻譯過程循環反覆推敲進行，雖然較為繁瑣費時，但最終比較容易產出良好的譯文。比起不經審慎思考就下筆成文，卻出現許多誤譯，那還不如採用此模式以提高翻譯品質。另一方面，如果譯文出現錯誤，也可以依照此模式找出原因。例如若是譯文發生文法或語言錯誤，那可能是譯者在再製階段未做好接受度的檢測；若是譯文讀來不合邏輯，那就可能是譯者在理解階段未做好合理性的檢測，或是在再製階段沒實施忠實度的檢測。若能以此兩階段的序列模式找出翻譯錯誤的原因，對於學習翻譯也有很大的助益。

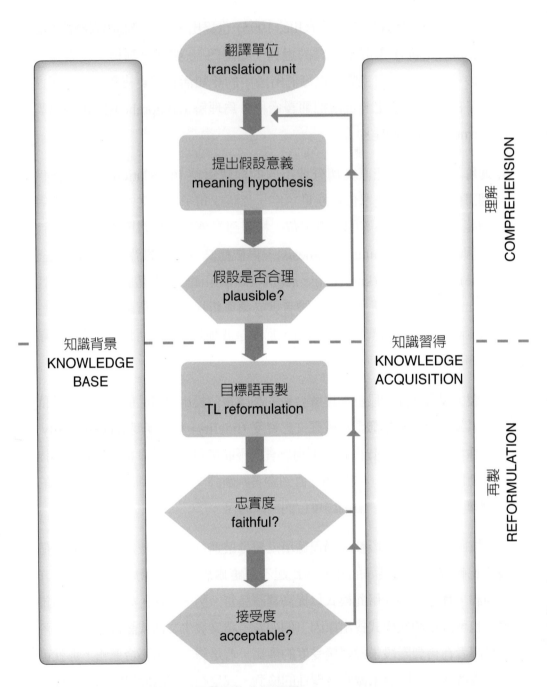

圖四：翻譯兩階段的過程 (Gile, 1995:102)

腦力激盪 請同學想一下自己的翻譯過程，看看是否符合以上奈達三階段或吉爾兩階段的論述？如果不盡符合，也請說說看你的翻譯過程。

_____

_____

_____

_____

_____

隨著時代進步，電腦科技日新月異，網際網路上提供的資訊包羅萬象且無遠弗屆，現代譯者不能再像過去一樣，只靠查字典和書籍來查找資料和新詞彙的譯名，也少有人再以紙本作業。在網路上快速搜查所需資料和使用輔助翻譯的軟體，已成爲譯者的基本能力。以下介紹目前在翻譯實務作業上常用到的網路資源和工具，包括中英線上辭典、語料庫、百科全書、翻譯軟體、翻譯期刊和專業組織等網站，相信能爲初學翻譯的同學帶來許多便利，增進學習翻譯的效率。

1 中英線上辭典

目前網路上的中英辭典非常發達，而且大部分免費，要查找字義非常方便。但就跟查閱傳統紙本辭典一樣，遇到一個英文單字有多種解釋時，要小心選取恰當的字義，而且在翻譯時也不宜直接套用辭典上的寫法，應該掌握字義後再針對譯文的上下文境來搭配用字。簡言之，查辭典可讓我們理解字義，但翻譯時還是得根據文境做調整，譯文才會自然流暢。

名稱	網址及說明
教育部國語辭典簡編本	http://dict.concised.moe.edu.tw 教育部所編輯的語文工具書，透過電腦網路推廣語文教育和全民終身教育理念。
教育部重編國語辭典修訂本	http://dict.revised.moe.edu.tw 記錄中古至現代各類詞語，並大量徵引古典文獻書證，適用於教學者、對歷史語言有興趣之研究者或一般民眾。

名稱	網址及說明
教育部成語典	http://dict.idioms.moe.edu.tw/ 適用於社會大眾。收錄 1,500 餘組成語（約 5,000 條），每條成語除釋義、音讀，另有典故原文及白話譯注、用法說明、例句等，內容極為豐富。
林語堂當代漢英辭典	http://humanum.arts.cuhk.edu.hk/Lexis/Lindict/ 香港中文大學出版社提供的漢英辭典服務，共收首字 (head character) 8,169 個，語法範疇及有關用例 (grammatical categories) 44,407 則，漢語詞目及片語 40,379 條。
Merriam-Webster Online Dictionary	http://www.m-w.com/ 韋氏是美國規模極大的出版商，出版語言相關參考書籍（如字典等）印刷品和電子產品。
Merriam Webster Visual Dictionary Online	http://visual.merriam-webster.com/ 韋氏圖像辭典是六種語言的互動辭典，以創新方式、精美插圖取代一長串的文字解釋。
Cambridge Dictionaries Online	http://dictionary.cambridge.org/ 英國劍橋大學出版社的線上版英英辭典，提供英文字詞的詞性、解釋、例句、發音、用法等，同時提供查詢「美國英語用法」、片語、俚語辭典功能，蒐集了大量現行的英語語料。
Dictionary.com	http://dictionary.reference.com/ 線上辭典，提供數百萬字的定義、同義詞、發音、例句以及翻譯，網站還包括 Thesaurus.com 詞庫和 Reference.com 百科全書查詢服務。
thesaurus.com 同義詞庫	http://thesaurus.com/ 和前面的 Dictionary.com 屬同一網站。

名稱	網址及說明
Logos Dictionary Volunteers	http://www.logos.net/ Logos Group 是歐洲一家翻譯機構，提供免費線上多國語言辭典，包含英、義、德、法、西、葡、丹麥、俄、中、希臘、塞爾維亞、波蘭等語文辭典。
Wiktionary	http://www.wiktionary.org/ 由網友共同編撰的多語字典，包括詞庫、語音資料庫，可查詢詞源、發音、同義詞、反義詞和翻譯。
Yahoo! 字典	http://tw.dictionary.yahoo.com/ 由 Yahoo! 奇摩入口網站提供的英漢／漢英字典，和 Dr.eye 譯典通字典合作。
OneLook 辭典	http://www.onelook.com/ 由 OneLook 搜索引擎提供的網路英文字典，提供九百多筆在線辭典的索引。
Urban Dictionary 英語俚語辭典	http://www.urbandictionary.com/ 可查詢時下年輕人使用的英語習語及俚語，由該網站註冊的網友自行編寫，各詞條經過審查後才公開。
MDBG 中英辭典	http://www.mdbg.net/chindict/ 提供漢語拼音和繁簡體字查詢的漢英辭典。可以下載單機版本。
iCIBA 詞霸	http://www.iciba.com/ 大陸的金山軟件公司開發，收錄多種詞典，提供大量雙語例句、句式用法和機器翻譯。
Dict.cn 海詞	http://dict.cn/ 大陸的線上詞典，提供大量詞彙釋義、例句、用法和常見錯誤等。

2 中英線上語料庫

　　語料庫的英文是 corpus，其含意是 body of text（文本的彙集）。拜電腦科技之賜，目前語料庫能夠儲存大量實際的中英文語料，並且加以分類和檢索。使用文內詞頻統計 (word frequency list)、關鍵詞索引 (key word in context)、關鍵詞檢索 (concordancer) 等功能，可快速方便地擷取豐富多樣的真實語料，大幅增進我們使用語言以及翻譯的效能。

名稱	網址及說明
國教院華英雙語索引典系統	https://coct.naer.edu.tw/bc/ 由我國國家教育研究院所建置，語料為中英雙語《台灣光華雜誌》20 多年來的文字內容。可以進行中進英或是英進中的雙向詞彙檢索，取得大量中英對應例句和搭配的翻譯詞語，有利於學習英文寫作和翻譯。
TANGO 搭配詞	http://candle.cs.nthu.edu.tw/collocation/webform2.aspx 國科會數位學習國家型科技計畫所建置的搭配詞檢索工具，目的是利用最先進的語料庫及自然語言處理工具來建立網路學習支援系統，以協助國人學習英語，附有光華雜誌和香港立法會的中英雙語語料庫。
TOTAL recall 關鍵詞檢索	http://candle.cs.nthu.edu.tw/totalrecall/totalrecall/totalrecall.aspx 利用語料庫及自然語言處理工具來建立網路學習系統，建置有英文說、讀、寫、文化、測驗及語料庫等工具，可協助使用者以有別於傳統的方式更有效率地學習英文，也附有光華雜誌和香港立法會的中英雙語語料庫。
Micase 學術口說英文語料庫	http://quod.lib.umich.edu/m/micase/ Micase 語料庫是美國密西根大學所建置，共有 156 篇逐字稿，超過 180 萬字，全部都是在密西根大學

名稱	網址及說明
	校園中所蒐集錄製，並且把文字檔和錄音檔放在網站上供全球人士使用。
Linggle 語言搜尋引擎	http://linggle.com/ 由清華大學張俊盛教授與其團隊所開發，可使用一些簡單的查詢方式來精準檢索英文常用搭配字彙及其例句。
ozdic.com 搭配詞辭典	https://www.ozdic.com/ 線上搭配詞辭典，鍵入單字後會出現與該單字搭配的各種詞性及用字，不過例句較少。
The Compleat Lexical Tutor 完全字彙導師	http://www.lextutor.ca/ 由加拿大的蒙特婁魁北克大學 (The University of Quebec at Montreal, QUAM) 語言教育系教授 Tom Cobb 所建置管理，可用來學習英文的字彙和文法，廣受語料庫研究人士以及教學專家的喜愛。
The Corpus of Contemporary American English 美國現代英文語料庫	http://corpus.byu.edu/coca/ 由楊百翰大學 (Brigham Young University) 語言學系教授 Mark Davies 開發上線，收錄多達四億五千餘萬字。從 1990 年開始到 2012 年，每年都加入近二千萬字，並持續更新中，可說是目前規模最大，且語料新穎平衡的免費英文語料庫。
EC Parallel Concordancer 英中平行關鍵詞檢索	http://ec-concord.ied.edu.hk/paraconc/index.htm 由香港教育學院英文系所建構，可檢索英中和中英兩種語言方向，語料多為文學小說的雙語文本。
Linguee 詞典	http://cn.linguee.com/ 名稱雖為詞典，但具備語料庫的功能，提供英中詞典以及數億條的譯文例句搜索。

3 百科全書

　　譯者的知識背景非常重要，翻譯各種主題的文本時，難免會接觸到不同領域的知識，這可不是把英文學好就可以解決的問題，此時就可以查找百科全書來應付一些基本背景知識的需求。但是某些專業的領域知識如財經、法律或科技等，就必須查找更專業的辭典或參考書籍。

名稱	網址及說明
Wikipedia 維基線上百科	http://www.wikipedia.org/ 由網友提供資訊，再由網友編輯校正。
Encyclopaedia Britannica 大英百科全書	http://www.britannica.com/ 由美國出版商韋氏提供免費簡易搜尋，進階搜尋則需付費。
Reference.com	http://www.reference.com/ 和前面的 Dictionary.com 屬同一網站。

4 線上翻譯軟體

　　愈來愈多人會使用線上翻譯軟體來翻譯，但目前除了固定用語格式的技術性文本之外，翻譯軟體的表現仍不如理想，而且常需要做一些後製的編修（post-editing），因此在使用時要特別謹慎。不過使用機器輔助翻譯是實務翻譯作業一個重要的趨勢，許多大型翻譯公司都在使用，同學也應培養這方面的能力。

名稱	網址及說明
Google translate	http://translate.google.com/ 免費軟體，進階翻譯功能包括進階搜尋、譯者工具包（類似翻譯記憶及詞庫）。

名稱	網址及說明
WorldLingo	http://www.worldlingo.com/ 免費軟體，進階翻譯功能包括 email 翻譯服務。
QTranslate	https://quest-app.appspot.com/ 免費下載的翻譯軟體工具，支援九種線上翻譯服務：Google Translate、Bing Translator、Promt、Babylon、SDL FreeTranslation.com、Yandex. Translate、Naver、有道、百度。可以搭配瀏覽器在網上查詢。

5 翻譯期刊

　　有志成為專業譯者及從事翻譯研究的同學，除了勤練翻譯的技巧之外，也應了解翻譯的理論原則和研究方法。以下翻譯期刊提供國內外翻譯研究的成果，值得有心的同學和老師一讀。

名稱	網址及說明
翻譯學研究集刊	https://www.facebook.com/tatiorg/ 收錄國內及大陸香港等地翻譯研究的文章，包括翻譯學相關的「研究論文」，國內外出版書籍之「譯書評論」與現場口譯之「口譯評論」，以及翻譯界的「翻譯反思與動態」和「特約演講」等。
編譯論叢	http://ctr.naer.edu.tw/index.php 國家教育研究院語文教育及編譯研究中心定期發行之專業期刊，收錄於臺灣人文學核心期刊 (THCI)。宗旨為提供專家學者編譯研究成果發表與交流之平臺，促進國內編譯研究之發展。除了紙本期刊外，也提供免費的線上電子期刊。

名稱	網址及說明
META: Translators' Journal	http://www.erudit.org/revue/meta/ 加拿大出版的季刊，收錄翻譯理論、翻譯教學、口譯研究、文體、語言比較、機器翻譯等與翻譯相關的文章。可免費下載非當期的論文。
Translation Journal	http://translationjournal.net/journal/ 免費的線上翻譯期刊，有許多譯者分享經驗與探討研究議題。

6　台灣翻譯相關專業組織

　　以翻譯為職志的同學不妨加入一些翻譯的學術或專業團體，或參與這些團體所辦的翻譯相關活動，可進一步了解目前國內翻譯界的動態和關注的議題。另外，財團法人語言訓練測驗中心主辦的中英文翻譯能力檢定考試也值得注意，通過後可取得翻譯證照以增加就業的競爭力。

名稱	網址及說明
台灣翻譯學學會官方臉書專頁	https://www.facebook.com/tatiorg/ 成立於 1996 年，會員大多是翻譯或英文系所師生以及專業譯者，對於推動國內翻譯實務、教學與研究等工作不遺餘力。每年除出版學術刊物《翻譯學研究集刊》和舉辦多場專題演講和工作坊外，亦與各大學翻譯研究所合辦「口筆譯教學研討會」。
台北市翻譯業職業工會	http://www.ttiu.org.tw/ 宗旨為結合國內精通世界各國語文和各種方言、母語之口譯、筆譯人才，及擅長手語釋義、盲人點字翻譯等人員，共組團體，匯集眾人力量，俾能利用團體資源，以保障勞工權益、增進勞工知能、謀取會員福利、改善會員生活、協調勞資關係，加強互助合作，並進而協助政府推行各項政令。

名稱	網址及說明
台北市翻譯商業同業公會	http://www.taat.org.tw/ 宗旨爲協助政府促進國際學術、文化交流及經貿發展，協調同業關係，增進共同利益，並以協助同業翻譯業務臻於完美。
台師大翻譯所官方臉書專頁	https://www.facebook.com/NTNUGITI/ 定期介紹台師大翻譯研究所、翻譯學界和業界相關資訊，分享演講、研討會等活動。
台大翻譯碩士學位學程官方臉書專頁	https://www.facebook.com/ntugpti/ 提供台大翻譯碩士學位學程師生的學術活動資訊及翻譯業界相關專業新知。

腦力激盪 請同學參考上面提供的線上學習資源，選擇幾項你有興趣的網址登入試用，並在班上報告使用心得，或和同學分享你使用時的操作過程和感想。

_____

_____

_____

_____

_____

使用 Google 輔助翻譯

經常上網的人都知道 Google 查資料的超強功能。其實在翻譯或寫作時，我們還可以把 Google 當成一個超大型的語料庫來檢驗英文和中文的用法。不過因為網路上的資料來源五花八門，不見得都很正確，所以我們必須掌握搜尋的技巧，才不至於落入錯誤的陷阱。以《中國時報》的新聞標題為例：

「世足賽轉播與政治習習相關」

這是個出現在國內大報上的句子，按理說應該是正確的，但有人可能會懷疑究竟應該用「習習相關」還是「息息相關」才對呢？我們可以把這兩個詞加上雙引號 "習習相關" 和 "息息相關"，再鍵入 Google 搜尋，就會出現以下的檢索統計結果：

所有網頁約有 61,000 項符合 "習習相關" 的查詢結果
所有網頁約有 742,000 項符合 "息息相關" 的查詢結果
（搜尋日期：2016 年 2 月 5 日）

從上述結果，我們可以得知「息息相關」所得項目遠遠超過「習習相關」，是社會大眾較為常用的寫法，而且其中一項檢索結果是由教育部成語典的網站提供，更可證實「息息相關」才是正確的寫法。

接下來再看中譯英的例子，比如說我們想把「提出問題」譯成英文，可以先假設為 raise a question，再以雙引號 "raise a question" 鍵入 Google 搜尋，可得到約 11,800,000 項結果，數量相當龐大，我們就有信心這應該是個正確的用法。

但是用 Google 搜尋仍很可能獲得錯誤的語料，尤其當我們在檢證英文詞組時，缺乏像母語中文般的直觀判斷能力，更容易受 Google 搜尋結果的影響。而且 Google 搜尋的網頁很多是非英語系國家人士所撰寫的英

文，如果使用者本身沒有足夠的判斷力，常會被錯誤的語料誤導。在這種情況下，我們可以使用 Google 的「進階搜尋」功能來指定搜尋網頁的語言和地區，例如指定為美國或英國，避免搜尋非英語系國家的語料。

翻譯小助教 2　翻譯時的「假朋友」

國內翻譯專家蘇正隆 (2008:2344-2347) 提醒我們，在學習英文或從事翻譯時千萬要小心所謂的 false friends（假朋友）。這種英文詞彙表面上看起來很容易聯想到中文裡類似的詞彙，造成我們自以為已經理解的錯覺，就不假思索地譯出來，但卻是錯誤的翻譯。例如 bank holiday 字面上看起來是「銀行節」，但其實跟銀行一點關係都沒有，正確的翻譯是「公共假期」。再如 full of beans 字面意思是「充滿豆子」，但實際上是指一個人精力充沛。另外，大多數國家都將 18 歲定為成年，許多文化裡也都有成年儀式 (coming of age ceremony) 來慶祝生命中這一重要時期的來臨，因此 coming of age 又有「重要階段、轉捩點」的意思，同學可別將這句話譯成「時代來臨」。其他常見的「假朋友」還有 eat one's words 並不是中文常說的「食言」，而是「承認說錯話」；pull one's leg 也很像中文裡所講的「扯後腿」，可是英文原意是「開玩笑」；grow cultures 可不是「發展文化」，而是「培養組織／細菌」；bookmaker 看起來像「圖書業者」，但其實是「接受賭注的莊家」；drawing room 易讓人誤以為是「畫室」，但卻是指「客廳」。

　　以上所舉例子都是翻譯時常碰到的陷阱，蘇正隆比喻說這就好像遇見似曾相識的人，誤以為「他鄉遇故知」，結果卻是被擺了一道而不自知。英文裡像這種我們自以為認識，似「識」而非的詞彙，語言學上稱之為 false friends（假朋友）或 false cognates（假同源詞），在翻譯時千萬要特別注意。

第二章
中英語言比較

學習目標

- 了解中英文在字詞、句構、文化三方面的差異。
- 提高對中英文字詞、句構差異的敏銳度，並據以採用適當的翻譯方法。
- 能夠根據中英文化的差異，在不同文境下以不同譯法詮釋同一原文。

本章摘要

本章旨在透過中英語言比較，提高同學對中英文差異的敏銳度，並據以學習恰當的翻譯方法，使同學在面對英文原文時，能以符合中文用詞語法和文化意涵的譯文來詮釋。

全章共分為四節。第一節比較**中英語序**，對於以中文為母語的人士而言，中文是自然習得的母語，對於中文的文法認識並不深入，反而是對在學校學習的英文文法較為熟識。因此，中文母語人士常用英文文法的概念來理解中文文法，例如英文的語序是〈主詞 (Subject) ＋ 動詞 (Verb) ＋ 受詞 (Object)〉，便直覺認為中文語序也是如此，因此產生許多翻譯上的迷思，誤以為英譯中時依照英文語序直譯即可，但其實中文和英文之間存在不少語序的差異，需要以各種不同譯法來處理。

第二節探討**中英詞性**的差異，中英文的句式有本質上的差異，英文句式以 SV 式為主，亦即「主詞」(Subject) 加「動詞」(Verb)，其中主詞的詞性一定是名詞，如果動詞有受詞也一定是名詞。中文句式則以 TC 式為主，亦即「話題」(Topic) 加「評論」(Comment)，有些學者雖然將這種句式也看成 SV 式，但相對於英文的 SV 式，中文 TC 式中「話題 (T)」的詞性遠較英文 SV 式的「主詞 (S)」多元，「評論 (C)」的詞性也遠較「動詞 (V)」豐富，例如「今天星期一」這句話當中「今天」（話題）和「星期一」（評論）都是名詞，而整句話並沒有動詞。針對中英句式的詞性差異，可以用「減譯法」和「詞性轉換法」來處理。

第三節比較**中英語態**的差異，以使用頻率來看，英文比中文更常使用被動語態；中文一向少用被動語態，並依情況可分為「意義被動」和「被

字句」兩種。中英文使用被動語態的時機亦有別，了解兩者的差異，有助於同學在英譯中語態轉換時能有依循的準則。

　　第四節比較**中英思維**，承接前面三節中英語序、詞性、語態的差異，語言與思維互為表裡，中英文因為文化思維不同，語言特色各有千秋，本節從文化的角度來理解中英語序、詞性和語態的差異，並探討稱謂、俗諺、色彩字等文化詞的翻譯方法，希望同學不只了解中英語言的不同特質，還能理解這些特質背後的文化成因，才能在中英轉換之間游刃有餘。

第1節 中英語序比較

How are you? 怎麼是你？

How old are you? 怎麼老是你？

這是照搬英文語序中譯鬧出來的笑話。在現實情況中，同學看到 How old are you?，大多會譯為「你幾歲？」、「你多大？」、「您今年貴庚？」，不至於會依照英文語序，字字對譯成「怎麼 (how) 老 (old) 是 (are) 你 (you)」這麼離譜的中文。但是透過這個笑話，我們得以一窺中英語序的差異。所謂語序，是指詞語在句子或短語中出現的順序。從語法順序來看，中文和英文雖然表面上大多是 SVO，也就是〈主詞 (Subject) + 動詞 (Verb) + 受詞 (Object)〉的排序，但是只要稍加深入檢視，就會發現中文和英文的語序其實有很大差異。同學不妨從以下三個例子著手，試著歸納出中英語序的不同特色：

1. 中文：台灣台北市大安區和平東路一段 162 號

   英文：No. 162, Sec. 1, Heping E. Rd., Da'an Dist., Taipei City, Taiwan

2. 中文：颱風過後，地方政府全力投入善後。

   英文：Local governments pitched in after the devastating typhoon.

3. 中文：因為賈伯斯，世界更美好。

   英文：We're better off because of Steve Jobs.

以上三個例子中，例 1 的中文語序範圍由大到小：「台灣 → 台北市 → 大安區 → 和平東路 → 一段 → 162 號」，英文語序則恰好相反，是由小到大：「No. 162 → Sec. 1 → Heping E. Rd. → Da'an Dist. → Taipei City →

Taiwan」。例 2 的中文語序遵照時間先後順序，先說「颱風過後」→ 後說「地方政府全力投入善後」，英文語序則正好顛倒，先說 Local governments pitched in → 後說 after the devastating typhoon。例 3 的中文語序先因後果，先說「因為賈伯斯」→ 後說「世界更美好」，英文語序則完全逆置，先說結果 We're better off → 後說原因 because of Steve Jobs。這三個例子所呈現的就是劉宓慶 (2006) 所歸納的三種中英語序規律：**範圍律** (Principle of Spatial Sequence)、**時序律** (Principle of Temporal Sequence)、**因果律** (Principle of Cause and Result Sequence)。本節重點即在探討中英文在範圍律、時序律、因果律的差異（請見下表），並援引譯例來說明面對中英語序差異時常用的翻譯技巧。

	中文	英文
範圍律	由大到小	由小到大
時序律	先後有序	較不固定
因果律	先因後果	較不固定

言歸正傳　中文和英文是兩種截然不同的語言。在文字上，中文是表意的象形文字，英文是表音的拼音文字。在文法上，中文動詞沒有三態變化，英文動詞的現在式第三人稱單數要加 -s，現在進行式要加 -ing，過去式有的要加 -ed，有的則是不規則變化，除此之外更有種種文法規則。所以許多學者如 Nida (1982)、陳定安 (1997)、劉宓慶 (2006) 等人皆認為英文重視「**形合**」(hypotaxis)。首先以單詞來看，英文藉由詞彙本身的**形態變化**來表達語法意義，例如 sing, sings, singing, sang, sung 便是透過形態變化來表現單複數、時態、語態的差異。其次就詞句來看，英文需透過連接詞、關係代名詞等**語法形式**來連接詞語和句子，例如 hot <u>and</u> cold, bride <u>and</u> bridegroom，便是以連接詞 and 將單詞串成片語；而同樣的概念，中文裡用「冷熱」、「新郎新娘」來表達即可，不一定要加連接詞說「冷<u>和</u>熱」、「新郎<u>和</u>

新娘」。相對於英文重視形合，中文沒有形態變化，也不需透過語法形式來連接詞語和句子，所以我們可以說中文重視的是「**意合**」(parataxis)，也就是依賴文境意義和邏輯關係來連結詞語和句子。例如「昨天念書念太晚，早上爬不起來」這個例句雖然沒有使用「因為……所以……」這類連接詞，但是詞語和句子之間的意義，便隱含了「因為昨天念書念太晚，所以早上爬不起來」的因果邏輯關係。

形合與意合是英文和中文的最基本差異。這些差異起源於中英文化的不同，從而衍生出兩種語言在語序、詞性、語態上的特色。英文因為重視形合，詞彙的形態變化多端，詞語和句子的連接依賴語法形式來表現。因此，調動語序時必須藉助語法形式，才能造出合理的句子，例如 I translated a book. 如果調換語序，變成了 A book translated I.，就是不合理的句子，必須將動詞 translate 的語態轉為被動，主詞 I 轉為受詞 me，並加上介系詞 by，才能形成合理的句子：A book was translated by me.。而中文因為重視意合、缺乏形態變化、少用或不用連接詞、多半依賴詞語和句子之間的文境意義和邏輯關係來組成句子，所以語序靈活。例如「吃飯沒有」、「沒有吃飯」、「飯沒有吃」、「有飯沒吃」、「沒有飯吃」，同樣四個字，只是語序不同，便能造出五句皆合理的句子。

另外從中英語序差異的角度，劉宓慶 (2006) 曾提出三種規律：**範圍律**、**時序律**、**因果律**。以下分別簡述。

---

1 範圍律 (Principle of Spatial Sequence)

語言與文化的思維方式息息相關。中國傳統哲學強調整體思維，西方傳統哲學崇尚個體思維。表現在政治上，中國的政治理想為世界大同，西方政治追求個人自由；表現在醫學上，中國醫學注重調養全身筋脈運行、氣血流通，西方醫學則強調對症下藥，頭痛醫頭、腳痛醫腳；這些都體現了中國重

整體、西方重個體的特色。而這種思維形態表現在語言上，中文在描述時往往是先看整體再看個體，順序由大到小；英文在行文時則常常是先談個體再談整體，順序由小到大。例如中文說「三分之一」、英文說 one-third；中文說「在家中排行老大」、英文說「the first son in his family」；中文說「六回談判的第一輪」、英文說 the first of a six-round talk。這就是中英語序在範圍律的差異。

範圍律是以時空範圍大小、寬窄、遠近作爲決定詞彙排列次序的原則。中文的範圍律傾向由大到小、由寬到窄、由遠到近；英文則由小到大、由窄到寬、由近到遠。例如中文說「國立台灣師範大學翻譯研究所」，英文譯爲 Graduate Institute of Translation and Interpretation, National Taiwan Normal University；中文說「康熙二年仲夏」，英文譯爲 in the midsummer of the second year of Kangxi reign。此外，在篇章中描景敘事時，中文往往從大處著眼，逐步觸及細節；英文則往往從小處著手，逐步擴及全局。同學可就以下譯例來比較中英語序在範圍律的差異：

Starting next month, people will be able to download details of their annual health premium payment online, said the National Health Insurance Administration of the Ministry of Health and Welfare, Executive Yuan. (*Taipei Times*)

行政院衛福部健保署表示，從下個月開始，民眾可以上網下載年度健保費明細。《台北時報》

說明 英文原文的範圍律由較小的 the National Health Insurance Administration 到較大的 Executive Yuan；中文譯文的範圍律則由最大的「行政院」，到「衛福部」，再到最小的「健保署」。

In late November 1997 following the dramatic plunge of the Korean won on the foreign exchange market, an IMF team of economists led by Mr. Hubert Neiss was rushed to Seoul. (*Telepolis*)

1997 年 11 月下旬，韓元在外匯市場急遽貶值，當時的國際貨幣基金亞洲區主管奈斯趕緊帶領一群經濟學家趕往首爾。《電視國》（德國線上新聞）

說明 In late November 1997 的 late 在此為「下旬」，也就是每個月的最後十天，整個短語的語序為：日 (late)、月 (November)、年 (1997)，範圍律由小到大；中文的語序則正好相反，範圍律由大（1997 年）到小（下旬）。原文段落摘自德國線上新聞 Telepolis，由於新聞翻譯講求訊息完整清楚，故將 Mr. Hubert Neiss 譯為「當時的國際貨幣基金亞洲區主管奈斯」，以幫助讀者理解整個句子的意涵。

He was not alone among former high-ranking officers of the Kanagawa Prefectural Police Department to face the music. (*Mainichi Daily News*)

日本神奈川縣警局的前高階警官中，應該承擔後果的人不是只有他而已。
《每日新聞》

說明 英文和中文的語序正好顛倒，英文先寫出 he（他），再接著寫 former high-ranking officers（前高階警官），最後才寫 Kanagawa Prefectural Police Department（神奈川縣警局），範圍律由小（個人）到大（群體）；中文首先於句首增譯「日本」，再譯「神奈川縣警局」、「前高階警官」，「他」字則一直到句尾才出現，範圍律由大（國家）到小（個人）。

請將下句譯成中文，其中畫底線的部分語序是由小到大，翻譯時請依中英文範圍律的差異調整語序。

A new report lists home health care as <u>one of the top five most profitable franchises in the US</u>. (*USA Today*)

新報導指出在家治凍是美國前五名 贏利能力最高的經銷商

An. *最新報導指出，居家護理是 美國前五大賺錢的加盟產業之一。*

參考解答請見 p. 256

　　上述的範圍律是中英文都要遵循的語序規律，以下的時序律和因果律則為中文特有，這是因為英文重視形合，只要語法形式正確，不一定要遵守時序律和因果律；中文則因為重視意合，在不講求嚴格語法形式下，語序較為固定，因此遵守時序律和因果律的傾向比英文明顯。以下將分別介紹中英文在時序律和因果律的差異。

2 時序律 (Principle of Temporal Sequence)

　　時序律指遵照時間順序：先發生的事情先說，後發生的事情後說。中文小至「喝醉」（先「喝」再「醉」）、「父子」（先有「父」才有「子」）等詞彙結構，或者「畫餅充飢」（先「畫餅」後「充飢」）、「生津止渴」（先「生津」後「止渴」）等詞組結構，大至篇章結構，基本上都是按照時序原則。英文則不然，因為英文可以藉由介系詞、連接詞、動詞時態等語法形式來表明時間順序，所以不須固守時序律。

Broadcast veterans said they couldn't recall such uninterrupted coverage of a story since the assassination of President Kennedy in 1963. (*AP*)

資深播報員表示，這是自 1963 年美國前總統甘迺迪遭暗殺以來，首次長時間連續報導同一則新聞。《美聯社》

說明 英文 since（自從）、from（從）、after（之後）、as soon as（一⋯就⋯）引導的副詞子句或片語，所描述的事比主要子句更早發生，譬如例句中 the assassination of President Kennedy（甘迺迪遭暗殺）先發生，主要子句中的 uninterrupted coverage of a story（長時間連續報導同一則新聞）後發生，翻譯成中文時必須遵照時序律，先譯「甘迺迪遭暗殺」，再譯「長時間連續報導同一則新聞」。此則新聞指的是 2001 年美國九一一恐怖攻擊事件。

Beef sales are plummeting, restaurants are reinventing their menus and only die-hards still lick their lips at the thought of steak tartar. (*Washington Post*)

牛肉銷售量急遽下滑，餐廳重新設計菜單，只有死忠者才會一想到韃靼牛排就猛舔嘴唇。《華盛頓郵報》

說明 除了 since, after, as soon as 等時間連接詞之外，from（從⋯）、by（藉由⋯）、with（以⋯；用⋯）等介系詞，或 with a view to...（為了⋯）、at the thought of...（一想到⋯）等介系詞片語，後面所接的多半也是先發生的事。譬如例句應該是先「想到韃靼牛排」(at the thought of steak tartar)，才「猛舔嘴唇」(lick their lips)，但英文卻是先寫 lick their lips。因此，翻譯成中文時建議顛倒語序，以求符合時序律。

That night, on going to bed, I forgot to prepare in imagination the Barmecide supper of hot roast potatoes, or white bread and fresh milk, with which I was wont to amuse my inward carving: I feasted instead on the spectacle of ideal drawing. (*Jane Eyre*)

我向來愛吃熱烘烘的烤馬鈴薯、白麵包和新鮮牛奶，上床前總在心裡刻畫這幾樣好吃的東西，聊以畫餅充飢。那天晚上卻不然。我臨睡的時候，滿腦子想的都是繪畫。《簡愛》

說明 原文句中有兩個時間點：「那天晚上」(that night) 和「我向來」(I was wont)。以時間順序而言，「向來」先於「那天晚上」，因此中文先譯向來的習慣，再譯那天晚上的情形，符合本節所介紹的時序律。

鮮學現賣 以下英文句子雖然只有一個動詞 charm，但是因為介系詞 with 有「用⋯」的意思，所以實質上有兩個動作，請將這兩個動作依中文的時序律翻譯成中文。

The violinist <u>charmed</u> the audience <u>with</u> a superb performance.

小提琴者用一場完美的表演來魅惑觀眾

A. 小提琴家演出超水準，迷倒全場觀眾

參考解答請見 p. 256

3 因果律 *(Principle of Cause and Result Sequence)*

由於中文語序遵照時間順序，所以陳述因果關係時，會依據先因後果的邏輯，先講原因再講結果，這就是因果律。英文則仰賴連接詞或介系詞等語法形式闡明因果關係，因此不須執著於因果律，所以先因後果或先果後因這兩種語序在英文中都相當普遍。

值得附帶一提的是，由於中文語序遵守時序律和因果律，所以已知訊息在前、新知訊息在後，讓步在前（雖然…）、陳述在後（但是…），條件在前（如果…）、結果在後（就…）；這些都是中文時序律和因果律的延伸，英文則不一定會遵守此規律。

Germany and Italy have said that across-the-board tax cuts to defuse fuel price protests would be a mistake, but there should be help for people worst affected. (*BBC*)

德國和義大利表示，為了平緩抗議油價調漲的聲浪而全面調降稅率，這種作法雖然值得商榷，但對深受其害的人而言卻是一項德政。（英國廣播公司）

說明 because, for, since, so 等表示因果的連接詞同學都很熟悉，另外像 to..., in order to..., with an eye to... 等表示「為了…」的用語，其中也隱含了因果關係，譬如上例中的「為了平緩抗議油價調漲的聲浪」(to defuse fuel price protests)，就是「全面調降稅率」(across-the-board tax cuts) 的原因，中譯時建議顛倒語序，譯成先因後果，讓譯文符合因果律。

The government of Vietnam has not even tried to cull the country's huge flocks of domesticated ducks, despite considerable evidence of widespread infection among them. (*New York Times*)

儘管大量證據顯示，越南飼養的鴨群已廣受感染，卻遲遲不見政府的撲殺行動。《紐約時報》

說明 英文中 though, although, despite, even though, in spite of 等引導的讓步子句和片語，內容都是已知的訊息，而讓步的結果（新的訊息）則於主要子句中陳述。譬如上句「大量證據顯示，越南飼養的鴨群已廣受感染」(considerable evidence of widespread infection among them) 屬於已知的訊息，但是結果卻「遲遲不見政府的撲殺行動」(not even tried to cull the country's huge flocks)，屬於新的訊息，因此中譯時調換語序，讓步在前、陳述在後。

One of Paris' best-known cultural landmarks, the Georges Pompidou Center, needs a financial shot in the arm if it is to compete in the ever-expanding arena of modern art. (*AP*)

巴黎知名文化地標龐畢度藝術中心若想在不斷擴張的現代藝術領域維持競爭力，就得在財務方面注入一劑強心針。《美聯社》

說明 中文往往先講條件、再說結果，基本句型為「如果……就……」，因此在翻譯時，多半會先譯 if, when, unless, without, considering, providing 等引導的條件子句或片語，再譯主要子句中的結果。譬如上句譯文便顛倒原文語序，先譯「若想在不斷擴張的現代藝術領域維持競爭力」(if it is to compete in the ever-expanding arena of modern art)，再譯「就得在財務方面注入一劑強心針」(needs a financial shot in the arm)。

鮮學現賣以下英文句子 said 後面的名詞子句中，雖然只有 will be 一個動詞，但其實還有另外一個動作 weaker-than-anticipated，而且這兩個動作具有因果關係。請將這兩個動作依中文的因果律譯出。

Dow Jones & Co., publisher of *The Wall Street Journal*, said its first-quarter earnings <u>will be</u> sharply below analysts' expectations because of <u>weaker-than-anticipated</u> advertising revenue. (*AP*) 收入

華爾街時報的出版社「Dow Jones & Co」說，由於 未達到 預期的廣告收入，第一期(季)的收盈利會比 分析師的預期 以下

因為廣告收入 比預期少，第一季營收將遠低於分析師的評估算。

參考解答請見 p. 256

　　由於中文和英文語序的差異，以上譯例都使用了逆譯法（詳見第三章第二節，p. 203），將英文中放在前面的訊息挪到中文譯文的後面，而原本英文中放在後面的訊息則提到中文譯文的前面。但是中英的語序並非永遠固定不變，英文的範圍律也可以由大到小，中文的範圍律也可以由小到大；英文也有依照時序律的句子，中文也有違背時序律的句子；英文句子也可以先因後果，中文句子也可以先果後因。不論中英文，語序都具有彈性，所以有時也可以按照原文行文的順序譯出，無須考慮改變原句的形式結構，這就叫做順譯法（詳見第三章第二節），以下例句即為一例：

For its electronic bank, Sony plans to use its Felica cards, which can
        1   2

be used for commerce online and at brick-and-mortar shops.
              3   4

(*The Japan Times*)

為了旗下的電子銀行，日本新力公司計畫發行菲力卡，不僅用於線上交易，
        1   2   3

亦可於實體商店使用。《日本時報》
        4

說明 原文是一個擴展的簡單句 (expanded simple sentence)，主詞是 Sony，動詞是 plans，為一簡單句，受詞 Felica cards 後面接形容詞子句以擴展句意；中文譯文按照原文語序，讀來相當自然。此處若用逆譯法，將形容詞子句置於名詞之前，便會導致譯文前飾過長，如：「為了旗下的電子銀行，日本新力公司計畫發行不僅用於線上交易亦可於實體商店使用的菲力卡」，反而不如順譯來得自然好讀。

中英語序不僅止於範圍律、時序律、因果律的差異，一些其他例子還包括中文的時間副詞常置於句首，英文的時間副詞常出現在句尾；中文的「某某人說」往往出現於句首，英文則可放在句中或句尾。此外，中文的修飾詞通常置於名詞之前，亦即**前位修飾**；英文的修飾詞則常以形容詞子句置於名詞之後，亦即**後位修飾**。中文作文往往提供了許多訊息之後才點出文章主旨，是「先敘事再表態」；英文作文則往往先點出主題再舉例說明，為「先表態後敘事」。了解中英文語序的差異，有助於在翻譯時採用相應的策略。

請指出以下譯例反映出哪些中英語序的差異。

1. With temperatures dropping in the war-ravaged country, they are also in need of shelter and supplies, aid group said.

   救援團體表示，隨著氣溫下降，這個遭受戰爭蹂躪的國家需要避難場所和救援物資。

   中英語序差異：<u>故先以團體表示，再說表示的內容</u>

   <u>因果先後</u>

2. Taiwan was admitted to the World Trade Organization (WTO) on January 1, 2002.

   2002 年 1 月 1 日，台灣加入世界貿易組織。

   中英語序差異：<u>日期由大到小；時間先後順序、先日期</u>

   <u>後說明發生的事</u>

3. These are confidential documents not accessible to the public.

   這些是大眾無法接觸到的機密文件。

   中英語序差異：<u>由大到小／遠到近，大眾 → 機密文件</u>

4. Huei Jin, who has had a mobile phone since the seventh grade, sends text message without even glancing at the keypad.

   七年級就開始用手機的慧真，傳簡訊都不用看鍵盤。

中英語序差異：① 前位修飾 ~ 的雙重

---

5. It is crucial that we can provide a permanent source of
revenue to purchase books.

我們必須提供穩定的資金來源來購書，這點非常重要。

中英語序差異： 先表態再敘事加強說明很重要

參考解答請見 p. 256

學以致用

本節介紹了中英文在範圍律、時序律、因果律的差異，並提出以逆譯法來因應中文和英文在語序上的不同。接下來請以逆譯法翻譯以下三個句子，使譯文符合中文語序。

1. Germany could strengthen domestic demand by opening up
its services market and by encouraging wages to rise in line
with productivity, two of the recommendations made to Berlin
by the EU Council last July. (*Financial Times*)

去年7月份 EU 會給 柏林 2個建議 ㊀開放 服務市場 並鼓勵
時薪隨著效率增加，可以強化德國的國內需求。

2. Amazon.com Inc., and other Internet-retail stocks rose
after better-than-expected earnings from computer-related
companies raised expectations of increased commerce on
the Web, and revived interest in the shares. (*USA Today*)

3. The former director of a bankrupt credit cooperative, who has already been indicted for embezzlement, was hit Friday with a breach of trust charges for causing a 1.6 billion-yen loss to the bank through illegal loans. (*Mainichi Daily News*)

參考解答請見 p. 257

翻譯鬧笑話 同學覺得把 How old are you? 翻譯成「怎麼老是你?」很誇張嗎?其實在日常生活中,這種不顧中英語序差異而照翻的譯文並不罕見,不僅英譯中如此,中譯英的例子也屢見不鮮,尤以告示翻譯最為常見。

　　圖一是 2008 年台鐵台中沙鹿車站設立的雙語交通指南看板,看板上的英文就是按照中文語序翻譯所造成的錯誤。例如「距靜宜大學約 5 公里」,英文應該使用逆譯法,先翻「5 公里」再翻「靜宜大學」,譯成 5 km to Providence University,但是看板上的英文卻照著中文語序字字對譯,翻成 Be apart from quiet proper university about 5 kilometers。更離譜的是把看板上的地名依照中文語序直譯成英文,例如「靜宜大學」(Providence University) 譯成 quiet proper university,「巨業客運」(Geya Bus Transportation) 譯成 huge industry passenger transportation,「梧棲港」(Wu-Chi Harbor) 譯成 Wu to stay harbor,「弘光科大」(Hungkuang University) 譯成 Hong only section,外國遊客看了鐵定一頭霧水。

交通指南 Transportation guidebook
1. 距巨業客運約1.5公里 搭車約2分鐘 步行約7分鐘 Be apart from huge industry passenger transportation abou
2. 距靜宜大學約5公里 搭車約7分鐘 Be apart from quiet proper university about 5 kilometers
3. 距弘光科大約8公里 搭車約9分鐘 Be apart from Hong only section about 8 kilometers take 1
4. 距梧棲台中港約15公里 搭車約25分鐘 Be apart from Wu to stay harbor about 15 kilometers
5. 距台中航空站約12公里 搭車約15分鐘 Be apart from air terminal about 12 kilometers in Ta
6. 距童綜合醫院約2公里 搭車約3分鐘 Be apart from a kid general hospital about 2 kilomet
7. 距光田醫院、玉皇殿約500公尺 步行約5分鐘 Be apart from the light farmland hospital and jade huang
8. 距鎮公所、代表會、警察局、消防局約2.5公里 搭車約5分鐘
Be apart from town hall, representative's about 2.5 kilometers in the meeting, police station, fire fight bureau

圖一

51

這種依照中文語序翻譯出來的中式英文，不僅妨礙理解，有時候甚至跟原文的意思恰恰相反。例如圖二告示牌上「小心滑倒」應譯為 Slippery when wet，但直譯成英文之後卻變成 Carefully Slip and Fall Down；圖三的「小心墜河」可譯為 Danger! Keep Off!，但卻譯成了 Carefully fall to the river。這兩句中文本來都是要人小心「不要」滑倒、「不要」墜河，翻成英文之後反而變成「要」滑倒、「要」墜河，而且滑倒時還得小心滑，墜河時還得小心墜，這未免也太為難外國遊客了吧？

圖二

圖三

不過觀光局還是很貼心的啦，擔心外國遊客掉進河裡之後手機泡水不好用，還在台鐵台北火車站的洗手間提供了 Bake the Call-Phone（圖四）的服務。仔細一看，哎呀，這手機好像拼錯了，應該是 Cell-Phone 才對，視線再往上移，這才發現不得了，這明明是烘手機 (hand dryer)，給人家洗完手烘乾用的，怎麼變成烘「手機」用的？

圖四

像這樣因為直譯造成的誤解還有呢！像是圖五這家「成人用品」(Adult Goods) 專賣店，本來主打的消費族群應該是熟男熟女，結果直譯成 Become Person's Thing 之後，在門口排隊的恐怕只有《木偶奇遇記》裡的小木偶、《綠野仙蹤》裡的機器人和《AI 人工智慧》裡的機器男孩了吧？這樣會不會有廣告不實的嫌疑啊？

圖五

看完這些實例，同學心裡可能會想：「現在科技這麼發達，只要靠機器翻譯，應該就不會鬧出這種笑話了吧？」老實說，這樣想的人還真不少，在許多大學生的心目中，Google 翻譯的地位簡直可比天神，不管寫什麼作業都要去求神問卜一下。而太依賴 Google 翻譯的結果，就是把「松下問童子」譯成 Panasonic asked the boy.（圖六）。所以說，同學們還是好好把這本書看完，練就一身翻譯絕活，凡事靠自己最實在！

圖六

翻譯	原文是 中文 ▾	⇄	翻譯成 英文 ▾	翻譯

英文　中文　日文

松下問童子　　　　　　　　　　　　　　　　×

☐ 允許以拼字方式輸入　　　　　　　　　　🔊 Ā

中文(繁體)　英文　中文(簡體)

Panasonic asked the boy

山上有座廟，廟裡供香爐，香爐上刻字：

可
也　　以
心　清

廟裡的住持問小和尚：「香爐上寫著什麼」？有人回：「可以清心也」，有人說：「以清心也可」，有人答：「清心也可以」，有人說：「心也可以清」，最後住持道：「也可以清心。起點有異，殊途同歸。」

不過是五個排成一圈的字，居然可以變化出五種句子，中文語序的變化真是太靈活了！但是如果要將這則小故事翻譯給外國友人聽，可就一點也不有趣。首先，這五個字之所以不論從哪個字開頭都能成句，原因在於中文的主詞可用各式各樣的詞性，可以是名詞，如：「心也可以清」；可以是動詞，如：「清心也可以」；可以是介系詞片語，如：「以清心也可」；也可以沒有主詞，如：「也可以清心」。英文則不然，英文的句子一定要有主詞，而且主詞只能是名詞。從以上的例子，我們可以看出中文主詞的詞性比較多元，而且句子中不一定有動詞，同學不妨比較以下例句：

1. 慢著！
   Wait!

2. 我昨天很忙。
   I was busy yesterday.

3. 我買了紅色的。
   I bought a red one.

4. 他正在畫群雁南飛。

He is painting wild geese flying southward.

以上四例中，英文每一句都有動詞，例 1、例 3、例 4 分別用一般動詞 wait, bought, is painting，例 2 則是 be 動詞過去式 was；此外，英文例句的受詞都是名詞，譬如例 3 是不定代名詞 one，例 4 則是一般名詞 wild geese 後面接 flying southward 修飾。而中文句子則不一定包含動詞，可能只有形容詞，譬如例 1 的「慢」和例 2 的「忙」；受詞則可以是形容詞「紅色的」，或者是短句「群雁南飛」。在翻譯時，中英文詞類的差異會一再考驗我們的轉換技巧。本節將比較中文和英文主詞、動詞、受詞的差異，據以提出相應的翻譯方法。

言歸正傳　中文和英文的句子結構很不一樣。英文句子大體上是〈主詞＋動詞〉的 SV 式，每個合乎文法的句子一定都要有一個主詞 (Subject) 和一個動詞 (Verb)，而且主詞和動詞必須一致，單數主詞搭配單數動詞，複數主詞搭配複數動詞。所以，英文的主詞必須是名詞，因為只有名詞才能區分單數和複數。

相較於母語的文法，一般人對於後天習得外語的文法較為熟悉。對大部分同學而言，英文是後天習得的外語，對英文文法比對中文文法還了解，甚至會將英文文法套用在中文上，以為中文句子也是 SV 式，但其實中文句子通常是〈話題＋評論〉的 TC 式，以話題 (Topic) 起頭，再根據該話題加以評論 (Comment)，例如「我家門前 (topic) 有小河 (comment)」、「在台北 (topic) 可以吃到世界各地的美食 (comment)」。劉宓慶 (2006) 認為，中文的主詞之所以詞性多元，就是因為除了名詞之外，動詞、形容詞、句子等也都可以成為「話題」。因此相較於英文主詞只能是名詞，中文主詞的詞性豐富許多。以下分別針對中英文的主詞、動詞和受詞特徵做進一步比較。

1 英文主詞的特徵

英文主詞的詞性只能是名詞，依句式可分爲 (1) 施事主詞、(2) 受事主詞、(3) 形式主詞、(4) 話題主詞。

施事主詞是句中實施行爲者，例如 I have translated two novels. 這句話中是 I（我）實施了 translate（翻譯）這個動作，因此是施事主詞。

受事主詞是句中接受行爲者，例如 This novel was translated by me.，這句話中是 this novel（這本小說）接受了 translate（翻譯）這個動作，所以是受事主詞。

形式主詞最常見的就是虛主詞 it，例如 It is never too late to learn.，it 是文法上的主詞，但並非語意上的主詞，所以稱爲虛主詞，眞正的語意主詞是句末的 to learn（學習），整句的意思是「學習永遠不嫌晚」，可以譯成「活到老學到老」。

話題主詞通常出現在句首，多爲句中的已知訊息，是整個句子描述的對象（屈承熹、紀宗任，2006），例如：That stupid seatbelt, you can hardly unbuckle it in such frigid icy water.（那條笨安全帶，在這種冰到讓人凍僵的水裡怎麼解都解不開。）句首的 That stupid seatbelt 就是話題主詞，指示形容詞 that 表示這不是任何一條安全帶，而是之前提過的安全帶，所以是已知訊息，逗點後方的句子 you can hardly unbuckle it in such frigid icy water 則是有關這條安全帶的進一步陳述。英文中雖然也有這種〈話題＋評論〉的 TC 式句子，但嚴格來說，這種句子其實不合文法，因此並不多見。

2 中文主詞的特徵

　　相較於英文，中文句子多爲〈話題＋評論〉的 TC 式，以話題 (Topic) 起頭，再加以評論 (Comment)，由於名詞、動詞、形容詞、句子皆可成爲「話題」，因此和英文相比，中文主詞的詞性豐富許多，可依句式區分爲 (1) 施事主詞、(2) 受事主詞、(3) 受事主詞＋施事主詞、(4) 施事主詞＋受事主詞、(5) 零位主詞、(6) 話題主詞。

　　施事主詞如「我翻譯了一本英文小說」的「我」，受事主詞如「英文小說譯成了中文」的「英文小說」，這兩種主詞英文也有，不過值得注意的是，英文以受事主詞開頭的句子需使用**被動語態**，例如前文的 This novel was translated by me.。中文的被動語態較少，而且通常以「意義被動」表示，不一定要使用「被字句」，前例「英文小說譯成了中文」，即可表示「英文小說」是接受「譯」這個動作的對象，不一定要明說：「英文小說被譯成了中文」（詳見本章第三節「中英語態比較」，p. 73）。

　　此外，跟英文不同的是，在中文句法中，受事主詞和施事主詞可以並存，例如「那本英文小說，我已經譯得差不多了」，就是受事主詞（那本英文小說）和施事主詞（我）並列，後方接動詞「譯」；又如「我啊，那本英文小說早就譯完了」，則屬於施事主詞（我）和受事主詞（那本英文小說）並列，後方接動詞「譯」。

　　中文還有零位主詞句，例如賈島的詩〈尋隱者不遇〉：「松下問童子，言師採藥去，只在此山中，雲深不知處。」這四句都沒有主詞，但是從上下文境便可推知是詩人在松下問童子，童子答師父採藥去，師父只在此山中，童子不知師父在何處，這種零位主詞句在以 SV 式爲主的英文中相當罕見。

　　再者，英文雖然也有以話題爲主詞的 TC 句，但只占少數；相對的，話題主詞在中文卻占多數，而且種類繁多，包括時間（今年譯了兩本書），地點

在咖啡廳譯完了一本），方法（用 google 翻譯又譯了一本），副詞（一轉眼就翻譯完了），動詞（翻譯好好賺），形容詞（認真才能做好翻譯），句子（你翻譯得真好，我真佩服）。除此之外，中文還有話題連用的現象，也就是說可以連用好幾個話題主詞，例如「我翻譯的那兩本書，一本暢銷，一本滯銷」，短短一段話就用了三個話題主詞。兩相比較之下，中文的主詞不論在詞性和句式方面，都較英文複雜，兩者的差異整理如下表：

	中文主詞	英文主詞
詞性	名詞、動詞、形容詞、副詞、句子	名詞
句式	施事主詞、受事主詞、受事主詞＋施事主詞、施事主詞＋受事主詞、零位主詞、話題主詞	施事主詞、受事主詞、形式主詞、話題主詞

3 英文動詞的特徵

動詞是英文句子的靈魂。我們從小學到大的英文五大句型，就是依據動詞特性將句子分成五種基本句型。所謂動詞特性，主要可分為及物動詞（transitive verb，簡稱 Vt）和不及物動詞（intransitive verb，簡稱 Vi）兩種，還可以依照完全 (complete) 和不完全 (incomplete) 的性質再細分。

先談及物和不及物動詞，「及」在此表示「牽涉、產生關係」，所謂「及物動詞」表示該動詞必須與他物產生施受關係，意思才會完足，因此後方必須接受詞（object，簡稱 O）；而「不及物動詞」表示該動詞不須與他物產生關係，意思便已完足，因此後方不須接受詞。

接著再談完全和不完全動詞，「完全動詞」是不需要補語的動詞，依及物和不及物的特性可分為「完全不及物動詞」和「完全及物動詞」，句型和例句如下：

1.〈S + Vi（完全不及物動詞）〉

The peacock <u>preened</u>. 孔雀開屏。

2.〈S + Vt（完全及物動詞）+ O〉

The pigeon <u>preened</u> her feathers. 鴿子理毛。

例 1 的 preen 作「開屏」解，意思已經完足，後方不須接受詞和補語，所以稱為「完全不及物動詞」。同樣的動詞 preen 在例 2 則作「整理」解，需要受詞才能讓整句話的意思完整，但是不需要補語，所以稱為「完全及物動詞」。

至於「不完全動詞」則需要補語，句子的意思才會完整，也可以根據及物和不及物的特性再分為「不完全不及物動詞」和「不完全及物動詞」，句型和例句如下：

3.〈S + Vi（不完全不及物動詞）+ SC（主詞補語）〉

I <u>am</u> a translator. 我是譯者。

4.〈S + Vt（不完全及物動詞）+ O + OC（受詞補語）〉

Practice <u>makes</u> me a good translator. 練習讓我精於翻譯。

例 3 的 translator 和 be 動詞 (am) 並沒有施受關係，而是用來補充說明主詞的職業，所以稱為主詞補語；至於這個需要補語但不需要受詞的 be 動詞，就是「不完全不及物動詞」。例 4 的 make（讓⋯；使⋯）後方須接受詞 (me) 和受詞補語 (a good translator)，整句話的意思才會完整，所以是「不完全及物動詞」。

及物動詞除了上述的「完全及物動詞」和「不完全及物動詞」這兩種之外，還有一種**授與動詞**，顧名思義是表示「給某人某物」的意思。換言之，授與動詞有兩個受詞。給別人東西時，送出去的物品是「直接受詞」

（direct object，簡稱 DO），接受物品的對象（通常是人）則是「間接受詞」（indirect object，簡稱 IO），句型和例句如下：

5.〈S + Vt + IO + DO〉

He <u>gave</u> me a translated novel.　他給了我一本翻譯小說。

例 5 的 me 和 a translated novel 都是 give（給）的受詞，主詞「他」(he) 在執行「給」(give) 這個動作時，是將「翻譯小說」(a translated novel) 拿在手中，所以「翻譯小說」是直接接受「給」這個動作的受詞，稱為直接受詞，而收到翻譯小說的我 (me) 則是透過「翻譯小說」間接接受「給」這個動作，所以稱為間接受詞，而在句中同時擁有兩個受詞的動詞 give 則稱為授與動詞。

從以上五大句型可以知道，英文句子確實以 SV 式為主，每個句子一定要有主詞和動詞，而且動詞必須和主詞一致，並根據語態、時態加 -s 或 -ed，例如：John translates every day.，主詞 John 是第三人稱單數，主動實施翻譯 (translate) 這個動作，屬於主動語態，再由時間副詞 every day 可知本句時態是現在式，因此動詞 translate 要加 -s，這在文法上稱為**詞尾曲折變化** (inflection)。英文句子受到以上文法規則的約束，像這樣依據主詞、語態、時態產生形態變化的動詞，稱為**主要動詞**。在英文文法中，除了以連接詞連接數個主要動詞之外，通常一個句子只能有一個主要動詞，其他動詞則須轉為分詞、副詞、介系詞或動詞的同源名詞和同源形容詞。中文則無此限制，一句話可以運用好幾個動詞，因此，許多學者認為英文是靜態的語言，中文則是動態的語言（連淑能，1993；王武興，2003）。

4 中文動詞的特徵

　　中文動詞不必根據主詞、時態、語態產生形態變化，因爲中文根本沒有詞尾曲折變化，不論是「他天天翻譯」、「我正在翻譯」、「你昨天就翻譯了」，動詞「翻譯」均以同樣的形式出現，但是譯成英文就必須依人稱、時態、語態分別翻譯成 translates, translating, translated。由於中文動詞不論主詞、時態、語態一概以原形呈現，所以使用起來相當自由，一句話可以連用好幾個動詞。譬如「喝茶消暑解渴」、「持槍劫機殺人越貨」、「寫信約時間見面詳談」，不像英文一句話通常只能有一個主要動詞，故英文有靜態語言之稱，中文則有動態語言之稱。

　　中文動詞雖然沒有形態變化，但是依賴詞彙、語序等手法，依然可以區分出語態和時態的差別。例如蘇軾的詩〈贈劉景文〉：「荷盡已無擎雨蓋，菊殘猶有傲霜枝。一年好景君須記，最是橙黃橘綠時。」詩中的時序有已逝，有將逝，有現在式，有現在進行式，就是透過詞彙「已」、「猶」、「須」、「最是……時」等字精準呈現。又如「我吃了蛋糕」和「蛋糕我吃了」，便是透過語序傳達出主動語態和被動語態。

　　主動和被動語態呈現出主詞和動詞之間的施受關係，主詞主動施行動作就是主動語態，主詞接受動作則是被動語態。中英文都有主動語態和被動語態，換句話說，中文的主詞和動詞之間也和英文一樣都存在著施事者和動作之間的關係，而之前所提的英文五大句型，中文也全部都有：

	及物動詞	不及物動詞
完全	完全及物動詞 The pigeon preened her feathers. 　鴿子　　理　　　毛 　S　　Vt　　O	完全不及物動詞 The peacock preens. 　孔雀　　開屏 　S　　Vi

	不完全及物動詞	不完全不及物動詞
不完全	Practice makes me a good translator. 　練習　　讓　我　　精於翻譯 　S　　Vt　O　　　OC	I am a translator. 我 是　　譯者 S　Vi　　SC
其他	授與動詞 He gave me a translated novel. 他 給了 我　一本翻譯小說 S　Vt　IO　　　DO	

　　但中文的句子不能夠完全用英文句型去涵蓋理解，中文最主要的句式為 TC 式，「話題 (T)」是被述說的對象，「評論 (C)」則用以陳述說明話題。相較於英文的 SV 式，中文 TC 式中不論是「話題」或「評論」的詞性都遠較英文多元。前面我們已經看過許多「話題」的例子，接下來將進一步探討相當於英文動詞的中文「評論」部分。

　　中文的「評論」除了**動詞**之外，還可以是**體詞**、**形容詞**、甚至是**句子**。例如：「今天大年初一，天氣很好，我和媽媽出門逛街，百貨公司人多到不行。」這四句中，除了第三句的評論是動詞「出門逛街」之外，第一句的評論是體詞「大年初一」，第二句的評論是形容詞「很好」，第四句的評論則是句子「人多到不行」。

　　體詞是名詞、代詞、數詞、量詞的總稱，這些體詞可以互相結合，例如十月（數詞＋名詞）、這個（代詞＋量詞），也可以用形容詞前飾，例如晴天、陰天，這些一概通稱為體詞。依照中文的文法，體詞可以直接和主詞結合形成句子，例如「一轉眼又十月了」，「你這個傻瓜」，「昨天晴天，今天陰天」，不必像英文的主詞和體詞之間必須以 be 動詞（是）來連接。

不只體詞如此，中文的形容詞和主詞之間也不需要用「是」來連接，例如「曹操狡獪」、「這球漂亮」、「滿園芬芳」；此外，形容詞前方還可以用程度副詞來修飾，例如「太陽好大」、「最近很忙」、「物價非常高」；後方還可以加「了」表示狀態改變，例如「他不高興了」、「牛奶壞了」、「電腦又好了」，因此有語法學家將中文的形容詞稱為「情狀動詞」（屈承熹、紀宗任，2006）。

　　除了體詞和形容詞，中文的評論還可以是句子，簡稱評論句，這種評論句可以分成兩類。第一類是評論句的主詞和全句的主詞有關，例如「媽媽以前身材很好」，「媽媽」是全句的主詞，「身材很好」是評論句，評論句中的主詞「身材」就是指全句主詞「媽媽」的身材。第二類是全句的主詞和評論句的主詞存在施受關係，例如「蛋糕我吃掉了」，「蛋糕」是全句的主詞，「我吃掉了」是評論句，評論句中的主詞「我」和全句主詞「蛋糕」一個是施事者、一個是受事者，換言之，「蛋糕我吃掉了」這個句子，就是前面所說中文的施事主詞和受事主詞可以並列的情況。

　　綜上所述，中文 TC 式中「評論 (C)」的詞性較英文 SV 式中的「動詞 (V)」多元，詳見下表：

	中文評論	英文動詞
詞性	**動詞、體詞、形容詞、句子**	**動詞**
句式	S + Vi S + Vt + O S + Vi + SC S + Vt + O + OC S + Vt + IO + DO S + **N** S + **adj.** S1 + S2 + **V**	S + Vi S + Vt + O S + Vi + SC S + Vt + O + OC S + Vt + IO + DO

5 英文受詞的特徵

從五大句型來看，英文的動詞和受詞不外乎施事和受事的關係，而受詞又可以分成直接受詞和間接受詞兩種。首先**直接受詞**是直接受動詞影響，這種影響可以是：(1) 由動詞的動作創造出來（如：I wrote a book.）；(2) 由動詞的動作而產生變化（如：I baked a potato.）；(3) 由動作施事者的五官所感（如：I saw a polar bear.）；(4) 受動作施事者評價（如：I like Hello Kitty.）；(5) 由動作施事者獲得或擁有（如：I bought a house.）。

不同於直接受詞，**間接受詞**顧名思義就是間接受到動詞影響，這種影響可能是 (1) 直接受詞的接受者（如：He sent me a postcard.），也可能是 (2) 動作的受益者（如：The prima donna sang me a song.）。不論是直接受詞還是間接受詞，英文受詞的詞性都一定是名詞，而且和動詞之間只有施受關係，也就是說，英文的受詞都是「受事受詞」。

6 中文受詞的特徵

相較於英文，中文動詞和受詞之間的關係相當複雜。中文也有**受事受詞**，例如「寫文章」、「蒸饅頭」、「聽音樂」、「愛國」、「買房子」、「寄給我一張明信片」，這些受詞和動詞之間都存在著施受關係。但除了受事受詞之外，中文的受詞還可以是**施事受詞**，例如：「出太陽了」、「一間房間睡五個人」、「山坡上下來兩個遊客」，其中「太陽」、「五個人」、「兩個遊客」都是實施動作者，如果調到句首便會轉為「施事主詞」，例如：「太陽出來了」、「五個人睡一間房間」、「兩個遊客從山坡上下來」。

然而，像是「熬夜」、「寫黑板」、「寄快遞」、「逃難」、「考駕照」等常用短語，名詞和動詞之間的關係顯然不能用施受關係來解釋，這類受詞統稱為**與事受詞**，譬如「熬夜」的「夜」是動作耗費的時間（稱為「時間受詞」）；「寫

黑板」的「黑板」是動作發生的位置（稱爲「處所受詞」）；「寄快遞」意即「用快遞寄」，「快遞」表示動作憑藉的方法（稱爲「方法受詞」）；「逃難」意即「因難而逃」，所以「難」是實施動作的原因（稱爲「原因受詞」）；「考駕照」意即「爲了駕照而考試」，「駕照」是動作的目的（稱爲「目的受詞」）。

從上可知，中文的受詞和動詞之間關係相當多元。除此之外，中文受詞的詞性也不限於名詞一種，還可以是形容詞（如：他覺得很奇怪），或是動詞（如：我喜歡唱歌跳舞），甚至是句子（如：他希望您可以來）。兩相比較之下，中文受詞的詞性和種類都比英文更豐富，兩者的差異可整理成下表：

	中文受詞	英文受詞
詞性	名詞、形容詞、動詞、句子	名詞
句式	受事受詞、施事受詞、與事受詞（包括時間受詞、處所受詞、工具／方法受詞、原因受詞、目的受詞）	受事受詞

7 中英詞類的翻譯技巧

比較了中英文在主詞、動詞、受詞之間的差異後，我們可以發現不論是詞性或句式，中文都比英文更多元。在詞性方面，英文的動詞就是動詞，主詞和受詞都是名詞，但中文的「評論」則可以是動詞、體詞、形容詞、句子，而主詞和受詞除了名詞之外，還可以是動詞、形容詞、句子等。因此，**詞類轉換**是種非常重要的中英翻譯技巧。請見以下的例子：

The sight and sound of our jet plane filled me with special longing.
看見我們的噴射機，聽見隆隆的飛機聲，我的心裡充滿了嚮往。

說明 英文的主詞只能是名詞，而且除了主要動詞之外，其他的動作概念都必須以動名詞、不定詞或動詞的同源名詞來表達。像上面例句中的名詞 sight 就隱含了「看見」，sound 則隱含了「聽見」的意思，這就是英文動詞的名詞化 (nominalization) 現象。翻譯時若碰到這種名詞化的英文，不妨轉換成中文的動詞。

They went towards the street, past shops, across a big square, and then into a tall building.
他們往街上走，經過商店，穿過大廣場，進入一棟高樓大廈。

說明 由於英文的名詞化傾向，所以置於名詞前面用來連接上下文的介系詞使用頻率也不低，許多介系詞和名詞組成的介系詞片語都包含了動作的意涵，例如 at table（用餐）、in charge of...（負責…）、in pursuit of...（追求…）；除此之外，許多介系詞本身就帶有動詞的性質，例如：beyond（超過）、below（不足）、against（反對）、for（贊成），以及上面例句中的 past（經過）、across（穿過）、into（進入）。因此在翻譯時，不妨用詞性轉換法將這些英文介系詞轉換成中文動詞。

More than 47,000 personnel are action-ready for evacuations, mud clearing, and other disaster relief, said MND spokesman Luo Shou-he. (*China Post*)

國防部發言人羅紹和表示，有超過四萬七千名人力隨時可投入疏散民眾、清除淤泥等救災工作。《中國郵報》

說明 除了名詞之外，英文也可以用形容詞來表達動詞意涵，譬如用 be supportive of 代替 support、用 be thankful for 代替 thank，就是以動詞的同源形容詞來表達動詞的意涵；此外，表示心理和生理感覺的形容詞例如 afraid, aware，其意義也相當於動詞；再如 peace-<u>loving</u>（愛好和平）、computer-<u>savvy</u>（精通電腦）、printer-<u>friendly</u>（方便列印）等複合形容詞也可表達動詞意涵。上面例句中的 action-<u>ready</u> 也是如此，所以用中文的動詞翻譯成「隨時可投入」。

鮮學現賣　中英文相較之下，英文名詞用得比較多，中文則是動詞用得比較多，因此英譯中時常常需要轉換詞性。以下請用詞性轉換法，將句中畫底線的單字轉為動詞。

The exhibition's most fascinating <u>displays</u> highlight the <u>dissemination</u> of Newtonian ideas beyond the narrow world of science. (*New York Times*)

參考解答請見 p. 257

中英文的主詞、動詞、受詞除了詞性有別，其組成的句式也大不相同，英文以 SV 式爲主，中文則以 TC 式爲主，這兩種句式最大的差別在於：(1) 英文句子一定有主詞，中文則可以有零位主詞句，譬如英文說 <u>You've</u> got your share.，中文說「有你的份」；英文說 <u>It's</u> everybody's responsibility to drive safely.，中文說「駕駛安全，人人有責」。(2) 英文句子一定有動詞，中文則允許〈S + n.〉或〈S + adj.〉這種沒有動詞的句構。因此，英譯中亦可斟酌使用**減譯法**來省略主詞和動詞，如以下例子：

We have 7 days a week and 24 hours a day.

一週有七天，一天有 24 小時。

說明 泛指一般人時，中文常使用零位主詞句，而英文句子以 SV 式為主，故常用 One, We 作為泛指主詞，在英譯中時可考慮省略。

Once market confidence is lost, regaining it becomes very difficult. (*Financial Times*)

一旦失去市場信心，要重拾非常困難。《金融時報》

說明 be 動詞、似乎（如：seem, appear）、變成 (become, get, turn) 等連綴動詞，譯成中文時皆可考慮使用減譯法。如上面例句中的 regaining it becomes very difficult，原本是〈S + Vi + SC〉的結構，譯成中文時省略了動詞，變成〈S + adj.〉的句構。

I wandered lonely as a cloud

That floats on high o'er vales and hills,

When all at once I saw a crowd,

A host, of golden daffodils...

(by William Wordsworth)

孤獨流浪似浮雲，

飄過溪谷與丘陵，

簇簇叢叢驀然見，

朵朵金色黃水仙。

（威廉‧華茲華斯）

說明 中文的文學作品以「我」作主詞時，經常可以省略而語意不變，例如李白的〈靜夜思〉：「舉頭望明月，低頭思故鄉」，朱自清的〈荷塘月色〉：「這幾天心裡不寧靜。今晚在院子裡乘涼，忽然想起日日走過的荷塘……」。因此，翻譯以第一人稱寫作的文學作品時，可斟酌考慮省略主詞「我」。

鮮學現賣 鑑於中英文句式的差異，請利用減譯法，將以下句子畫底線的部分略去不譯。

The larger <u>your</u> brain size <u>is</u>, the more the number of friends <u>you have</u>. (*Top News*)

_____

_____

參考解答請見 p. 257

翻譯可分為中英轉換和譯文校稿兩個階段。以下三個句子，由於譯者在翻譯時沒有注意到中英文在詞性和句式上的差異，導致譯文的翻譯腔很重。現在請同學幫忙校稿，利用上述的詞性轉換法和減譯法，將以下三個句子改成簡潔流暢的中文。

1. 關於他究竟有沒有罪的問題，誰也不敢做出一個判斷的動作。

_____

2. 作為一個丈夫的他是失敗的，但是作為一個總統的他卻是很成功的。

_____

3. 他的知名度超過了他的父親的知名度，雖然他本質上是一個屬於內向的人。

_____

參考解答請見 p. 258

以下兩個英文句子，請運用詞性轉換法和減譯法翻譯成中文，請特別注意畫底線的部分。

1. Michelle and Debby were heavy sleepers but they were noisy–cover-throwers, sleep-talkers. (*Dark Places*, by Gillian Flynn)

_____

_____

2. He was well-favoured, bright, a good <u>dancer</u>, a fair shot and a fine tennis <u>player</u>. <u>He</u> was an asset at any party. <u>He</u> was lavish with flowers and expensive boxes of chocolate, and though <u>he</u> entertained little, when <u>he</u> did, it was with an originality that pleased. (*The Razor's Edge*, by William Somerset Maugham)

參考解答請見 p. 258

翻譯 小助教

迴文修辭與翻譯

課前暖身提到的「可以清心也」五個字，不僅可以排成五個意思不同的句子，而且直排的第一句和橫排的第一句完全一樣，直排的第二句和橫排的第二句也一模一樣，以下類推，請見下表：

	1	2	3	4	5
1	可	以	清	心	也
2	以	清	心	也	可
3	清	心	也	可	以
4	心	也	可	以	清
5	也	可	以	清	心

這五句話文字相同但詞序不同，可以橫著念、也可以直著念，念來念去就產生了回環往復的效果，這種修辭技巧就叫作迴文。五胡十六國開始用迴文技巧入詩，稱為迴文詩，這種詩後來漸漸成為文人騷客的文字遊戲，例如唐代張薦的〈和潘孟陽春日雪迴文絕句〉：「遲遲日氣暖，漫漫雪天春。知君欲醉飲，思見此交親。」如果倒過來念，又是一首吟詠春雪的好詩：「親交此見思，飲醉欲君知。春天雪漫漫，暖氣日遲遲。」

英文因為句法結構嚴謹，主詞、動詞、受詞的詞性固定，所以很少見到像中文這種以單字為單位的迴文修辭。不過，英文有以「字母」為單位的迴文，叫作 palindrome。這個字源自希臘文 palindromos，由字首 palin- (back, again) 加上字根 -dromos (run) 組成，意為 running back again（倒反過來）。palindrome 的單位可大可小，可以是單字，可以是句子。《哈利波特》裡面的 the mirror of Erised（意若思鏡）其中 Erised 就是迴文，因為照鏡子的時候總是左右顛倒，所以 Erised 這個字也要顛倒著看，也就是 Desire 的意思，所以「意若思鏡」就是「慾望之鏡」，中文譯成「意若思」就少了原文迴文之妙。至於迴文句，著名的還有拿破崙戰敗流放到厄爾巴島 (Elba) 時所說：Able was I ere I saw Elba.，這句話順看和逆看一模一樣，句中的 ere 是古字，是 before（在…之前）的意思，全句意為「自來厄島後，無復縱橫矣」，馬紅軍譯作「落敗孤島孤敗落」，不僅譯出了意思，還保留了原文的迴文修辭，相當精采。

第3節 中英語態比較

An apple is eaten by me. = 蘋果被我吃了。

這是同學都很熟悉的被動語態。但各位是否曾經想過，英文的被動語態翻譯為中文時，只能譯成「…被…」嗎？

請同學先看以下這段說明，描述世界七大自然奇景選拔的由來：

In 1972, the UNESCO adopted the Convention Concerning the Protection of the World Cultural and Natural Heritage, under which world heritage sites are classified into cultural, natural, and mixed sites (1). Every state party to this convention nominates a list of properties for recognition as World Heritage sites, and these nominations are then vetted by the World Heritage Committee for final approval (2). It is generally agreed that this is the most credible selection process that anyone has come up with so far (3).

Taiwan Panorama, Question for Mt. Jade
— Is it Nobler to Market or Protect?

1972 年，聯合國教科文組織 (UNESCO) 在法國巴黎通過《保護世界文化和自然遺產公約》，將世界遺產分為文化、自然與複合遺產三種 (1)，由公約簽署國提交名單，再由「世界遺產委員會」審核 (2)……咸認是當今最具公信力的選拔 (3)。

《台灣光華雜誌》〈行銷 vs. 保護，要讓世界看到什麼樣的玉山？〉

上段引文中畫底線的三個中英文句子互相對應，請同學觀察一下英文和中文分別使用何種語態呢？

從這三個句子可以發現，中英文在表達相同的概念時，可能採用不同語態。例如 world heritage sites <u>are classified</u> into cultural, natural and mixed sites 在英文中使用被動語態，但在中文裡是主動語態「<u>將</u>世界遺產<u>分為</u>文化、自然與複合遺產三種」。第二句及第三句也是如此，英文都採用被動語態，而中文則用主動語態。為什麼有這樣的差異呢？中英文在語態使用上有何不同？這種差異和翻譯又有什麼關聯呢？

1 中文語態的特徵

當代中文語法學家（如湯廷池、黃宣範等）大多認為，由句構上來看，中文以主動語態居多，被動句構「被字句」出現的頻率比主動句型少。語言學家趙元任 (1970:155) 在討論英文被動語態翻譯時曾說：

Similarly, he [a Chinese Translator] uses a preposition *pei* 'by' whenever he sees a passive voice in the original verb, forgetting that Chinese verbs have no voice and the direction of action of a verb works either way, depending upon context.

同樣地，中文譯者只要看到動詞是被動語態，就用「被」這個介系詞來翻譯，忘了中文動詞並沒有主被動語態之分，而必須視上下文情境判定。

中文的主動句多於被動句，這是因為中文的動詞形態並沒有主動與被動的差別。以「吃」這個動詞為例，我們可以說「我吃完飯了」，也可以說「飯吃完了」，前者是主動語態，後者是被動語態。在這兩句中，「吃」這個動詞本身不像英文需要詞尾曲折變化（改為過去分詞的形式），而且句法結構上也沒有特殊的差異，仍然能夠分別表達主動和被動語態。不過，中文動詞沒有主被動語態之分並不代表中文不重視被動語態，而是中文表達被動的方式與英文不同。中文表示被動意義的句子有兩大類，第一類是「意義上的被動」，第二類是「被字句」，分別介紹如下。

　　以第一類「意義被動」的句型來看，和主動句沒有太大差異。例如，同學會說「報告<u>交</u>了」，而不說「報告被我交出去了」。報章雜誌上常見的敘述方式也往往採用意義被動，例如「錄取率<u>提高</u>百分之五十」、「消息一<u>出</u>，人心惶惶」。日常生活用語中也隨處可見意義被動的蹤影，例如「書<u>借</u>到了」、「衣服<u>洗</u>好了」、「功課<u>做</u>完了」、「東西<u>準備</u>好了」等等。

　　有學者認為，中文的意義被動主要用來表示受事者受到某行為的影響，因此意義被動句型可以不必提及施事者。例如：

書出版了。

說明 這句話是無施事者的意義被動。句中雖沒有說明施事者是誰，但「出版」這一動詞已經明確點出受事者「書」是如何受動詞作用的影響。

　　而就算句中包含施事者，施事者也通常位於受事者之後。例如：

飯他吃光了。

說明 「飯他吃光了」這句意義被動的施事者是「他」，受事者是「飯」。即使句中出現施事者「他」，句中強調的概念仍是「飯吃光了」，施事者「他」僅為補充說明動詞對受事者的影響。相較之下，主動句「他把飯吃光了」強調的便是施事者對受事者的影響（是施事者「他」把飯吃光了）。

　　以上兩個例子中，意義被動都來自動詞對受事者的影響。其實，動詞也可以幫助我們區別中文的主動句和意義被動句。主動句中，動詞主要用來描

述人或事物的行動、心理狀態或發展變化。而意義被動句中，動詞則表示對受事者造成的某種影響。請先看以下主動句的例句：

他們來了。

說明 這句話的動詞「來了」描述主詞「他們」的行為動作。「來了」並沒有對「他們」有影響，所以是主動句。

我很難過。

說明 動詞「難過」描述主詞「我」的心理狀態。「難過」的狀態源自於主詞，所以是主動句。

我們都已經長大。

說明 動詞「長大」描述主詞「我們」的發展狀態。「長大」是主詞「我們」的狀態變化，所以是主動句。

雨下個不停。

說明 動詞「下個不停」描述主詞「雨」的動態。「下個不停」並沒有對主詞「雨」產生影響，所以是主動句。

接下來再比較一下意義被動句的例子：

教室鎖起來了。

說明 這句話的動詞「鎖起來」不是主詞「教室」的行為、心理狀態、發展或動態。反之是「教室」受到「鎖起來」的影響，所以是意義被動句。

稿子校對過了。

說明 這句話中「稿子」受到「校對過」的影響，而改變了狀態，所以是意義被動句。

從上面的例句來看，中文主動句動詞的功能在描述主詞的行動或狀態，意義被動句的動詞則會影響或改變主詞（受事者）的狀態。

■ 2 「被字句」構成的被動

中文的第二類被動語態是「被字句」及其延伸用法。被字句是指在動詞前加上「被」字所構成的被動句型，例如：「祕密<u>被發現</u>了」。有時也可以在「被」字之後、動詞之前加入發起動作的施事者，例如：「他<u>被圖書館罰</u>了十元」。

中文的被動語態以意義被動句較為常見。余光中 (2006) 曾以「哥倫布發現了新大陸」一例說明，像「新大陸被哥倫布發現了」或「新大陸被發現了」等被字句在中文裡是相對少見的用法。但近年來中文語法日漸西化，被字句數量也逐漸增加。例如以下三個對話情境，請同學依照上下文脈絡選出你認為適合的回答。

1. 甲：你要是不聽我的話，就走著瞧！

　　乙：(1) 我不會被你嚇到。　　　　　　　　(2) 我不會嚇到。

2. 甲：他怎麼不說話？發生了什麼事情？

　　乙：因為 (1) 那本很貴的書被他弄丟了。　(2) 他那本很貴的書弄丟了。

3. 甲：他為什麼要請客？

　　乙：因為 (1) 他被選為學校代表隊。　　　(2) 他選上學校代表隊。

　　同學是不是覺得難以抉擇？上述三個情境中回答的第一個選項都採用被字句，第二個選項則採用意義被動。在上述三個情境中，余光中認為皆應以後者的意義被動為佳。因為意義被動在形式上與主動相同，所營造的情境較為生動，例如：「我不會嚇到」。過度使用被字句則會讓語氣變得生硬，例如：「他被懷疑偷東西」。雖然中文原本就有這兩種被動句型，但根據余光中和趙元任的看法，西化的中文往往過度使用被字句。而我們該如何判斷何時該用意義被動、何時該用被字句呢？

　　不論是「意義被動」或「被字句」，被動語態句型中必然存有某種「施受關係」，也就是發出行為的「施事者」和接受行為的「受事者」之間的關聯。**當施受關係明確，不易混淆時，就可以用「意義被動」**。例如：「書我已經看完了」、「雜誌我放回去了」。在上例中，我們不須強調「書被看完」、「雜誌被放回去」，也不會誤將書本或雜誌當作施事者，因為我們不可能被書本看或被雜誌擺放。然而，下面三個例子的狀況可就不同了。

1. 我稍微介紹了一下。　➡　我<u>被</u>稍微介紹了一下。
2. 她瞞著大家。　➡　她<u>被</u>大家瞞著。
3. 他們笑了一會兒。　➡　他們<u>被</u>笑了一會兒。

　　這三組例子的施受關係，如果加入「被」字就會使句意改變。也就是說，每組例子中，兩個句子的施受關係皆為合理狀況，但意義不同時，就需

要以被字句來表達被動語態。如第二組句子中「她可以瞞著大家，也可能被大家瞞著」，兩者皆屬合理，但是句意有別，若要表達被動語態就要用被字句。在這裡要請同學想想看，中文裡已經有意義被動的句型，為什麼還需要被字句呢？

其實西化語言大量影響中文之前，被字句在中文裡有特殊功能。簡單來說，中文的被字句有三大功能，一是表明句中施受關係，二是傳達不幸狀況發生，第三則是凸顯新訊息。有關第一種功能表明句中施受關係，已於前面說明。至於第二種功能，漢語語言學家曾指出，中文的被字句原本只用於表達不幸或負面的事件 (Li & Thompson, 2006)。為清楚說明這個觀點，我們再來比較下面兩個句子的意思：

我看見他了。　　　　➡　　他<u>被</u>我看見了。

這兩句話可不只是主動和被動的差異。我們在什麼情境下會說這兩句話呢？假如跟朋友約了要在電影院門口碰面，在看到朋友的身影時，我們會說「我看見他了」而不說「他被我看見了」。為什麼呢？因為我們通常只有在某人不想被發現卻又被看見時才會說「他被我看見了」。這個例子說明被字句往往表示某種不欲人知或是不該發生的狀況卻發生了。從語言學的觀點來看，現代研究中文語法的學者（曹逢甫，1993；張麗麗，2006）認為，中文的被字句源自於表示「非自願允讓」(unwilling permissive) 的句型，例如「竟然讓小偷溜了」，用來凸顯說話者遭受不幸的事件。中文的被字句承襲了「非自願允讓」的意涵，用來點明主詞受到損害或是遭遇不愉快的狀況，如「門被撬開了」、「小偷被趕跑了」、「她被氣哭了」。不過，現代中文因西化句法影響，也逐漸有人認為被字句不一定用於描述受事者遭遇不好的狀況。

最後，被字句的第三種功能，語言學家湯廷池 (1988) 認為與新舊訊息的呈現方式有關，中文被字句在於將受事者轉化為舊訊息，以凸顯動詞片語所包含的新訊息。這與中文先呈現舊訊息再呈現新訊息的習慣相符。請看下面的對話情境：

甲：他怎麼啦？

乙：他被他哥打了。

說明「他被他哥打了」這句話有兩個訊息來源，一是「他」，二是「被他哥打了」。受事者「他」在第一個問句中已出現過，在第二句中屬於舊訊息；「被他哥打了」則是新訊息。為強調新訊息，以及中文習慣先呈現舊訊息再呈現新訊息，因此使用被動句「他被他哥打了」。

　　除了被字句之外，中文還有許多變化延伸的句型，如「**被／為…所…**」、「**被…給…**」、「**叫／讓／給…**」等。以下分別舉例說明。

1.「被／為…所…」

　　此句型中，「被／為」字後面一定要有受詞，強調施事者造成的影響。較常出現在書面語中。例如：

我們<u>被</u>他<u>所</u>選擇的後果影響。	（施事者爲他）
她<u>被</u>自己<u>所</u>處的環境困住。	（施事者爲自己）
<u>爲</u>病痛<u>所</u>苦。	（施事者爲病痛）
<u>爲</u>天理<u>所</u>不容。	（施事者爲天理）

2.「被…給…」

　　此句型是被字句的口語用法。「給」是助詞，沒有實質意義，可有可無。例如：

媽媽<u>被</u>他<u>給</u>氣死了。	（施事者爲他）
<u>被</u>記者<u>給</u>看見了。	（施事者爲記者）
帳號<u>被</u>人<u>給</u>盜用了。	（施事者爲人）
車位<u>被</u>人<u>給</u>占了。	（施事者爲人）

3.「叫／讓／給…」

此類句型用法和被字句相同，但比被字句更口語，通常只出現在一般對話情境。其中「讓…」、「叫…」兩個句型常與「給」字連用，而且「讓」與「叫」字後面一定要有施事者，通常用來表示不愉快或受損害的狀況。而在口語中，「給」這個字本身就可以表達被動，與「讓」字句、「叫」字句不同的是，「給」字句的施事者可有可無。例如：

他的錢都<u>讓</u>詐騙集團<u>騙</u>光了。　　（施事者為詐騙集團，無助詞「給」字）

所有邀約全<u>叫</u>祕書<u>給</u>回絕了。　　（施事者為祕書，有助詞「給」字）

書<u>讓</u>她<u>給</u>借走了。　　　　　　　（施事者為她，有助詞「給」字）

別把孩子<u>給</u>嚇壞了。　　　　　　　（無施事者）

湯廷池 (1979) 還認為，中文語法結構的主受詞位置比較有彈性，若遇上受詞屬性明確[1]時，我們通常會將受詞置於動詞前。因此從字面結構來看，中文語態以主動形式居多（包含主動語態以及意義被動）。除了前面所舉的例子，一些其他句型像是「是…的」以及「（在）…中」也能用來表達被動意義，例如：「這故事<u>是</u>誰寫<u>的</u>？」、「本店裝修<u>中</u>」等。綜上所述，一個簡單的原則是根據**施受關係是否明確**來衡量是否需要使用被字句，以免過度濫用「被」字，成了余光中口中的「變態」中文。

---

1 此處所言「受詞屬性明確」，指的是湯廷池所說的「有定名詞 (definite noun)」和「有指名詞 (specific noun)」。有定名詞指含有人稱代詞、專有名詞或〈指示代詞（這、那）＋（量詞＋）名詞〉等描述情境中特定事物的名詞，例如：「你哥哥<u>他</u>什麼時候出發？」、「<u>二代健保保費計價方式</u>改變」、「我太了解你了，<u>你這個孩子</u>就是太替人著想。」而有指名詞則指具體名詞，例如：「人」為通用名詞，相較之下「男孩」、「老先生」、「女士」等指稱明確的名詞就是有指名詞。

2 英文語態的特徵

西方古典修辭學自亞里斯多德 (Aristotle)、西塞羅 (Cicero) 至聖奧古斯丁 (St. Augustine)，奠定了西方語言重視分析論理的傳統 (Benson & Prosser, 1988)。十九世紀興起的實證主義 (positivism) 更強調建立客觀知識系統，使得客觀表達方式在西方廣受重視。在這種背景之下，由於被動語態往往以事物為主體，主觀色彩較薄弱，因此英文中常可見被動語態的蹤跡。

前一節中我們已經說明過，中文的主動語態可表達意義上的被動，而且被動語態可用數種句型表達。相較之下，英文主動和被動語態的主要差異在於**訊息焦點**，而且被動語態的句型較為固定，主要以〈主詞 + be 動詞 + 過去分詞〉表達。英文主被動語態的轉換相當規律，但實際運用時，要注意主被動語態轉換之後，可能會因為訊息焦點不同而造成語意的細微差異，所以不宜任意轉換，而是必須依據句意焦點和訊息功能來判定適合使用主動或被動語態。例如：

A well-known writer wrote the book.

一位知名作家寫了這本書。

說明 此句焦點在於「知名作家」寫了這本書。

This book was written by a well-known writer.

這本書是由一位知名作家撰寫。

說明 此句焦點在「這本書」由名家所寫，強調書的品質。

下面有三個中文句子，請同學依照句意的焦點選擇對應的英文語態：

1. 在 1990 年代以前，台灣中學生不准留長髮。

   ■ It is not until 1990s that high school students in Taiwan can grow long hair.

   ■ It is not until 1990s that high school students in Taiwan are allowed to grow long hair.

2. 這些書不久後就要回收了。

   ■ We are going to recycle all these books soon.

   ■ All these books are to be recycled soon.

3. 這件事情勢在必行。

   ■ I have to do this.

   ■ This must be done.

這三個中文句子的英譯都符合文法規則。每組譯文的第一句都採主動語態，第二句則是被動。從這幾個句子可以看出，英文主被動語態的差異並非只是形式上主動變成被動而已。由第一組的兩句譯文來看，主動說法強調的是「中學生能留長髮」(can grow long hair)，而被動說法則強調「學生得到許可，可以留長髮」(are allowed to grow long hair)。第二個例子中 We are going to recycle all these books soon. 訊息焦點是在 we，強調「我們」要回收這些書。而 All these books are to be recycled soon. 則強調「這些書」都要回收，相較之下，此句比較貼近中文「這些書不久後就要回收了」的語意。同樣地，第三個例子 I have to do this. 重點在於「我」必須這麼做，使用被動語態的 This must be done. 則強調「事情」。從這幾個例子可以看出，主動語態強調從事某行為的主體，被動語態則強調客體的狀態。因此，可以說英文的被動語態往往與訊息的功能與目的緊密結合在一起。那麼，在哪些情況下常用被動語態呢？

從文體觀點來看，被動語態比較能強調客觀事理，所以科學或技術性文章常使用被動語態。在實際的運用上，可以從以下三個要素分析判斷：

▌1 行動者

如果句中的行動者不明確或者不需要說明時，多用被動語態。例如：

Your parcel has been delivered.
您的包裹已經送出。

說明 此句旨在說明包裹送出，不必說明由誰遞送包裹，因此用被動語態強調 your parcel。翻譯成中文時，因為主詞「包裹」與動詞「遞送」有明確的施受關係，所以採用意義被動句型，不必加上「被」字。

The case is being studied.
已著手研究此議題。

說明 重點在已經開始研究該議題，而非由哪一個人研究，因此英文採用被動句較能凸顯 the case。中文翻譯因為「著手研究」和「議題」的施受關係明確，一定是某人著手研究議題，而不是議題著手研究，因此也採用意義被動句型。

▌2 訊息焦點

受事者為全句訊息焦點時，使用被動語態，例如：

An extravagant party was thrown for his birthday.

他的生日派對辦得極其奢華。

說明 訊息焦點在 an extravagant party，而不是為他辦生日派對的人，因此採被動語態。中文譯文則採意義被動。

■ **3** 禮貌措辭

　　如果句中行動者的行為具有某種強制性，例如 request, suggest, ask, require, recommend 等動詞，以主動語態表達可能過於強硬，可改用被動語態較為委婉。例如：

It is suggested that each speaker present their proposal in ten minutes.

大會建議每位發言人發表時間以十分鐘為限。

說明 此句如果改為主動 The board of committee suggests each speaker present their proposal in ten minutes.，則讓人感覺命令語氣過重，顯得較不禮貌。另外，因為此句的真正主詞極長 (that each speaker present their proposal in ten minutes)，中譯時不可直接譯成「每位發言人發表時間以十分鐘為限是被建議的」，改為主動「大會建議……」較佳。

You are requested to attend at least one of our PTA meetings each year.

家長每年至少應參加一次親師會。

3 中英語態比較與翻譯

　　從上面許多例子可以看出，中文比英文多用主動語態，英文則比中文常用被動語態。中文的主被動取決於句意的施受關係；而英文的主被動則受行動者、訊息焦點以及禮貌措辭三個因素影響。有關中英文語態的特色與對照請見下表：

中文語態特色	英文語態特色
中文多半直接以主動表達被動，常見的被動意義句型包括：	1. 被動語態常用於科技、科學、新聞等文體。
1. 施受關係明確，省略施事者，以主動取代被動。	例 The theory was accepted after a successful demonstration.
例 飯煮好了。 　　報告寫完了。	成功的演示使得這個理論獲得肯定。
2. 以「是…的」表示被動關係。	2. 主被動語態之間不僅只是文法形式的轉換，而且往往有細微的語意差異。
例 這本書是我們寫的。 　　這只花瓶是從該遺址中挖掘出來的。	例 We form our opinions with caution.
3. 以「（在）…中」表示被動關係。	我們謹慎提出意見。
例 本網站正在建置中。	Our opinions are formed with caution.
	這些意見提得相當謹慎。

中文：被動語態主要句型	英文：被動語態使用時機
1. 意義被動：〈受詞＋主詞＋動詞〉	影響因素：
例 這種書我不看。	1. 行動者
信他寄出去了。	例 The website is designed exclusively for children.
2. 被字句：〈受詞＋被＋主詞＋動詞〉	這個網站專為兒童設計。
例 書被他借走了。	2. 訊息焦點
落葉被風吹走了。	例 The house is painted by us.
3.「被／為…所…」	房子是我們漆的。
例 他被自己所選的路絆住。	3. 禮貌措辭
人難免為情所困。	例 It is required for all applicants to submit two copies of transcript.
4.「被…給…」	每位申請人都須繳交兩份成績單。
例 老闆被這條新聞給氣死。	
別老是被人給欺負。	
5.「叫／讓／給…」	
例 書全叫大雨給淋濕了。	
東西全讓他拿回去了。	
把他給氣死了。	

　　由中英文語態的特性來看，英文被動語態譯為中文時，應注意句中施受關係是否明確。如果施受關係明確，則譯為中文時使用「意義被動」較佳。假若必須採用「被字句」表達受事者遭受不幸或強調施受關係，應避免過度濫用被字句，以免譯文變得生硬不自然。從中英文兩種語言特質的差異來看，翻譯英文被動語態時，除了採用被字句之外，可以善用中文主詞使用的彈性，例如可用零位主詞句，也可以運用多種動詞如「遭受」、「遭到」、「受到」等來表達被動。此外，別忘了善用「為…所」（如：男子漢大丈夫怎能整天為情

所困)、「叫…給」(如:你這樣會叫人家給笑話死的) 等變化句型,而不是看到被動語態就一律以「被」字翻譯,這樣譯文才不會顯得呆板。

學以致用

(1) 以下有兩則新聞,請試著將畫底線的「被字句」改寫成「意義被動句」,必要時可更動字句。

　1. 北區國稅局呼籲業者,販售料理酒時,<u>料理酒應**被**陳列於調味用品區</u>,並與飲用酒隔開。

　　　_____

　2. 隱私與新聞自由同樣重要,<u>隱私權不能**被**媒體新聞自由侵犯</u>。

　　　_____

(2) 以下三段文字都包含了被動語態,但並未使用「被字句」,請找出表達被動的詞彙。

　1. 農舍窗戶簷角垂掛的冰凌柱兒,晶瑩剔透如一排排給北風磨利的牙齒,垂涎著無邊無際的高粱稻米殘莖。

〈燈籠樹〉,鍾偉民

　2. 我渴望一種現實中的愛,一種異性能給我的最簡單的一切,擁有一個女人並為這個女人所擁有。

〈殉情記〉,葉兆言

　3. 那樣天真的健美與壯觀,活力與自信,那樣毫無保留地凝望著你也讓你瞠視。

〈莫驚醒金黃的鼾聲〉,余光中

參考解答請見 p. 258

第4節 中英思維比較

「要走了嗎？」是 Are <u>we</u> leaving? 或是 Are <u>you</u> leaving? 呢？
爲什麼同一句中文，譯成英文卻有兩種可能？

下面是電影《臥虎藏龍》中的台詞，劇中人物羅小虎揹水給女主角玉蛟龍洗澡時說：

我知道你很想洗澡，水源很遠，路很難走。
我替你把水揹來了。
洗好了穿我的衣服，很乾淨的。

這些台詞的英譯如下：

You must be dying for a bath. Fresh water's hard to get here.
<u>But</u> I managed to bring some up.
<u>You can</u> wear my clothes <u>when</u> you're done. <u>They</u> are clean.

請同學觀察並討論譯文中畫底線的文字有何特別之處。

同學是否注意到，英文中畫線的文字是中文原文沒有表達出來的。爲什麼在英文裡需要強調 But？爲什麼需要加上主詞 You, They？「洗好了穿我的衣服」爲什麼用 when 來連接洗澡和穿衣服兩個動作？

這可不只是文法的問題，而是和中英文的思維邏輯有關。到底中文和英文的思考邏輯有什麼特色？中英文的思維特徵和翻譯又有什麼關係呢？

1 中文思維的特徵

語言與思維互為表裡，一方面語言是文化的具體表現，反映文化所蘊含的深層思維邏輯；另一方面，語言也會形塑思維的方式和內容，我們的邏輯思考很難超越語言的使用範圍。語言與思維的關係密切，中英語言分別是反映和形塑其文化思維的工具，因此在翻譯時不能不考慮中英文的思維形態和邏輯運作。

首先從語言角度來看，如前文所提，中文的語言結構較英文靈活。例如，中文主詞和受詞在句中的位置可以依據語意調整、甚至省略，英文就沒有這麼富有彈性。請見下例：

主受詞位置可調動

午飯我吃過了。　➡　我吃過午飯了。

不想吃飯。　　　➡　飯不想吃。

主詞省略

報紙看完了。

不想去啊！

這本書怎麼樣？（書）很不錯。（若加入主詞反而累贅）

受詞省略

你這建議很不錯，可以考慮（它）。

他謙虛有禮，我很欣賞（他）。

這些人罪有應得，不值得同情（他們）。

從**連接詞**也可看出中文句法較英文靈活。英文若出現數個相同詞性的詞彙，必須有連接詞，但中文連接詞卻可以省略。例如：

1. He is old <u>and</u> sick.
   - 他老了<u>而且</u>又生病。
   - 他年老多病。

2. There are four seasons in a year: spring, summer, autumn <u>and</u> winter.
   - 一年有四季：春、夏、秋<u>與</u>冬。
   - 一年有四季：春夏秋冬。

　　上面兩個例子的中譯應該省略連接詞「而且」、「與」，才不會顯得累贅。從中文的語言結構來看，不論是主詞、受詞、連接詞可省略或是連接詞詞義不明確，這都是余光中 (2006) 說中文較爲「靈活」的原因。漢語學家王力 (1944:197) 在討論中西語言結構差異時，曾有這樣的比喻：

> 西洋語的結構好像連環，雖則環與環都聯絡起來，畢竟還有聯絡的痕跡；中國語的結構好像天衣無縫，只是一塊一塊的硬湊，湊起來還不讓它有痕跡。西洋語法是硬的，沒有彈性的；中國語法是軟的，富于彈性的。

　　王力所說「沒有彈性」的英文語法和「有彈性」的中文語法，其實反映的是中文的思維邏輯往往較英文有更大的詮釋空間。如同前兩節所提，中文語序習慣依照時間先後順序，無須刻意以文法或詞彙等方式表達因果先後關係。這種以「意合」爲主的結構，讓讀者在閱讀中文時，能夠賦予文字較多個人的詮釋。

　　由語言背後的文化思維角度來看，中國文化深受儒家思想影響。儒家重視道德意識，強調內聖外王、修身齊家治國平天下等思想，當中隱含以倫理關係位階爲中心的語言觀。例如同學與老師長輩互動時，較少直呼師長的名字，通常都以「老師」、「爸」、「媽」、「叔叔」、「伯伯」、「阿姨」、「姑姑」等稱之。這與儒家「天地君親師」之倫理位階有關。倫常一詞表面上看來雖然

只是社會角色的排序位階，但卻左右著中文的思維與表達方式。中文的傳統修辭隱含著「下對上」的思考邏輯 (Kennedy, 1998)，從上面稱謂的例子即可略知一二。中文思維與表達跟說話者的倫理位階有關。子女對父母、學生對老師、下屬對長官說話時通常較為委婉。也因此中文表達往往較為婉轉迂迴、不重精確（陳定安，1997）。我們還可從唐朝詩人朱慶餘所寫的詩〈近試上張籍水部〉體會此種思維方式：

> 洞房昨夜停紅燭，
> 待曉堂前拜舅姑。
> 妝罷低聲問夫婿，
> 畫眉深淺入時無？

從字面看，整首詩寫的是新嫁娘私下向丈夫探問自己是否能討得公婆歡心。但其實朱慶餘寫此詩，是為了向當時已任高官的詩人張籍請教，自己的詩在應考時是否能夠得到考官的青睞。後來，張籍在〈低問〉一詩中也以同樣邏輯回覆了朱慶餘：

> 越女新妝出鏡心，
> 自知明豔更沉吟。
> 齊紈未足時人貴，
> 一曲菱歌敵萬金。

張籍的回覆也相當迂迴，越女是古代美女的代稱，呼應朱慶餘來自越州，一語雙關，既可回應朱慶餘詩中的女子形象，又可暗指朱慶餘。此詩大意是越女自知明豔動人，卻低語沉吟，雖然她沒有穿戴華服，唱起歌來歌聲卻可以抵萬金。從這裡可以看出張籍對朱慶餘的文章相當滿意，要他安心去應考。這兩首詩雖然只是文學史上有趣的小故事，但也可以看出中文的思維邏輯和語言表達比較委婉，因為中文重視倫理關係，表達時需注意整體措辭搭配是否符合表達者的身分。

下面有三個受英文影響的「西化」中文句子，請依照前面提到的中文特性，如主動詞位置有彈性、主詞和連接詞可省略等，試著說明這些句子為什麼有「西化」傾向，並改寫成自然簡潔的中文。

1. 你這棟房子冬暖夏涼，而且還又坐北朝南，教我怎麼能不喜歡它。

   西化原因：_____

   建議修改：_____

2. 他們都是男生，而且他們都喜歡打籃球。

   西化原因：_____

   建議修改：_____

3. 如果你只要肯用功，那麼你考試一定能過關。

   西化原因：_____

   建議修改：_____

參考解答請見 p. 258

2 英文思維的特徵

英文以分析說理見長，這從西方修辭學的傳統便可見一斑。希臘哲學家亞里斯多德在《修辭學》一書提到，修辭學的功能不在修飾表達，而是「研究各種說服的方法」(observing in any given case the available means of persuasion)。根據亞里斯多德的論點，要說服聽眾，除了講者本身要有吸引人的特質 (ethos)，更重要的是講話內容必須合情 (pathos)、合理 (logos)。美國漢學家甘迺迪 (Kennedy) 認為，西方傳統修辭學中的 logos 概念，著重提出論點 (argument) 並輔以證據 (proof)，以說服聽眾。也就是要能先「說

之以理」，才能「動之以情」，這和中文習慣先「動之以情」再「說之以理」的思考邏輯不同。換句話說，英文思維倚重的是事理邏輯，此種思維特色造就了英文重視事物屬性及其關係的表達方式。另外，英文句法也較爲嚴謹，從英文複句 (complex sentences) 的邏輯關係，便能看出英文語法結構本身便隱含有以事物關係來客觀說明事理的特色。英文的複句可以用來表現**時間順序**和**邏輯順序**，分述如下。

■ 1 時間順序

1. Hours had passed <u>before</u> he finally arrived.
   過了好幾個小時他才抵達。

2. They came home <u>while</u> we were cooking.
   他們回來的時候，我們正在煮飯。

3. He will move back to his hometown <u>after</u> he finishes his study.
   完成學業後，他將會搬回家鄉。

上面三個例子分別表達了三種時間順序：強調事件的先在 (before)、同時 (while)、後續 (after)。爲表達三種時序，英文採用的動詞形態也不同。例 1 以過去完成式搭配過去簡單式表達事件發生先後；例 2 以過去簡單式和過去進行式表達「煮飯」這個動作在某一個時間點與「他們回來」同時發生；例 3 則是以現在簡單式搭配未來式表達後續發生的事件。從以上的例子可以看出，英文的文法左右了隱含在語言表達中的邏輯，不同的動詞、不同的從屬關係表達出不同的時間順序。另外，從語句的順序也可以看出英文著重於凸顯事理間之關係。

另外在時間順序上，英文可以將時間先後不同的事件置放在前或後的子句，如例 1 Hours had passed 是先有的現象，後接 he finally arrived 是後發生的事；而例 3 前面的子句 He will move back to his hometown 是後發生的

事，再接後面子句 he finishes his study 卻是較早發生的事，可見英文對於時間順序的陳述是很有彈性的。但中文則通常是先陳述先發生的事，再說明後來發生的事，如例 3 譯文中先講較早發生的「完成學業」，再表達後來的「他將會搬回家鄉」，可見中文還是習慣遵守事物發生先後次序來敘事，有關中文時序律的說明請參見本章第一節 (p. 41)。

■2 邏輯順序

1. 因果關係

Since they are not interested in it, don't force them to join us.
既然他們沒興趣，就別勉強他們加入了。

說明 中英文都是先說明原因「沒興趣」，才表達結果「不勉強加入」。

The crude oil prices went up as oil demands increased.
用油需求增加，原油價格上漲。

說明 英文可以先說明結果 the crude oil prices went up，再表明原因 oil demands increased。不論因、果何者為先，英文句子中一定要有說明因果的特定詞彙（例如：since, as）表明兩事件的關係。但中文則習慣先說明原因「用油需求增加」，再說結果「原油價格上漲」（見本章第一節因果律，p. 44）。

2. 條件關係

If the typhoon continues to move north, torrential rain can be expected in northeastern Taiwan.

颱風若持續往北移動，台灣東北部預計將有豪雨。

說明 中英文都是先提出條件「颱風持續往北移動」，再說結果「東北部有豪雨」。

Millions will be affected if the government changes the pension system.

政府若更改退休金方案，數百萬人的權益將受影響。

說明 英文可以先說明結果 (millions will be affected)，再提出條件 (the government changes the pension system)。但中文則習慣先說條件「政府更改退休金方案」，再說結果「數百萬人受影響」。

　　如同余光中 (2009:159) 所說：「英文最講究因果、主客之分──什麼事先發生、什麼事後來到、什麼事發生時另一件事正好進行到一半，這一切都得在文法上交代清楚。」從上述的時間順序與邏輯順序等例子可見，英文的語句結構本身必須清楚表達語言的時序和因果或條件關係。這都反映了英文重視分析說理的思考模式。

3 中英思維邏輯的比較與翻譯

　　中文思維重倫常，表達重委婉，語言形式相對靈活，詮釋空間大。英文

96

相對重邏輯，強調事理分析，運用嚴謹的語言結構來區別細微的語意差異。不過此種區分只能說是中英兩種語言文化比較之下的相對不同傾向，並不是絕對的分類。例如法文的時態就比英文更多，可區別的時間順序關係也更詳盡。不僅如此，中英文化思維的差異在我們的日常用語裡也隨處可見。本章第一節提到的語序（範圍律、時序律、因果律）反映出中英文化對於空間、時間和因果關係的不同感知。第三節提出中文以主動語態居多，英文則比中文更常使用被動語態，反映出中文思維由主體出發、英文由客體出發。除了以上所述中英文化思維差異對語言結構的影響，另一個更重要的面向是文化思維差異對於語意的影響，也就是字詞語句負載的文化意涵，通常表現在稱謂、色彩字與俗諺語以及文化意涵等層次。以下分項說明。

1 稱謂

　　中文重視倫理位階關係，因此對於親屬稱謂的分類比英文更爲詳盡，英譯中時需要特別注意選用的稱謂是否適切。英文中 brother, sister, uncle, aunt 等詞指稱的對象，翻譯時必須視上下文選擇適當的稱謂。例如：

As the oldest of six children in the family, he spent lots of time taking care of his brothers and sisters.

身爲家中老大，他花了不少時間照顧五個弟妹。

說明 根據上文 the oldest of six children in the family，可知主詞 he 是家中的老大，此處 brothers and sisters 應該譯為「弟弟妹妹」，而非「兄弟姐妹」。

My uncle got married recently.

我叔叔最近結婚了。／我伯父最近結婚了。

說明 中文必須根據上下文的相關說明，選擇譯為「叔叔」或「伯父」等，不可譯為「我叔伯最近結婚了」。

　　除親屬名稱外，中英文化對於職稱的看法亦不同。中文以「姓氏加職稱」稱呼人，含有尊重之意，例如：陳老師、李老闆、張經理、吳處長等；但英文職稱通常不會直接當作稱謂，我們不能以 Teacher Chen, Owner Lee, Manager Chang 或是 Director Wu 來稱呼，而是以 Miss/Mr./Mrs./Ms. 或是 Sir/Madam 等稱謂表示尊重。英譯中時，可依上下文情境加入明確的職稱。例如：

Miss Chang, the young lady who lives next to us, is a high school teacher.

住在我們隔壁的年輕小姐是張老師，她在中學教書。

說明 因為文中已指出 Miss Chang 是老師，可以直接稱為張老師。

Mr. Obama announced a plan to help refugees in the region build their homes.

美國總統歐巴馬宣布幫助災民重建家園的計畫。

說明 英文新聞除以 President 稱呼國家元首外，也可用 Mr. 稱之，但中文習慣稱為「總統」。此處不需贅譯為「美國總統歐巴馬先生」。

另外，英文中常出現 dear, darling, sweet heart 等暱稱，但這些暱稱除了稱呼親近的人之外，也可用來稱呼一般的說話對象以表示友好。翻譯時必須視情境釐清說話者之間的關係，以免誤譯。例如：

A: What do you want to eat today, my dear?

B: I am not that hungry. Just order whatever you want.

A: 親愛的，今天想吃什麼？

B: 我不太餓。點你想吃的就好。

說明 從 B 的回答可以看出兩人熟識，可以用「親愛的」翻譯 my dear。

A: What do you want to eat today, my dear?

B: Could you please give me a salmon sandwich and tomato salad?

A: 小朋友，今天想吃什麼？

B: 請給我鮭魚三明治跟番茄沙拉。

說明 從 B 的回答可以看出對話中的兩人關係並不是那麼親暱，此處 dear 一字只是年長者對小朋友或是年輕人表達友好之意，因此翻譯為「小朋友」。

2 色彩字和俗諺語

日常用語中容易看出中英文化思維差異的還有色彩字，由於文化色彩鮮明，因此翻譯時必須了解其文化意涵，並依照全文風格調整譯文。下面以 green 一字為例：

1. He was green with envy.
   - 他忌妒得臉都綠了。
   - 他忌妒得眼紅。

2. I don't have a green thumb.
   - 我沒有綠色拇指。
   - 我不善蒔花弄草。

3. How green is he?
   - 他有多綠呀？
   - 他有多菜呀？

上述三例都以第二種譯法較佳，因爲較符合中文的習語或慣用語。此時並非翻譯 green 的字面意義，而是文化意涵。假若按照第一種譯法以字面翻譯，讀者應難以理解語句的眞正意義。

鮮學現賣 | 請將下列包含色彩字的用語翻譯成中文的習慣用語。

1. black sheep _____

2. blue blood _____

3. brown nose _____

4. grey matter _____

5. in the pink _____

6. in the red _____

參考解答請見 p. 259

翻譯時如果遇到具有豐富文化意涵的成語以及俗諺語，同樣也不能拘泥於字面意義，例如 raining cats and dogs 應為「傾盆大雨」而不能直譯為「下貓下狗」。英文慣用語與中文成語一樣，背後都有其歷史典故淵源，翻譯時應確認其真正意涵，以免誤譯。例如 apple of discord 一語源自希臘神話，指天后希拉、智慧及藝術女神雅典娜及愛神愛芙黛蒂三位女神為了爭奪金蘋果，竟引起斯巴達和特洛伊之間的戰爭。因此，apple of discord 不宜直譯為「爭論之果」，而應譯為「禍端」。

當然中英文之間也有文化意涵相近的用語，這些用語的中英文字面意義可能不同，但翻譯時與其直接用字面意義表達，不如選擇譯入語讀者熟悉的文化意象，例如：Throw away the apple because of the core. 與其譯成「因為果核而丟掉蘋果」，不如譯為中文讀者熟知的「因噎廢食」更為精簡生動。此節僅舉幾個例子，目的在讓同學了解文化思維差異對語言使用的影響。有關成語的翻譯策略，請見本書第三章第四節「歸化與異化譯法」(p. 247)。

■3 文化意涵的翻譯

不論是稱謂、色彩字或是俗諺語，凡是涉及語言文化意涵的轉換，不外乎三種現象：等值對應、差額對應或是語言空缺。

等值對應指兩邊文化情境皆有且意義相近的用法。如：「亂七八糟」與 at sixes and sevens、「一石二鳥」與 to kill two birds with one stone，皆可直接對譯。

差額對應是指兩種文化以不同方式描述同一個現象，如中文以「滄海一粟」比喻渺小，英文也有類似概念，但卻是以 needle in a haystack（稻草堆裡的一根針）來比；再如中文的「牛飲」，比喻喝得很多，但在英文中是用 drink like a fish（喝得像魚一樣）來形容。這就是一種差額對應。

語言空缺則是指兩個語言系統中，其中一方沒有描述某個概念的辭彙或表達方式，此時必須由譯者創造或是尋求對應的字詞來翻譯，如中文的「氣」有多種意涵，可以指身體中運行的「氣」或甚至是「天地有正氣」的「氣」。假若只是按照字面翻譯成 air，英文讀者一定不了解「氣」背後的豐富文化意義。此時建議以音譯創造一個新的對應詞彙 chi 或是 qi 並加以註明解釋，讓讀者理解此字並非只指「氣流」，而是另有特殊的文化意涵。中英文化思維的差異和字詞負載的文化意涵，說明了翻譯不只是語言結構轉換的工作，而是必須表達出對應的文化意涵，這也是翻譯時常常遭遇的困難。因此，譯者必須保持對語言結構和文化意涵的敏銳度，才能在兩種語言、兩種邏輯、兩種世界觀的異同之間尋求最適切的翻譯策略。

　　木章談到了中英文在字詞、句構和文化上的差異。從字詞層面來看，中文不論是主詞、動詞、受詞的組成方式和類別，都比英文更多元而有彈性。從句構來看，中文習慣由大到小、由先而後、從因到果，英文則只有由小至大的邏輯比較明確，時間先後和因果關係等則主要依靠連接詞等「形式」來表達。從語態來看，同樣表達「被動」的句子，中文多採主動形式的「意義被動」，而英文則多用被動語態。而從語言結構來看，中文重「意合」，英文重「形合」，也是兩種不同文化思維的具體表現。相較於英文句構嚴謹，中文的句法靈活，主觀詮釋空間較大。總而言之，中英文化因思維形態不同，語言特色也各有千秋，這些語言特質與翻譯技巧息息相關、互為表裡。因此理解中英語言是學習翻譯的基礎，唯有深入理解兩者的異同，才能適切有效地轉換訊息，完成翻譯任務。

以下幾個英文句子畫底線部分都含有人名，而且這些人名都具有
文化意涵。請猜猜看它們的意思。

1. I still can't believe that he is a Peeping Tom.

   _____

2. Jack just got a Dear John Letter. I don't think it's a good time
   to talk to him now.

   _____

3. We need to figure out how to sell it to every Tom, Dick and
   Harry.

   _____

4. Nearly every Chinese restaurant has a lazy Susan.

   _____

5. He is serious. It is the real McCoy.

   _____

參考解答請見 p. 259

第三章
翻譯方法與技巧

學習目標

- 思考、判斷及辨認各種翻譯方法及技巧。
- 了解各種翻譯方法及技巧的定義、應用時機及優缺點。
- 實際運用各種翻譯方法及技巧進行英譯中的練習。

本章摘要

　　本章將帶領同學認識及運用各種翻譯方法及技巧。翻譯涉及兩種語言之間的轉換，由於不同語言在詞彙表達、句法結構、文化內涵等方面的差異，因此轉換時往往必須使用各種變通辦法，這些就是所謂的翻譯方法與技巧。本章所稱之「翻譯方法」概念較為廣泛，主要指翻譯時的原則，「翻譯技巧」則是比較具體的翻譯處理手法，這些都是翻譯工作必備的基本功。本章以翻譯單位來區分，共分為四節，引導同學從詞彙、單句、多句及文化等層面進行英進中的翻譯。

　　第一節探討以**詞彙**為單位的翻譯方法，包括音譯、直譯、意譯及形譯等四種方法，將英進中的詞語翻譯有系統地歸納分類，從較為微觀的角度探究詞語翻譯的原則。

　　第二節是以**單句**為翻譯單位，透過暖身思考、分析講解、應用練習的方式，帶領同學演練一詞多義、增詞重複、減詞省略、詞類轉換、正反表達、順譯逆譯及語態轉換，這七類翻譯技巧都是翻譯句子時常用的手法。

　　第三節以**多句**為翻譯單位，講解合句、分句、重組這三種翻譯技巧，屬於更進階的翻譯技巧。

　　第四節則從文化角度出發，探討**歸化及異化**的翻譯方法。

第1節 詞語的翻譯方法

1 音譯

課前暖身 在進入正文之前，先考考同學對一些譯名的常識。請將下列英文譯成中文，寫在對應的空格裡：

英文	coffee	sofa	laser	Formosa	carnation
中譯					

　　同學可能會覺得翻譯這些詞語再簡單不過，答案依序不就是：「咖啡」、「沙發」、「雷射」、「福爾摩沙」以及「康乃馨」？沒錯，正是如此。那麼同學是否注意到這些譯名有什麼共通點？其實這些詞語的英文和中文發音非常相近，是以中文模擬英文發音方式來翻譯，也就是「音譯」。那麼接下來再考考各位幾個「進階題」，請試著寫出下列中文譯名的英文原文：

中譯	德謨克拉西	賽因斯	德律風	淡巴孤	巴力門	哀的美敦書
英文						

　　看到上面這些中文詞語，同學可能會一臉困惑，心想：「這是哪門子的中文？」不過或許有同學聽過「德先生」和「賽先生」吧，他們指的是哪兩位大人物？他們可不是真正的人。「德先生」的全名就是「德謨克拉西」（democracy），「賽先生」就是「賽因斯」（science），搞了半天原來是「民主」與「科學」，只是在清末民初這兩個重要概念從西方傳入中國時，沒人知道該怎麼用中文稱呼這些新概念，於是就先用音譯的方式翻譯。

那麼「德律風」是啥玩意兒？如果同學百思不得其解，至少應該有聽過「麥克風」吧？「麥克風」是 microphone 的音譯，而「德律風」也是音譯的結果，譯自英文的 telephone，也就是我們現今熟知的「電話」。只不過「電話」是譯其意，早期電話剛在中國出現時，還沒有人想出合適的中文名稱，就先用音譯的「德律風」，後來有人提出「電話」做為新譯名，大家也就漸漸不用「德律風」一詞了。

同理，「淡巴孤」是音譯自英文的 tobacco，也就是現在改成意譯的「菸草」；「巴力門」則音譯自英文的 parliament，也就是後來改成意譯的「國會」。那麼「哀的美敦書」呢？這可不是什麼訃文或是祭悼文之類的文書！其實「哀的美敦」是英文 ultimatum 的音譯，只是在後頭加上「書」字，表示它是一種報告、信函或文件，也就是現在所說的「最後通牒」。

| 言歸正傳 |

以來源語的發音譯入目標語的方法，就是所謂的**音譯**。現今中文裡仍有不少音譯的情形，其中最常使用音譯的詞彙莫過於專有名詞中的**人名**和**地名**，如 Helen Keller 譯成「海倫・凱勒」，New York 譯為「紐約」。也有少數例子譯其意或音意各半，例如美國高爾夫球名將 Tiger Woods 大多譯成「老虎伍茲」，而非「泰格伍茲」；英國的 Cambridge 譯為「劍橋」，其中 Cam 譯其音，bridge 譯其意；太平洋島國 Papua New Guinea 若譯為「巴布亞紐幾內亞」是音譯，若譯為「巴布亞新幾內亞」則是音意各半。至於名偵探 Sherlock Holmes 譯成中文時僅取其姓(Holmes) 譯為「福爾摩斯」，看似不像音譯，但其實仍是音譯，只不過清末民初的譯者林紓是福建福州人，將 Holmes 譯成中文時是以福州話發音，而非以北京話發音。另外，**公司機構名稱**一般也多採音譯，如 Yahoo! 譯成「雅虎」，Google 譯為「谷歌」，Amazon 譯為「亞馬遜」。**一般名詞**也有許多音譯的例子，例如 salad 譯為「沙拉」，hysteria 譯為「歇斯底里」，marathon 譯為「馬拉松」。

中文裡不少詞語都音譯自英文，音譯方式可以分爲四類：「強制音譯」、「音意並存」、「音意兼顧」、「局部音譯」，分述如下。

1 強制音譯

　　強制音譯是指完全以英文發音譯成中文，沒有其他並行的譯法，而且所使用的中文字跟英文原文意思並無關聯，純粹只是發音相同或近似，例如：麥克風 (microphone)、芭蕾 (ballet)、披薩 (pizza)、優格 (yogurt)、沙拉 (salad)。

2 音意並存

　　音意並存是指同一詞彙有兩種譯法並存，可以譯音，也可以譯意，端看文字使用者的偏好，如 cheese 有「起司／起士／芝士」（譯音）或「乳酪」（譯意）兩種譯法；gas 可譯爲「瓦斯」（譯音）或「天然氣／煤氣」（譯意）；bus 可譯爲「巴士」（譯音）也可譯爲「公車」（譯意）；tank 可譯爲「坦克」（譯音）也可譯爲「戰車」（譯意）；Shangri-la 可譯爲「香格里拉」（譯音）也可譯爲「世外桃源」（譯意）；vitamin 可譯爲「維他命」（譯音）也可譯成「維生素」（譯意）等等。

3 音意兼顧

　　這一類音譯又可分爲兩種：第一種是顧及原文的字面意義，如：霸凌 (bully)、幽浮（UFO 是 unidentified flying object 的縮寫，但直譯的「不明飛行物體」較少使用），以及「雷射」（laser，大陸譯「激光」則是譯其意）。另一種則是顧及原文指涉的機構屬性或產品特質，最常見於公司機構或商品名稱的音譯，如「優衣庫」(Uniqlo)，除了譯其音之外，還希望彰顯該企業品牌爲品質優良的服飾（優衣）而且種類繁多、供應無虞（庫）。再如「可口可樂」(Coca Cola) 除了音節對應之外，還強調該飲料帶給人們的歡樂感受。

　　局部音譯是指音譯之外再配合其他譯法或是增補字詞，以求清楚。像是「摩托車」(motorbike) 前半的 motor 是譯音，後半 bike 則是譯意；「愛滋病」將 AIDS 音譯為「愛滋」，後面加上「病」字，以助理解；「啤酒」(beer) 的「啤」是採音譯，加上「酒」字以助理解。

翻譯
小助教

　　兩岸三地雖然都使用中文，但在音譯上卻有不少歧異，尤其是人名的音譯。這些差異可能源自於發音、文化或文字習慣的差別，有時則是同一詞語採音譯或意譯所造成的不同。以下是一些常見的例子：

英文	台灣中譯	大陸中譯	香港中譯
Beckham（足球明星）	貝克漢	貝克漢	碧咸
Bryant（籃球明星）	布萊恩	布萊恩特	拜仁
chocolate	巧克力	巧克力	朱古力
clone/cloning	複製	克隆	複製
Gadhafi （前利比亞獨裁者）	格達費	卡扎菲	卡達菲
Guinness World Records	金氏 世界紀錄	吉尼斯 世界紀錄	健力士 世界紀錄
Michelin （輪胎商及美食評論）	米其林	米其林	米芝蓮
salad	沙拉	沙拉	沙律
sandwich	三明治	三明治	三文治
SARS	SARS	非典	沙士

Sydney	雪梨	悉尼	悉尼
taxi	計程車	出租車	的士
Trump (美國總統)	川普	特朗普	特朗普

　　看了這麼多音譯的例子和類型，同學不妨思考一下：音譯的使用時機和優點為何？也就是什麼時候該用音譯，以及為什麼要用音譯？首先，這些詞語都是從外國傳入中文世界，在介紹這些外來新詞或新概念時，目標語文化裡可能缺乏相對應或類似的表達詞彙，此時採取音譯最為直接省事，同時可以凸顯外來文化，激起目標語讀者對外來文化的好奇。隨著時間演進，這些音譯詞彙可能會出現更理想或更適當的譯法取而代之，如「德律風」逐漸被淘汰而改稱為「電話」；有的則一直沿用下去，如「麥克風」大家已經習以為常，至今並沒有人將 microphone 譯為「擴音棒」之類的詞語。

　　另一種情況是，當外文名稱沒有明顯易見的意義、不易譯其意、或譯其意可能太過冗贅時，往往會採音譯。例如 cola 原指「用 kola 樹的果實製成的含咖啡因 (caffeinated) 碳酸 (carbonated) 飲料」，於是把 kola 開頭字母改為 c，將此飲料命名為 cola，但若要譯其意可能過於冗贅，或者不易跟「汽水、碳酸水」有所區隔，因此音譯成「可樂」，增添了歡樂氣氛，可說是個不錯的辦法。或者，如 AIDS 若要按字義譯為「後天免疫缺乏症候群」可能太過囉唆（除了為解釋該名詞而譯出全稱之外），因此採音譯「愛滋病」或「愛死病」較為適宜。

　　音譯也可以豐富目標語的詞彙及文化，如「卡」(card)、「秀」(show)、「當」(down) 等字原本只是音譯，但使用久了已經衍生為新詞，變成中文裡固定的表達詞彙，如今大家都已習慣所謂的「卡」片、生日「卡」、信用「卡」、煙火「秀」、大「秀」才藝、電腦「當」掉、「當」機等，這些都是中文用語裡的意外收穫，也為中文增色不少。

然而，音譯也有其缺點與限制。除了少數音意兼顧的例子以外，音譯大多只能反映出原文詞語的發音，難以直接從字面得知意義，目標語讀者必須了解原文或另外查詢資料，才能得知其意。例如「起司」、「沙拉」這類音譯詞彙，完全無法從中文字面明白其意思，在詞彙剛創造出來或讀者初接觸時，必定令人難以理解與接受，有些譯名會被逐漸淘汰，有些則在經過一段「試用期」後才能融入目標語文化。總之，音譯對於目標語讀者而言較不友善也較為吃力，除非實在難譯其意或者刻意要強調外來概念，否則一般來說應少採音譯。

　　此外，音譯僅適用於翻譯單字，不宜用來翻譯複合字、詞組、片語或整個句子，因為會造成理解困難，也失去翻譯的功能；例如 Disneyland 就不宜全部音譯為「迪士尼藍德」，free bagels available 若音譯成「弗利培果厄維樂波」大概沒人看得懂，就好比將中文「嚴禁隨地吐痰」整句音譯成英文 Yan Jin Sui Di Tu Tan，對不懂中文的外國人而言沒有任何意義。

翻譯小助教 外來語的「借用」

中文裡有些直接使用英文的詞彙，像是 Wi-Fi, APP, DNA, ETC, email, iPhone, OK 等，這並不算是「音譯」，而是一種「借用」，也有人稱為「零翻譯」。多半是因為中文譯名過於冗長，或是用英文表達比較方便，於是就將英文原文直接搬進中文裡，等於是一種外來語。

　　另外，有些人講中文時習慣用英文表達某些詞彙，例如：你可以去 google 一下、我 run 這個程式、她剛剛 call 我，這些例子又跟「借用」不同，這類用法並非中文裡沒有相對應的適當詞彙，而是使用者選擇性或習慣性地在中文裡夾雜英文，這是所謂的「語言／語碼轉換」(code switching)，畢竟上述例子也可以說成：你可以去「用谷歌搜尋」一下、

我「跑」這個程式、她剛剛「打（電話）」給我，而不一定非得用英文字表達才行。

(1) 請舉出六個英文詞語音譯為中文的例子。

	英：		英：		英：
1	中：	**2**	中：	**3**	中：
4	英：	**5**	英：	**6**	英：
	中：		中：		中：

(2) 下列譯成中文的詞語，各屬於哪一類的音譯呢？是否還有其他譯詞呢？請將答案填入以下表格中。

夾克 (jacket)　　　　　　幽默 (humor)

粉絲 (fans)　　　　　　　吉普車 (jeep)

駭客 (hacker)　　　　　　部落格 (blog)

撲克牌 (poker)　　　　　布丁 (pudding)

冰淇淋 (ice cream)　　　卡通 (cartoon)

保齡球 (bowling)　　　　幫寶適 (Pampers)

脫口秀 (talk show)　　　馬殺雞 (massage)

強制音譯	
音意並存	

音意兼顧	
局部音譯	

(3) 知名影片出租業者 Blockbuster，在台灣譯為「百視達」，算是音譯的同時又展現文字創意，兼顧公司行業特性。如果要替美國的連鎖書店 Borders 取個中文的企業名稱，應該怎麼譯才能兼顧音譯及創意？另一個例子是，在台灣設有專櫃的法國名牌服飾 Sisley 若要譯成中文可以如何命名？

參考解答請見 p. 259

翻譯鬧笑話 音譯通常以詞語為單位，但是不該音譯的時候卻採音譯，可就不大妥當了，像是不少中譯英的公共標示語就犯了這樣的毛病，叫人啼笑皆非。此外，音譯時得注意是否還有其他涵義，否則不宜亂用。還有些情況該譯音時卻譯意，同樣也會讓人摸不著頭腦。來看看以下的例子。

大陸某公廁設置了這張標示。圖中的 Can Ji Ren 猜得到是什麼嗎？答案是漢語拼音寫出的「殘疾人」。

「床」字意譯為 bed，但是「頭」字和「櫃」字卻音譯為 tou 和 gui，不知這樣的譯法外國人搞不搞得懂「bed tou gui」是啥玩意兒？

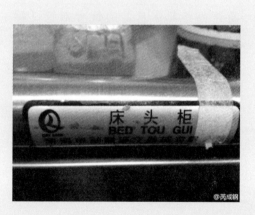

台灣的交通部曾把嘉義縣的朴子音譯成 Putz，不料 putz 有「呆瓜」和「男性生殖器」的意思，遭民眾糾正。也希望外國女性到此一遊時不要太害羞。

高速公路某休息站的飲食部把「檸檬愛玉」譯為 The lemon loves the jade.，這項產品本來應該當成一個詞彙加以音譯，卻當成一個句子加以意譯。相信外國客人一定頻頻詢問這項「特產」。

2 直譯

請同學試著寫出下列英文詞語的中文翻譯：

英文	Microsoft	blackboard	hot dog
中譯			
英文	rain forest	semiconductor	basketball
中譯			

　　譯完之後，同學覺得這些日常生活中耳熟能詳的用語是否具備某些共通點？是不是都按照組成字義的成分直截了當地翻譯？這樣的翻譯方法就是所謂的「直譯」。請看以下的解析：

英文	中譯	解析
Microsoft	微軟	micro ➡ 微小 soft ➡ 軟
blackboard	黑板	black ➡ 黑色 board ➡ 板
hot dog	熱狗	hot ➡ 熱 dog ➡ 狗
rain forest	雨林	rain ➡ 雨 forest ➡ 森林
semiconductor	半導體	semi- ➡ 半 conduct ➡ 傳導 -or ➡ 人或物
basketball	籃球	basket ➡ 籃子 ball ➡ 球

另外，同學是否曾在某些大型十字路口看過「行人專用時相」的標誌牌？其中「時相」一詞是否讓你感到好奇或不明就裡？其實「時相」源自國外的一種交通管制措施，原文是 time phase 或 time-phased plan，也就是安排各個方向的車流及行人輪流暫停或通行的作法。而把 time phase 譯成「時相」就屬於「直譯」，造就出這個大家看不太懂但正逐漸習慣的用語。

從前台灣在戒嚴時期曾經頒佈「新聞紙雜誌圖書管制辦法」，相信同學應該猜得出當時所謂的「新聞紙」是什麼吧？沒錯，就是現在通稱的「報紙」(newspaper)，「新聞紙」也是將 newspaper 直譯成中文的一個例子。

又如棒球比賽時常聽到的「牛棚」，就是從 bullpen 直譯過來。對不懂棒球的同學來說，或許很難猜想得到棒球場上為何要養牛？其實「牛棚」指的是「救援投手的練習區」或是「救援投手陣容」。以上都是英文「直譯」成中文的例子。

言歸正傳　將來源語最直接、最主要的字面意思譯入目標語，就是所謂的**直譯**。很多從西方傳入中文世界的「洋玩意兒」，包括物品、觀念、科學術語等，經常是按照原文直譯成中文，有些詞用久了，大家在日常生活中習以為常，還以為是中文裡固有的詞彙，如前面提到的「黑板」、「雨林」等；而有些詞則仍然是帶有異國風味的舶來品，如「熱狗」、「時相」等。以下我們就從詞語形態及直譯程度來分析各種類型的直譯。

詞語層級的直譯是以詞素 (morpheme) 或詞 (word) 為翻譯單位。英文有許多由字首、字根、字尾組成的單字，譯入中文時常採用直譯，也就是將字首、字根、字尾各部分一一譯出，有時會略做調整或增補。例如下表：

英文	中譯	解析
resurrection	復活；復甦	re-（再次；復；重來）+ surrect（活起來；立起來；醒過來）+ -tion（名詞字尾）

misunderstand	誤解；誤會	mis-（非；錯，誤；壞）+ understand（理解；體會）
computer	計算機〔陸譯〕	compute（計算；運算）+ -er（施動作的人或物），台灣通常譯為「電腦」，較偏意譯。
carnivore	肉食動物	carni-（肉；肉的）+ vore（吃；吞食），另外在後頭加上「動物」二字。
photosynthesis	光合作用	photo-（光）+ synthesis（合成），另外在後頭加上「作用」二字。
pan-America	泛美；全美	pan-（全；總；泛）+ America（美國；美洲）

英文裡由兩個字組合成一個字的複合字，有時也可以直譯方式將各個成分字依序譯出。例如下表：

英文	中譯	解析
newspaper	新聞紙〔舊譯〕	news（新聞）+ paper（紙），「報紙」則較偏意譯。
bullpen	牛棚	bull（公牛）+ pen（獸欄；畜棚），棒球術語，指救援投手練習區或救援投手陣容。
cupcake	杯子蛋糕	cup（杯子）+ cake（蛋糕）
bookshelf	書架	book（書）+ shelf（架子；擱板）
tablecloth	桌布	table（桌子）+ cloth（布）

此外，許多由兩個以上的單字或複合字組成的詞組，譯成中文時也會採用直譯，尤其以財經商業及科技醫藥方面的專業術語最為常見。例如下表：

英文	中譯	解析
rocking chair	搖椅	rocking（搖動的；搖晃的）、chair（椅子）
hot money	熱錢	hot（熱的）、money（錢）
mutual fund	共同基金	mutual（共同的；互相的）、fund（基金）
most favored nation	最惠國	most（最）、favored（受偏袒的；被喜愛的）、nation（國家）
nuclear fusion	核融合	nuclear（核的；核子的）、fusion（融合）
Global Positioning System	全球定位系統	global（全球的；世界的）、positioning（定位；放入某位置）、system（系統）

翻譯小助教

「詞語」層級的「直譯」並不容易定義。嚴格來說，若要將 compute 直譯成中文，可能得將該字的意義成分加以分析並逐一翻譯，也就是 com- 是「共同，一起」的意思；pute 源自拉丁文的 putare，是「算數」的意思。因此嚴格的中文直譯應該是「共算」或「同算」，但一般仍翻成「計算，運算」，其實就某種程度而言已屬於「意譯」。但如果用如此嚴格標準來定義詞語的直譯，恐怕很少詞語能稱得上直譯，因此本單元將詞語層面的「直譯」界定為「按照原文最直

接、最主要的字面意思加以翻譯」，避免將直譯的範圍限縮得太小，但又同時仍能跟「意譯」有所區隔。例如，air conditioning 若譯為「空氣調節」或「空調」算是直譯，若譯為「冷氣」則為意譯，而不將 condition 極端地直譯為「共說，同言」(con- = with, together; dition = dicere = to speak)，因為這樣的直譯通常不易讓人理解意思。

至於片語和句子層面有時也會採取直譯法，只不過適用於直譯的情況多半是中英文結構相同或類似的簡單句構，例如 I love you. 譯為「我愛你」，This book is mine. 譯為「這本書是我的」，這類直譯句大致上採用順譯的原則，完全依序逐字翻譯或僅微幅更動字序，相關細節請參閱本章第二節中的「順譯」技巧 (p. 203)。此外，片語或句子採取直譯有時會產生帶有英文語法的彆扭中文，但積非成是之下逐漸滲入中文，例如 make great contributions 在中國大陸常直譯成「做出偉大的貢獻」，不如譯為「貢獻卓著」之類的中文較為自然；Have a nice weekend. 譯為「有個愉快的週末」，不如意譯為「祝您週末愉快」。英文裡有些特殊的詞語或意象，有時會採直譯，例如 crocodile tears 譯為「鱷魚的眼淚（用於比喻虛情假意）」，the last straw that breaks the camel's back 譯為「壓垮駱駝的最後一根稻草」，這類直譯有其特殊目的和運用時機，屬於「異化」譯法，細節可參閱本章第四節中的「歸化與異化譯法」(p. 240)。

而從「直譯程度」的角度，可將直譯細分為四類：「逐字式直譯」、「微調式直譯」、「增減式直譯」及「混合式直譯」，分述如下。

▌1 逐字式直譯

這是最直接、最字面、完全不更動字序的直譯，這類直譯最為常見，前面提到的例子大多屬於此類，例如：時相 (time phase)、牛棚 (bullpen)、熱狗 (hot dog)、微軟 (Microsoft)、黑板 (blackboard)、雨林 (rain forest)、啞鈴 (dumbbell) 等。

▌2 微調式直譯

指的是翻譯時稍微更動部分字義或字序，但基本上維持直譯原則，整體而言仍屬直譯。字義的微調例如：半導體 (semiconductor) 中的「半 (semi-)」和「導 (conduct)」屬於逐字譯，「體」則是將 -or/-er（施動作的人或物）稍加變換為「體」，而不是完全直譯成「半導物」或「半導者」；eyeglasses 譯為「眼鏡」，「眼」是直譯，「鏡」則是將 glass（玻璃）稍加轉換，而不是完全直譯為「眼玻璃」；television 譯為「電視」，「視」算是直譯 vision，但 tele- 的原意是「遠的，遠處的」，翻譯時不宜完全直譯為「遠視」，因此稍做更動譯為「電視」；soft power 譯為「軟實力；軟國力；柔性權力」，其中 soft 直譯為「軟，柔性」，但 power 則稍加調整譯為「實力；國力；權力」，而非完全直譯成「力，力量」。字序的微調例如：ultraviolet ray 譯為「紫外線」而非「外紫線」。

字義和字序均有調動的例子則有：skyscraper 譯為「摩天大樓」，而非嚴格地逐字譯為「天摩物」或「天摩者」，「摩天」是字序上的微調，「樓」是字義上的微調；Gross Domestic Product 譯為「國內生產總額／毛額」，而非逐字直譯為「總國內產量」，在字義上將「產量」微調成「生產額」，字序上則將「國內」移至開頭，「總／毛」移至「生產額」中間。

■3 增減式直譯

增減式直譯是指除了按字面直譯之外，還另外增補原文沒有的字詞以求明確，或刪減原文某些字詞以求簡潔。增補式直譯的例子較多，如：電腦使用的 mouse，台灣譯為「滑鼠」，大陸譯為「鼠標」，兩者都將 mouse 直譯為「鼠」，並且也都各自添加了「滑」或「標」字以求清楚；sympathy 譯為「同情心」，其中的「心」是額外增補的字眼；blue chip 直譯為「藍籌股」，其中的「股」字屬於增補部分。

刪減的例子如：托福 (TOFEL) 的 iBT (Internet-Based Test) 譯為「網路測驗」，原文裡的 based（以…為基礎）較不重要，而且若要譯成中文並不容易也不自然，可略去不譯。

■4 混合式直譯

混合式是指同時經過微調及增減的直譯，也就是上述第二類和第三類直譯的混合型。例如：telescope 譯為「望遠鏡」，其中「望遠」是「遠望」調動了字序，「鏡」則是另外增補之字。車子的 windshield 譯為「擋風玻璃」，除了字序微調成「擋風」而非「風擋」，後頭還加上「玻璃」以求清楚；或者 windshield 的完全直譯是「風盾」，譯為「擋風」是先在字義和字序上微調，再增補「玻璃」二字。rainfall 譯為「降雨量」，其中「降雨」是從「雨降」經字序微調而來，「量」字則是額外的增補。著名童話 Snow White 譯為「白雪公主」，除了字序上微調成「白雪」而非「雪白」，後頭還添加「公主」二字以求明確。

若將「詞語形態」及「直譯程度」合併來看，可以整理成下列的表格，其中畫底線部分代表微調或增減之處：

	單字	複合字	詞組
逐字式	misunderstand （誤解；誤會） resurrection （復活；復甦）	bookshelf （書架） cupcake （杯子蛋糕）	cotton candy （棉花糖） hot dog （熱狗）
微調式	computer （計算<u>機</u>） television （<u>電</u>視）	skyscraper （<u>摩天</u>樓） lighthouse （燈<u>塔</u>）	weapon of mass destruction （<u>大規模毀滅性武器</u>） ultraviolet ray （<u>紫外線</u>）
增減式	mouse （滑<u>鼠</u> / <u>鼠</u>標） carnivore （肉食<u>動物</u>）	videotape （<u>錄</u>影帶） duckbill （鴨嘴<u>獸</u>）	blue chip （藍籌<u>股</u>） white collar （白領<u>階級</u>）
混合式	telescope （望遠鏡） extracurriculum （課外<u>活動</u>）	windshield （<u>擋</u>風玻璃） rainfall （降雨<u>量</u>）	Snow White （<u>白雪公主</u>） Amnesty International （<u>國際特赦組織</u>）

　　關於直譯的使用時機，若英文名稱的字面意思顯而易見，而且直接譯成中文就相當清楚，頂多稍微調整字義、字序或者增補減略某些字詞便知其意，這時往往會採直譯。直譯的優點是讓讀者能夠「望文生義」，一目了然，明白原文所指為何；相較於音譯對讀者的不友善，直譯比較容易理解，不過還比不上「意譯」完全以服務讀者為考量；另一方面，直譯也可以引進外來文化、創造新詞彙，跟音譯一樣都可以凸顯外來文化，豐富目標語的詞彙與文化。

　　但直譯有其缺點與限制，例如：當外來文化的概念及詞彙原本就存在於目標語文化中，而且有其固有名稱、而並非外來文化所創始或獨有時，就不宜直譯。此時直譯不僅沒有必要，也不合乎目標語的習慣表達方式。例

如 waterfall 一詞要譯成「瀑布」，如果譯成「水落」或「水崩」之類，恐怕沒人看得懂，這是因為 waterfall 並非外來的概念或現象，中文裡面原本就有「瀑布」一詞可對應英文的 waterfall，並不需要新創出「水落」或「水崩」等語，而「瀑布」便算是 waterfall 的「意譯」。此外，若直譯會讓人困惑誤解，也不宜使用直譯，而應改採其他譯法。假設中文裡原本沒有「瀑布」這樣的詞彙或概念，那麼將 waterfall 譯成「水落」可能會讓人誤以為是有人掉入水中的意外事件，譯成「水崩」又可能會讓人誤以為是水災之類的危急情況，此時應以「意譯」為優先。

學以致用

(1) 請舉出六個英文詞語直譯為中文的例子。

1	英：	2	英：	3	英：
	中：		中：		中：
4	英：	5	英：	6	英：
	中：		中：		中：

(2) 下列譯成中文的詞語，各屬於哪一類的直譯呢？請將答案填入以下表格中。

牙刷 (toothbrush)　　　　　賽車 (race car)

獨角獸 (unicorn)　　　　　雨衣 (rain coat)

伺服器 (server)　　　　　爆米花 (popcorn)

顯微鏡 (microscope)　　　遙控 (remote control)

加油站 (gas station)　　　瓶裝水 (bottled water)

政治正確 (politically correct)　電子郵件 (email)

食蟻獸 (anteater)　　　　　　　　放大鏡 (magnifying glass)
全民健保 (national health insurance)

逐字式直譯	
微調式直譯	
增減式直譯	
混合式直譯	

(3) 許多公司企業的名稱有特殊意涵，翻譯成中文時採直譯的例子包括 Microsoft「微軟」、Apple「蘋果」、Eveready「永備」等。知名的美國濾水設備商 Everpure 現行的中文譯名是「愛惠浦」，採用的是音譯，請想想看，如果要改採直譯，可以怎麼譯？餐廚家電用品商 Cuisinart 是 cuisine 加上 art 的複合字，若要直譯成中文可以怎麼譯？團購優惠網站 Groupon 是 group 加上 coupon 的複合字，中文直譯可譯成什麼？

Everpure 中譯名：

_____

Cuisinart 中譯名：

_____

Groupon 中譯名：

_____

(4) 許多財經商業及科技醫藥方面的專業術語常是從英文直譯而來，請將下列英文詞語直譯成現行通用的譯名。

英 文	中 譯
financial derivative; derivative financial product	
initial public offering (IPO)	
World Trade Organization (WTO)	
International Monetary Fund (IMF)	
genetically modified food (GM food)	
liquid crystal display (LCD)	
Anti-lock Brake System (ABS)	
Multi-media Messaging Service (MMS)	

參考解答請見 p. 260

翻譯鬧笑話

前面提過公共標示語因不當「音譯」而鬧出笑話，事實上，公示語或菜名採用「直譯」時也常出問題，尤其是中譯英。有些是文法或語意邏輯上的錯誤，有些則是用詞選字失當，翻譯者往往以為將單詞各自直譯再湊在一起，就算是翻譯完成，結果常令人不敢領教。請看下面幾則例子：

Pay attention to leaveing the stone (right side) 這句話竟然把中文的「落石」翻譯成「離開石頭」(leaveing the stone)，而且還拼錯字，應該是 leaving 才對。外國遊客可能會納悶：離開右側的石頭時到底得留意些什麼？

圖中的中文和英譯根本是兩回事。中文十分正確易懂，但英文卻是 Do not use toilet paper (sanitary napkins) thrown into the toilet，看來英譯是想提醒上廁所的外國人，不要用那些被丟進馬桶裡的衛生紙或衛生棉……但有哪個人敢這樣用嗎？

128

外國客人看了這個英文菜名 Onion explodes mutton 一定覺得中華廚藝實在是出神入化，竟能用洋蔥把羊肉引爆！不過他們敢不敢吃就不知道了⋯⋯

「手撕驢肉」這幾個字個別分開來直譯好像沒什麼問題，但擺在一塊兒變成 Hand Shredded Ass Meat 就是不對勁⋯⋯手被絞碎還混合了屁股肉？真是考驗外國客人的膽量！

3 意譯

請選出下列英文的適當中譯：

1. greenhouse	☐ 綠屋	☐ 青樓	☐ 溫室	☐ 格林豪斯
2. doughnut	☐ 甜甜圈	☐ 多拿滋	☐ 麵糰螺帽	☐ 麵糰環
3. badminton	☐ 白明鎮	☐ 壞明頓	☐ 百明頓球	☐ 羽毛球
4. merry-go-round	☐ 美里格朗	☐ 快樂繞行	☐ 旋轉木馬	☐ 轉轉樂
5. steering wheel	☐ 操控輪	☐ 方向盤	☐ 駕駛輪	☐ 史提林輪
6. department store	☐ 帝巴門店	☐ 部門商店	☐ 分類商店	☐ 百貨公司

　　答案分別是：1. 溫室、2. 甜甜圈、3. 羽毛球、4. 旋轉木馬、5. 方向盤、6. 百貨公司。大家可能覺得選出這些詞語的中譯並不難，但同學是否注意到這些中譯既不是音譯也不是直譯，例如 badminton 沒有顯而易見的意思，卻不音譯成「百明頓球」而譯爲「羽毛球」；greenhouse 明明是 green（綠色）加上 house（屋子），卻不直譯成「綠屋」而譯爲「溫室」；steering wheel 是 steering（操縱；掌控）加上 wheel（輪子），卻不直譯成「操控輪」而是譯爲「方向盤」；department store 照字面意思來看應該是「部門商店」或「部門店」，但譯入中文時卻意譯爲「百貨公司」。比起音譯或直譯，這樣的翻譯方法不求在語音或字面意義上與原文對等，而是著重於讓讀者容易理解、更貼近目標語文化的習慣，這就是「意譯」。

　　上面的其他例子中，doughnut（或簡略拼法 donut）在近年來台灣有業者譯爲「多拿滋」，應該是有意藉由音譯營造外國食物的感覺；另外，海外華人有時譯爲「圈餅」，則是偏形譯的譯法。再如 merry-go-round 一般習慣譯

爲「旋轉木馬」（其實旋轉的不一定是木馬），若譯爲「轉轉樂」雖然也屬於意譯，但比較容易讓人聯想到其他旋轉類型的遊樂設施。

言歸正傳 將來源語的實質內在性質、意涵或引申義譯入目標語，跳脫字面的對應，以求更爲通順達意、更易於理解、更貼近目標語文化的習慣或文本特徵，就是所謂的**意譯**。意譯的範圍相當廣，只要不符合音譯、直譯和形譯的定義，都可算是意譯。

首先，以單字的翻譯來說，直譯和意譯有時並不易區別，像是 dictionary 譯爲「字／辭典」或 umbrella 譯爲「傘」這類中文原本就有的詞彙，到底該算是直譯還是意譯呢？這個問題的答案見仁見智，我們可以說 dictionary 字面意義對應的中文就是「字典」，因此算是直譯；也可以說 dictionary 的內涵相當於中文的「字典」，所以算是意譯。

若將需要翻譯的原文單位擴大到複合字或詞組，甚至片語和句子的層級，就會發現原文單位愈大，愈容易區分直譯和意譯，也更有需要、更適合採取意譯，例如前面提到的複合字 greenhouse，譯爲「綠屋」屬於直譯，譯爲「溫室」則屬於意譯，且意譯比直譯更容易理解；詞組 steering wheel 譯爲「操控輪」屬於直譯，譯爲「方向盤」則屬於意譯，而意譯較爲合宜；walking dictionary，若譯爲「走動的字典」算是直譯，若譯爲「活字典」則屬意譯，而意譯優於直譯。此外，意譯有時還有程度之分，例如將 walking dictionary 視上下文譯爲某某人是個「字彙通」、「單字王」或者某某人「精通詞彙」、「無字不知、無詞不曉」，則是自由度更高的意譯。

以片語層級來說，直譯和意譯的區別十分明顯，例如 one foot in the grave 譯爲「一隻腳踏進墳墓」屬於直譯，譯爲「行將就木」或「來日無多」則爲意譯。此外，大部分片語通常意譯比直譯更爲適宜，例如 behind the wheel 不會直譯成「在方向盤後方」，而會意譯成「開車」或「駕駛車輛」等；kick the bucket 不會直譯成「踢水桶」，而會意譯成「死掉」或「去世」、

「翹辮子」等；the best American poet that ever lived 不會直譯成「曾經活過的最好的美國詩人」，而會意譯成「美國史上最傑出的詩人」。片語和句子層級的意譯，有時涉及歸化異化手法，有時涉及增詞、減詞、語序調動、詞類轉換等翻譯技巧，這些翻譯技巧都會在本章後面的段落說明介紹。

翻譯小助教 同學若要區分中英文之間的轉換屬於直譯或意譯，不妨用「回譯」(back translation) 的方式檢查，也就是從目標語反向轉譯回來源語，看看是否符合原文。若以最直接的字面意思回譯而與原文相同或相似，則該詞語可算是直譯；若很難或根本無法以最直接的字面意思回譯，或者回譯結果與原文相去甚遠，則應屬意譯。例如若要確認「溫室」一詞屬於直譯或意譯，可以最直接的字面意思回譯，即「溫」譯為 warm，「室」譯為 room，warm room 跟 greenhouse 相去甚遠，因此大致可判定「溫室」一詞屬於意譯。又好比「答錄機」一詞，若以最直接的字面意思加以回譯，可譯成 answering recording machine（應答＋錄音＋機器＝答錄機），結果與原文 answering machine 相去不遠，因此大致可將「答錄機」一詞歸類為直譯（屬於增減式直譯，增補「錄」字以求明確）。

若依性質區分，意譯可分為**習語意譯**以及**創改意譯**兩大類：

■1 習語意譯

是指來源語和目標語文化中，對某一事物或概念原本就有各自的習慣用語，可以用來互相對譯。這類意譯十分常見，畢竟不同文化裡仍存在許多共通或相似的事物、感覺或概念，翻譯時不必也不宜採音譯或直譯，只須轉換成目標語原有的習慣用語即可。

例如前面提到的 waterfall 不能按 water 和 fall 的意思直譯為「水落」、「水崩」，而必須依照中文裡原有的相同概念和詞彙意譯成「瀑布」。son-in-law 不能直譯為「法律上的兒子」，因為中文裡原本就有「女婿」一詞，轉換成中文時必須意譯成此一慣用詞語。blackmail 不能按照字面直譯成「黑函」或「發黑函」（意指以匿名、假名或冒名方式，用不實的文字投函攻訐他人），這樣會形成似是而非的「假朋友」(false friend)，應該意譯為「勒索」或「敲詐」。又好比英文裡原本沒有法文 déjà vu 的概念，因此這個法文字就直接被借用至英文，但中文裡卻有「似曾相識」一詞可以與之對應，因此翻譯 déjà vu 時不須借用或音譯成「德賈弗」，也不宜按法文原意 already seen 直譯為「已然見過」，直接意譯成「似曾相識」即可。practical joke 也不能直譯為「實際的玩笑」，而可意譯成中文裡固定的用語「惡作劇」。extramarital affair 雖然現在已經可以直譯為「婚外情」，但在「婚外情」一詞廣獲接受之前，意譯成「外遇」較合於中文原本的詞彙習慣。

片語層級的例子則有：burn the midnight oil 不會直譯為「半夜燒油」或是「燒夜油」，而會意譯為「熬夜」、「挑燈夜戰」。from A to Z 不會直譯成「從 A 到 Z ／從ㄅ到ㄩ／從甲到癸」，而會意譯成「從頭到尾／一五一十／完完全全」。a stone's throw away 比較少直譯成「一石之遙」（大陸較常見此譯法），而常意譯為「一步之隔」、「一箭之遙」、「近在咫尺」，以符合傳統的中文成語習慣。其他例子還包括前面提到的 one foot in the grave「行將就木／一隻腳踏進棺材」、behind the wheel「開車」、kick the bucket「死亡／身故／翹辮子」，也都是屬於「習語意譯」的片語。

▌2 創改意譯

是指外來文化的事物或概念傳入時，由於音譯或直譯的文字冗贅難懂，因此採取意譯，自行創造或修改詞彙，以便於理解。這類意譯並非中文固有的習語或成語，而是依照中文習慣創造新詞，或修改舊詞。

例如 Macadamia nut 不採音譯和直譯爲「馬卡達米亞果」，而以其原產地意譯爲「澳洲堅果」或以盛產地意譯爲「夏威夷豆／果」；flashlight 不採直譯「閃光筒」，而是依照人們以手持該工具且須倚賴電力的兩項特色，修改成「手電筒」；baseball 並未直譯成「壘球」，也未借用日文的「野球」，而譯成「棒球」，著眼於該項運動的主要用具——球棒。traffic light 不直譯爲「交通燈」，而是經修改意譯爲「紅綠燈」。mobile phone 若譯成「行動電話」屬於直譯，但一般譯爲「手機」，屬於修改自「手提電話」(portable phone) 的意譯。doughnut「甜甜圈」、ballpoint pen「原子筆」、merry-go-round「旋轉木馬」、steering wheel「方向盤」、department store「百貨公司」等也都屬於創改而來的意譯。

　　此類意譯多見於複合字及詞組，片語層級則較少見，因爲翻譯片語時多半按字面意思直譯或以習語意譯，較少需要運用創造或修改的方式加以意譯，除非直譯不易理解，或者目標語文化缺乏相對應的習語意譯，才會採創改意譯。例如 eat like a bird，中文裡原本沒有以某種動物來形容人吃得很少的語彙，但直譯爲「吃東西像鳥一樣」又顯得突兀難解，因此宜稍加修改，意譯爲「食量跟小鳥／麻雀一樣」或更省略地意譯爲「食量很小」、「小鳥胃」；off the record 也沒有近似的中文習語，直譯應爲「紀錄以外的／不留紀錄的」，但搭配上下文時可能需要修改成「不對外公開」、「這事只能私底下說」之類的意譯。keep/have one's fingers crossed 意思是將食指和中指交叉成十字，表示向上帝祈求好運，或因爲撒小謊等而懇請上帝原諒，若直譯成「手指交叉」則不易理解，而中文又沒有類似習語可以表達，因此只好意譯成「祈求好運」或「撒了個小謊」。

　　若以意譯類型來看各個詞語層級的意譯，可以整理成下列的表格：

	複合字	詞組	片語
習語意譯	son-in-law（女婿）	déjà vu（似曾相識）	burn the midnight oil（熬夜）
	waterfall（瀑布）	practical joke（惡作劇）	from A to Z（從頭到尾 / 一五一十）
	blackmail（勒索）	extramarital affair（外遇）	a stone's throw away（一箭之遙 / 近在咫尺）
創改意譯	doughnut（甜甜圈）	steering wheel（方向盤）	eat like a bird（食量跟麻雀一樣 / 食量很小）
	flashlight（手電筒）	mobile phone（手機）	off the record（不對外公開 / 私底下說）
	baseball（棒球）	traffic light（紅綠燈）	keep one's fingers crossed（祈求好運 / 撒個小謊）

　　意譯的使用時機：遇到目標語原本就存在對應的詞彙時，或者稍加修改即可對應時，就應該採取意譯，否則才採取其他譯法。意譯的優點是能讓讀者一目了然，理解譯文時最不費力，不像閱讀音譯或直譯必須傷腦筋去探究詞語的眞正意涵。意譯以目標語讀者爲服務對象，以目標語文化的表達習慣爲尊，不讓讀者感覺到原文的存在，彷彿是用目標語創作一般。

　　不過，意譯也有其限制，有時意譯爲了配合目標語的習慣，在意涵上多少會增減或轉變，也因此跟原文最精確的意思會有所出入，或者失去原文的意象和特色。例如 doughnut 意譯爲「甜甜圈」，但其實原文意思只是「麵糰圈」，而且近來甜甜圈已出現咖哩、肉鬆等鹹食口味，也使得「甜甜圈」這個譯名的適用性出現問題，反倒是「圈餅」顯得較爲合宜。merry-go-round 意譯爲「旋轉木馬」，但遊樂園裡這類旋轉遊樂設施有時並非「馬」的造型，而是海豚、綿羊或其他動物，而且原文裡的 merry 也無法在「旋轉木馬」一詞中表現出來，因此譯爲「轉轉樂」可能是更接近原文意思的意譯。eat like a bird 若意譯成「食量很小」，就捨棄了「像小鳥一般」的比喻意象，在某些文類或文境中可能會失去原味及特色。

翻譯有時會出現所謂「超額翻譯」(overtranslation) 和「欠額翻譯」(undertranslation)。超額是指譯文超出原文的意思,也就是添增了原文沒有提到的東西;欠額則是譯文不及原文的完整意義,也就是省略了原文提到的某些東西。以 doughnut 譯為「甜甜圈」為例,原文裡的 dough(麵糰)沒有譯出來,算是欠額翻譯;「甜甜」原文並沒有提到,是譯文自行增補,屬於超額翻譯。以 merry-go-round 譯為「旋轉木馬」為例,原文裡的 merry(歡樂)沒有譯出來,屬於欠額翻譯;另一方面原文並沒有提到「木馬」,其形式也不僅限於「馬」,但譯文卻明確譯出「木馬」,則屬於超額翻譯。

學以致用

(1) 請舉出六個英文詞語意譯為中文的例子。

1 英： 中：	**2** 英： 中：	**3** 英： 中：
4 英： 中：	**5** 英： 中：	**6** 英： 中：

(2) 下列譯成中文的詞語,各屬於哪一類的意譯呢?請將答案填入以下表格中。

吸塵器 (vacuum cleaner)

坐牢 (behind bars)

書呆子 (bookworm)

各自付帳 (go Dutch)

香港腳 / 足癬 (athlete's foot)

便利貼 (sticky note/Post-it note)

貓哭耗子 / 假慈悲 (crocodile tears)

光說不練 (lip service)

防患未然 (nip in the bud)

拼圖 (jigsaw puzzle)

隨身碟 / 拇指碟 (flash drive)

習語意譯	
創改意譯	

(3) 英文有些詞語翻譯成中文時，可以採直譯，也可以採意譯，或者採意譯時可以選擇採習語意譯或創改意譯。請將下列詞語以各種可能的方式譯成中文，並註明所採用的譯法。

1. sour grapes:

2. correction tape/liquid:

3. bandwagon effect:

4. walk down the aisle:

5. against all odds:

6. out of the blue:

7. jump through hoops:

(4)「臉書」(Facebook) 的風潮席捲全球，已成為許多現代人不可或缺的線上社交工具。目前英語世界已出現由 Facebook 文化衍生出來的新字：falk 即「facebook + stalk（跟蹤）」而成的動詞，意指「暗中觀察臉書上他人的訊息及近況」。falk 這個新詞若要意譯成中文，可以怎麼譯？

參考解答請見 p. 262

翻譯小助教

西方電影的中文譯名在兩岸三地各具特色。大致而言，大陸較偏直譯，謹守原文意思；台灣傾向雅致的意譯，希望能兼顧原文片名和劇情內容；香港則喜用誇張、聳動的字眼或廣東話特有詞彙，屬於自由度更高的意譯。以下列舉一些電影譯名做為例子，從左至右的順序為陸譯、台譯、港譯，便於同學感受從直譯到意譯再到過度自由譯的差別。同學覺得哪些電影譯名翻得比較好呢？同時也請思考一下，翻譯片名時應該採用什麼樣的譯法比較合適？

英文片名	大陸譯名	台灣譯名	香港譯名
007-Die Another Day	007 之擇日再死	007：誰與爭鋒	新鐵金剛之不日殺機
American Beauty	美國麗人	美國心玫瑰情	美麗有罪
American Pie	美國派	美國派	美國處男
Bolt	閃電狗	雷霆戰狗	超級零零狗 (009)

Catch Me If You Can	貓鼠遊戲／逍遙法外	神鬼交鋒	捉智雙雄
Chipmunks	鼠來寶	鼠來寶	花鼠明星俱樂部
Don't Say A Word	一言不發／請勿作聲	沈默生機	贖命口令
Evolution	進化	進化特區	地球再發育
Finding Nemo	尋找尼莫	海底總動員	海底奇兵
Ghost	幽靈	第六感生死戀	人鬼情未了
Jack and Jill	杰克和吉兒	龍鳳大雙胞	龍鳳孖孖
Legally Blonde	律政可人兒	金法尤物	律政俏佳人
Meet the Parents	拜見岳父大人	門當父不對	非常外父揀女婿
Meet the Fockers	拜見岳父大人 2	親家路窄	非常外父生擒霍老爺
Pretty Woman	漂亮女人	麻雀變鳳凰	風月俏佳人
The Day After Tomorrow	後天	明天過後	明日之後
The Lord of the Ring	指環王	魔戒	魔戒
Up	飛屋環遊記	天外奇蹟	沖天救兵
Wanted	追緝令	刺客聯盟	殺神特工

4 形譯

同學可曾注意到電話鍵盤有兩個非數字的按鈕，分別是＊和＃，這裡先考考各位知不知道這兩個符號的英文怎麼說？＊可能比較簡單，英文叫做 star 或 star key；＃或許比較少人知道，英文是 pound 或 pound key。不過這兩個符號的英文翻譯成中文時要叫做什麼呢？可不是把 star 譯成「星號」，pound 譯成「磅號」！其實中文習慣把＊稱爲「米號」或「米字鍵」，＃稱爲「井號」或「井字鍵」。因爲＊和＃的外形分別長得像中文的「米」字和「井」字，這樣的譯法更好懂、更有創意。

再考考同學以下幾個英文字如何譯成中文：

英文	pyramid	rugby	thong	sphinx	flip-flops
中譯					

答案依序是：金字塔、橄欖球、丁字褲、人面獅身像、人字拖（又可稱爲夾腳拖鞋）。同學有沒有發現這些英文跟上面的＊和＃譯成中文時一樣，不是採用音譯、也不是直譯或意譯？這些字的譯法有一個共通點，就是根據外觀形狀特徵來翻譯：尖角錐狀的 pyramid 恰如中文的「金」字；rugby 的形狀好似橄欖果實；thong 從正後方看去呈「丁」字；sphinx 是希臘羅馬神話中的怪物，外貌是人頭配上獅子的身體，因此依外觀特徵譯爲「人面獅身像」；flip-flops 是一種輕便的夾腳拖鞋，其外形特色是夾腳處恰呈「人」字。這種根據外觀形狀翻譯的譯法就叫做「形譯」，又稱爲「象譯」。

以外觀特徵爲重點譯入目標語，跳脫來源語的發音、字面意思或內在性質，以求容易理解，就是所謂的**形譯**或**象譯**。由於形譯是根據外觀形狀翻譯，因此絕大多數是用來翻譯物體的名稱。形譯的翻譯單位多半以單字、複合字爲主，有時也用在詞組或片語層級，運用時

往往會搭配音譯、直譯、意譯等譯法。本單元將形譯依照譯文採用的形體大致分爲五類：「英文字母類」、「中文字形類」、「形狀紋線類」、「物體器官類」和「動植生物類」。

▊1 英文字母類

英文字母類的形譯就是翻譯時根據英文字母形體的特徵譯成中文，又可分爲**沿用型**和**自創型**。沿用型是直接將原文裡提到的英文字母形狀借用至中文，有些學者認爲這樣的作法並未將英文譯成中文，只是借用英文字母至中文，因此稱不上是翻譯。不過也有人認爲在現今中文世界裡使用英文字母愈來愈常見，已成爲中文讀者通曉的基本知識，因此沿用原文的英文字母並不妨礙理解，仍可列爲形譯的一種。譯例如下：

英文字母類 —— 沿用型

英文・中譯	解析
T-shirt（T 恤）	沿用英文字母 T，「恤」則是音譯。
V-neck（V 型領）	沿用英文字母 V，「型」和「領」是增補式直譯。
M-shaped society（M 型社會）	沿用英文字母 M，「型」和「社會」則是直譯。
O-shaped legs / O-legs（O 型腿）	沿用英文字母 O，「型」和「腿」則是直譯。
X-shaped legs / X-legs（X 型腿）	沿用英文字母 X，「型」和「腿」則是直譯。

自創型則是原文並未以英文字母形狀爲詞義重點，但譯成中文時卻以英文字母來描述其形狀。例子如下：

英文字母類——自創型

英文・中譯	解析
low cut dress （深 V 洋裝）	原文並未提到 V 型，譯文卻自行運用（若譯為「低胸裝」則為微調式直譯）。
bimodal distribution （M 型分布）	以字母 M 來形容 bimodal 的雙峰現象（若譯為「雙峰分布」，其中的「雙峰」則屬於「物體器官類」的形譯）。

■2 中文字形類

　　中文字形類的形譯是翻譯時以中文字為特徵來命名，這類的形譯詞例較多，除了前面討論過的 star key「米字鍵」、pound key「井字鍵」、pyramid「金字塔」、thong「丁字褲」、flip-flops「人字拖」以外，其他例子如下：

英文・中譯	解析
cross（十字／十字架）	cross 的形狀恰如中文的「十」，「字」和「架」則是增補式直譯。
crossroads（十字路口）	cross 的形狀恰如中文的「十」，「路口」則是微調式直譯。
crossbow（十字弓）	cross 的形狀恰如中文的「十」，「弓」則是直譯。
Crusade/Crusades （十字軍／十字軍東征）	士兵配戴 cross 的標誌，因此也譯為「十字」，「軍」和「東征」是增補式直譯。
T-bandage（丁字繃帶） T-square（丁字尺） T-intersection/junction （丁字路）	英文字母 T 形狀恰似中文的「丁」字，「繃帶」是 bandage 的直譯；「尺」是 square 的意譯；「路」是 intersection/junction 的意譯。

I-bar（工字鐵） I-shaped（工字形）	英文字母 I 形狀恰似中文的「工」字，「鐵」是 bar 的意譯，「形」是 shaped 的直譯。
Z-iron（乙字鐵）	英文字母 Z 形狀恰似中文的「乙」字，「鐵」是直譯。
zigzag（之字形）	zigzag 是指近似英文字母 Z 的外形，也像中文的「之」字（若譯為「鋸齒狀」則為「物體器官類」形譯）。
notch/groove/recess（凹槽／凹痕／凹處）	原文是下陷、內縮之意，恰似中文裡「凹」字的概念。

■ 3 形狀紋線類

指翻譯時以幾何形狀或紋路線條為特徵來命名，例子如下：

英文・中譯	解析
set square（三角板／尺）	原文意思是「固定式的直角尺」，但以其三角外形命名，形譯為「三角板／尺」。
panty/pantie（三角褲）	婦女或兒童的內褲，取其外形命名，形譯為「三角褲」。
boxer（四角褲）	如拳擊手短褲般的男性內褲，取其外形命名，形譯為「四角褲」。
staff/stave（五線譜）	原文的意思是「支柱」，取其外形形譯為「五線譜」。
trombone clip（迴紋針）	原文以形似長號喇叭為特徵命名，譯成中文時則取其曲折外觀形譯為「迴紋針」。

■**4** 物體器官類

指翻譯時以物體、用具或器官部位爲特徵來命名，例子如下：

英文・中譯	解析
U-shaped（馬蹄形） U-iron（馬蹄鐵）	英文字母 U 恰似馬蹄鐵的形狀，因此以「馬蹄／馬蹄形」形譯。
zigzag（鋸齒狀／形）	zigzag 所指的形狀除了近似英文字母 Z，也像鋸齒，因此以「鋸齒」形譯。
sharp/180° turn（髮夾彎）	180 度的大迴轉形狀恰似髮夾，常用來形容山路或賽車跑道極爲曲折的轉彎處。
pin/tack（大頭針）	pin 或 tack 在細針的頂端有一圓珠或其他形狀的裝飾，因此取其形稱爲「大頭」。
binder/fold-back clip（長尾夾）	binder 原指「裝訂；捆紮」，fold-back 原指「後折」，中譯則取其「長尾」特徵命名。

■**5** 動植生物類

指翻譯時以動物或植物等的形態爲特徵來命名，除了 sphinx「人面獅身像」、rugby「橄欖球」以外，其他例子如下：

英文・中譯	解析
bow（蝴蝶結）	bow 的形狀恰似蝴蝶，因此以「蝴蝶」來形譯。
hunting cap（鴨舌帽）	這種帽子的形狀呈鴨嘴般的扁平狀，因此以「鴨舌」來形譯。
dome（巨蛋）	圓頂造型的體育館形狀恰似蛋，「巨蛋」一詞應是源自日本的「東京巨蛋」。

oval/diamond face （瓜子臉／鵝蛋臉）	英文原本以「橄欖／橢圓」或「菱形」來形容，中文改用「瓜子」和「鵝蛋」來形譯。
jaw clip（鯊魚夾）	如獸夾或齒顎的髮夾，造型似鯊魚的利齒，故形譯為「鯊魚夾」。

翻譯 小助教

有學者將英譯中的形譯依性質區分為三類。一是「借形譯形」，就是將原文裡的英文字母借用至中文譯名，也就是本單元所提到的「英文字母類——沿用型」，屬於較特殊的形譯，甚至有些學者認為這屬於借用，不算是翻譯。

二是「以形譯形」，是指原文提及某物體的外觀形狀，但翻譯時改換成另一種物體的外觀形狀。例如 T-intersection 譯為「丁字路」，原文以字母 T 為形狀特徵來命名，但譯文改用「丁」字來表達；或者 U-shaped 譯為「馬蹄形」，原文以英文字母 U 為特徵，但譯文改以「馬蹄」來形容；又如 oval face 或 diamond face 譯為「瓜子臉」或「鵝蛋臉」，原文採用的形狀特徵是「橄欖／橢圓」或「菱形」，但譯文改用「瓜子」或「鵝蛋」來形容。

三是「以形譯意」，是指原文沒有提及外觀形狀特徵，但譯文卻以外觀形狀上的特色加以命名。例如 boxer 譯為「四角褲」、staff/stave 譯為「五線譜」、hunting cap 譯為「鴨舌帽」等都屬於這類形譯。

但如果英文原文提到某物體的外觀形狀，譯成中文也照樣譯出同樣的外形特徵，則較屬於直譯。例如 hammer toe 譯為「槌狀趾」，因為英文原本就提到了 hammer 這個外觀形狀上的意象，中文只是照樣譯為「槌」而已；又例如 Pentagon 譯為「五角大廈」，因為 pentagon 原本就是「五角形」的意思，譯文只是照樣譯成「五角」而已，「大廈」則是增補。這類例子較偏直譯，跟上述第二類「以形譯形」的形譯並不相同。

跟音譯、直譯、意譯相比，形譯的例子並不多見，其使用時機和優點在於：所譯的物體恰巧具有明顯的外形特徵，採用形譯會比其他譯法更加簡便有趣、具象傳神、令讀者印象深刻；由於形譯多半借用目標語文化及讀者熟悉的物體形象來代替原文的音或意，因此有時也會涉及歸化譯法，尤其是中文字形類的形譯。

形譯的限制則跟意譯類似，往往會捨棄原文的意義或意象，改用其他物體的外形特色來翻譯或命名，因此會導致意思不夠精確，或者產生原文沒有指涉的意象或文化意涵，不過多半尚不至於影響讀者理解。

學以致用

(1) 請舉出六個英文詞語形譯為中文的例子。

1 英：	**2** 英：	**3** 英：
中：	中：	中：
4 英：	**5** 英：	**6** 英：
中：	中：	中：

(2) 下列譯成中文的詞語，各屬於哪一類的形譯呢？請將答案填入以下表格中。

老虎鉗 (vise)　　　　　兔唇 (cleft lip/palate)

圓領 (crew neck)　　　丁骨牛排 (T-bone steak)

鐘乳石 (stalactite)　　三角牆 (gable)

喇叭褲 (flared trousers)　L 夾／L 型文件夾 (L-folder)

蛇行 (weave in and out of traffic)

臉上的 T 字部位 (T-zone of the face)

凸版印刷 (relief/letterpress printing)

英文字母類	
中文字形類	
形狀紋線類	
物體器官類	
動植生物類	

(3) 請將下列詞語形譯成中文，並註明屬於哪一類的形譯。

1. square face:

_____

2. split (in gymnastics):

_____

3. flounced skirt:

_____

4. batwing sleeves:

_____

參考解答請見 p. 264

中文裡有些涉及外觀形狀描述的詞語，要譯入英文時並不容易，常找不到適當的對應用語，有時更因為意象或褒貶意思與原文大不相同，成為笑柄或引來非議。

例如要將中文裡的「鷹勾鼻」譯成英文就頗為麻煩。鷹勾鼻有時是不帶褒貶的中性意涵，對應的英譯可能要用 Roman nose, aquiline nose, convex nose, arched nose；但有時指的是更為尖瘦、弓曲的鼻子，可能就得英譯成 Jewish nose, hawk nose，甚至如果是指巫婆般的奸邪鼻子，可能得英譯成 witch's nose，如何翻譯就要看原文指的是哪一種「鷹勾鼻」了。

另一個不易英譯的中文詞語是「鳳眼」，有人認為最接近的英譯是 almond eyes，就是如杏仁形狀的眼睛，眼角較細窄，如典型東方女性的眼睛，但其實「杏眼」還是比「鳳眼」圓一些，不夠貼切。美國曾有某餐廳服務人員在某位「鳳眼」女顧客的訂單上註明 lady chinky eyes（如右圖），用 Chink 這個貶低華人的歧視字眼來稱呼這位東方客人，結果惹來抗議，餐廳最後出面道歉。另外有人甚至創造了 phoenix eyes 一詞，將鳳眼直譯成英文，不過外國人的接受度並不高。也有人嘗試用 oriental eyes 來形容「鳳眼」，但還是帶有貶意，而且仍然少了點味道。唉，只能說翻譯大不易啊！

```
Thank You For Choosing
        Papa Johns
     Restaurant # 3070
       3477 Broadway
     New York, NY 10031
       (212)368-7272
3989        01/06/2012        08:10pm
**************************************
           InStore Order
Name:    lady chinky eyes
**************************************
Restaurant Order #: 0113

              Visa
```

第2節 單句的翻譯方法

1 句子對單詞的影響

課前暖身

1. 首先請同學不要查字典，試著說出 can 有哪些意義？
2. 接著請看以下的三個英文句子，試著說出句中每個 can 的詞性與意義。

Can you can a can as a canner can can a can?

A canner can can anything that he can.

But a canner can't can a can, can he?

第一題的參考答案如下：

動詞：裝罐；解雇　　**名詞**：罐頭　　**助動詞**：能夠

第二題可能得讓同學多費心了。你會發現，句中的 can 具有不同的詞性和意義。參考答案如下：

Can you <u>can</u> a <u>can</u> as a canner <u>can</u> <u>can</u> a <u>can</u>?

助　　動　名　　　　　助　動　名

你能夠像罐頭工人一樣把罐頭裝罐嗎？

A canner <u>can</u> <u>can</u> anything that he <u>can</u>.

助　動　　　　　　　助

罐頭工人能夠把任何能夠裝罐的東西裝成罐頭。

But a canner <u>can't</u> <u>can</u> a <u>can</u>, <u>can</u> he?
　　　　　　助　　動　　名　　助

但罐頭工人卻不能把罐頭裝成罐頭，對吧？

由上例可知，**在句子中，每個詞的意義會受到上下文含義的限制**。而接下來我們就要來看單詞與句子間的微妙關係。

 關於單詞與句子之間的關係，可以從四個方面來說明：1. 句子會限制單詞的意義、2. 句子能夠影響單詞的正負面意義、3. 文章中的其他句子也能影響單詞的意義、4. 單詞的加總不等於句子。

■**1** 句子會限制單詞的意義

同學在翻譯時最常問的問題就是：「這個字是什麼意思？」這是個看似簡單卻不易回答的問題。如果字典能解決翻譯上的問題，那麼 Google Translate 豈不就能做出完美的翻譯？但顯然事實並非如此。

同學往往有這樣的經驗：一個句子中的某個動詞可能有兩、三種意思；搭配的名詞又有兩、三種意思。假設它們各有三個意思，那麼排列組合的機率就有九種。如果光是一個句子的意義就有九種可能性，那麼整篇文章更有難以計數的可能意義，這種迷宮般的字義困境，實在令人挫折。

其實，往另一個方向想，句子中單詞愈多不一定代表愈多可能的意義，事實正好相反，**句子能夠提供文境，限制單詞產生過多的意義**。例如 pick up 這個片語有「撿起；學會；載；買；偶然認識；收到」等許多不同的意義，如果別人問你 pick up 是什麼意思，可能一時還說不完。然而，在句子的層次如 Mary will pick up her son at 4:30 p.m.（瑪麗會在下午四點半去接她的兒子。）由於受詞是她的兒子，因此 pick up 的意義就只剩下「載」，其他意義在這個句子的文境中都不合理。

■ **2** 句子能夠影響單詞的正負面意義

　　許多字詞本身同時具有正面與負面兩種意義，此時就要依靠句子提供的語境，來幫助判斷應該解讀為正面或負面意義。請注意以下兩個例句當中 aggressive 這個字的中譯：

1. His <u>aggressive</u> manner annoyed me.
   他<u>咄咄逼人</u>的態度讓我不悅。

2. A successful person must be <u>aggressive</u> and insightful.
   成功的人必須<u>積極進取</u>，具備洞察力。

　　第一句的動詞 annoy（惹惱）顯示出負面的意義，因此 aggressive 可譯為「咄咄逼人」。第二句中的形容詞 successful（成功的）則點出了正面的句意，因此 aggressive 可譯為「積極進取」。

　　由此可見，句子的脈絡能夠將單詞的意義導向正面，亦能導向負面，翻譯時應該特別注意句子的文境脈絡與單詞之間的關係。

(1) 片語 take off 具有許多不同的意義，請想一想以下句子中的 take off 分別是什麼意思，然後選出適當的選項。

　　a. 起飛　　　b. 脫掉　　　c. 革除　　　d. 刪除

1. The director has been <u>taken off</u> the position due to the scandal.
2. My flight is going to <u>take off</u> in an hour.
3. The dish has been <u>taken off</u> the menu.
4. Why don't you <u>take off</u> your jacket instead of turning on the fan?

(2) 請注意下面兩個例句當中的 challenging 這個單字，想想看哪一句比較適合把 challenging 翻譯成「困難的」，哪一句比較適合翻譯成「有挑戰性的」。

1. He loves the game because it is <u>challenging</u>.
2. This is a mentally <u>challenging</u> problem that is never easy to solve. He was even hospitalized for that.

參考解答請見 p. 265

3 文章中的其他句子也能影響單詞的意義

各位同學了解如何從句子中的搭配詞來判斷語境之後，可能還是會遇到無法解決的歧義問題。此時就得再看看前後其他句子，因為字義的線索可能就在上下文中。請看以下兩組例句中的 interesting：

1. The game is <u>interesting</u>. I can't love it more.
   這個遊戲<u>很有趣</u>。我再喜歡不過了。

2. The gift is <u>interesting</u>. I still can't figure out what it is.
   這個禮物<u>很妙</u>。我還猜不透那是什麼。

在例 1 中，由於第二句提到「喜愛」，可得知第一句中的 interesting 應帶有正面意義，因此翻譯為「有趣」。在例 2 中，由於第二句提到「弄不清那是什麼」，可推知第一句中的 interesting 不全然是正面的意涵，暗指那個禮物實在不知道是什麼東西，然而又必須以較委婉的方式表達，因此 interesting 可譯為「耐人尋味」或是「很妙」。

翻譯不像算術，翻譯的過程絕對不像 1 + 1 = 2 這麼簡單。舉例來說，如果按照英文語序譯出 What he said is far from correct. 所得到的句子就變成：「什麼＋他說＋是＋遠離＋正確的」，根本令人摸不著頭緒。然而，就算按照中文語序調整之後，加總起來也不見得就會形成通順的中文句子：

這句中文還是很奇怪，意思也不清楚。由於中英文的語序不同（詳見第二章），因此將英文譯成中文時通常需要有所增刪。例如上句應譯爲：「他說的一點都不正確」，才是比較通順的中文。

因此，翻譯時除了要注意原文中每個詞彙的意思，還要考慮目標語的使用習慣，才能產出通順的譯文，否則很可能會鬧出笑話。

透過上面的例證，應可了解句子對單詞的影響，因此翻譯時絕對不能只注意單詞本身的各種意義，而是要根據單詞所在的文境，包括前後文字和上下文句來決定其意義。以下是句子對單詞影響方式的整理以及更多例子：

句子對單詞的影響		
項目	1. 句子會限制單詞的意義	2. 句子能夠影響單詞的正負面意義
說明	句子能夠提供文境，限制單詞產生過多的意義。	句子能夠將單詞的意義導向正面，亦能導向負面。

例句	1. She picked up her son. （載） 2. She picked up some Japanese in Japan. （學會）	1. This is a challenging time. （艱難的〔負面〕） 2. This is a challenging game. （有挑戰性的〔正面〕）
項目	3. 文章中的其他句子也能影響單詞的意義	4. 單詞的加總不等於句子
說明	字義的線索就在上下文中。	考慮目標語的使用習慣，才能產出通順的譯文。
例句	1. His words are interesting. I need to think it over. （耐人尋味） 2. The show was interesting. I couldn't stop laughing. （有趣的）	1. In ancient China, teachers are respected. （在中國古代，教師備受尊崇。） 2. He washed his hands. （他洗了手。）

 學以致用　請翻譯下列句子，並注意句中畫底線單詞的譯法。

1. He's the one I would like to <u>emulate</u>. After all, he is a good example to learn from.

_____

2. He's the one I will try my best to <u>emulate</u> and never feel regret even if I am defeated. After all, he is the most formidable enemy I have ever met.

_____

3. The <u>apparent cause</u> of his death was suicide, but it was proven to be murder.

_____

4. <u>It is said</u> that elephants are afraid of mice.

_____

5. The change of environment has an <u>influence</u> on him. Now he is more productive.

_____

參考解答請見 p. 265

正如前面所說的，每個單詞都有許多不同的意思，因此在翻譯時必須選出與上下文能夠搭配的字義，才能正確譯出原文。曾經有位老師拿肯德基的廣告語 We do chicken right! 讓學生做翻譯練習，結果出現了以下的各式翻譯：

1. 我們做雞是對的！
2. 我們就是做雞的！
3. 我們有做雞的權利！
4. 我們只做雞的右半邊！
5. 我們只做右邊的雞！
6. 我們可以做雞，對吧？
7. 我們行使了雞的權利！
8. 我們主張雞權！
9. 我們還是做雞好！
10. 做雞有理！
11. 我們讓雞向右看齊！
12. 我們只做正確的雞！
13. 我們肯定是雞！
14. 只有我們可以做雞！
15. 向右看！有雞！
16. 我們要對雞好！
17. 我們願意雞好！
18. 我們的材料是正宗的雞肉！
19. 我們公正的做雞！
20. 我們做雞正點耶～～
21. 我們只做正版的雞！
22. 我們做雞做得很正確！
23. 我們正在做雞好不好？
24. 我們做雞最專業！

在英文中 right 有許多意思，當形容詞的意思包括「右邊的；正當的；適當的」；當名詞時可以指「權利」；當副詞時有「公正地；正確地」等意思。因此，在這些可能意義的排列組合之下，就出現了各種有趣的翻譯版本。其實正確的譯法應是「我們做出最好吃的雞肉／炸雞」。在這句英文中，We 是主詞，do 是「做」的意思，chicken 的意思是「雞肉」，right 是「正確地」。但在組合起來時，卻不能直譯為「我們正確地做雞肉」，因為「正確地做雞肉」在中文裡並非恰當的搭配，因此必須把「正確」延伸為「好吃的」的意思。

2 增譯法

大家可能在翻譯的小說或劇本中看過這樣的句子：

1.「錢是你拿走的嗎？」
  「不，我才不是那種人。」

2.「這就是你想說的嗎？」
  「不！」

3.「你做完了嗎？」
  「不！還差得遠呢。」

4.「想跟我一起去看電影嗎？」
  「不！誰想跟你去？」

這些回答看來稀鬆平常，但請各位同學仔細想想，你平常回答這些問題時，真的只會說「不」嗎？如果不是的話，你會怎麼說？

可能的回答：
1. 不是我。
2. 不是。
3. 還沒。
4. 不要。

我們平常說話時，很少只說「不」一個單字，往往會說「不是」、「不要」、「不會」、「沒有」等等，但在英文中，這些都可以用 no 一個單字來表示。也就是說，英文的 no 字要譯為中文時，只譯為「不」一個字，實在不像一般人平日所說的話。這個時候就必須增加一些字，才能讓譯文符合中文的慣用說法，這就是所謂的「增譯法」。

增譯法是在翻譯時依據目標語的句法規範和修辭習慣，在譯文中增添來源語沒有的詞彙，使訊息的傳達更流暢貼切。增譯法所增添的詞性種類包括動詞、名詞、形容詞、副詞等，分述如下。

1 增譯動詞

在英文中一個動詞的後面可以接多個名詞作為受詞，例如：Yesterday afternoon, they played basketball and some games together. 這句話看似簡單，但翻譯時 play basketball 應譯為「<u>打</u>籃球」，play games 則應譯為「<u>玩</u>遊戲」，雖然英文的動詞都是用 play，但中文沒辦法和英文一樣共用動詞。所以這句話可以譯為「昨天下午，他們一起<u>打</u>籃球並且<u>玩</u>了些遊戲。」就解決了動詞無法共用的問題，這就是一種增詞技巧。增譯的例子如下：

After all the meetings, phone calls, and paperwork, he had a long talk with his subordinate.
待修譯文 在所有的會議、電話、文書工作後，他和下屬長談了一番。
參考譯文 開完會、講完電話、做完文書工作之後，他和下屬長談了一番。

說明 英文慣用名詞來表達訊息，如句中的 meetings, phone calls, and paperwork；但中文喜用動詞來呈現動作，因此參考譯文在中文名詞前加上動詞，翻譯為「**開**完會、**講**完電話、**做**完文書工作」，同學是否覺得生動得多？

2 增譯名詞

前面的例子講到兩個名詞共用一個動詞，現在來看看相反的情況，也就是兩個動詞共用一個受詞的例子：

Mom washed and cut the radish into small pieces.
媽媽洗了蘿蔔，並且把蘿蔔切成小塊。

英文句中的兩個動詞 wash 和 cut 共用 the radish 這個名詞做爲受詞。而譯文處理的方式則是重複名詞，將「蘿蔔」說了兩次，這也是一種增譯法。

另外，有些英文動詞本身隱含了名詞的意義，因此譯爲中文時必須加上名詞。例如：

He got dressed before leaving home.
他穿了衣服後才出門。

在這句中 get dressed 的動作是「穿著」，必須增補上名詞「衣服」，才符合中文的用法。

此外，**抽象名詞**譯爲中文時，通常也需要增詞。例如：

His madness bothers people around him.
他的瘋狂行爲讓身邊的人感到困擾。

此句譯爲中文時，加上名詞「行爲」可讓抽象的名詞「瘋狂」更爲具體，讓讀者更容易了解文意。

此外，中文代名詞「它」的使用頻率不如英文的 it，用起來也沒有那麼自然，因此如果可以用其他方式翻譯英文中的 it，例如利用指示代名詞取代、重複主詞等，就能夠讓句子更通順。例如：

My father spent most of his retired years in his garden. It is a garden full of sunflowers and tulips.
待修譯文 我父親退休後多半待在花園裡，它是座滿是向日葵和鬱金香的花園。
參考譯文 我父親退休後多半待在花園裡，那是座滿是向日葵和鬱金香的花園。

鮮學現賣

(1) 請使用增譯法修改以下譯文。

He looked at the gate, at the yard, and at the old lamp before he stepped into the house.

待修改譯文：他踏進房子之前看著大門、院子、舊燈。

修改後譯文：＿＿＿＿＿＿＿＿＿＿＿＿＿＿＿＿＿＿

(2) 請在中譯文的空格內加譯增補適當的名詞，請特別注意英文畫底線的字。

1. I washed and dried my clothes yesterday evening.

   我昨天傍晚洗了衣服，並且把 ＿＿＿＿＿ 烘乾。

2. My mother sweeps every morning.

   我的母親每天早上掃 ＿＿＿＿＿ 。

3. Since the preparation is done, we may set out now.

   既然已經做完了準備 ＿＿＿＿＿ ，我們現在就可以出發了。

4. *Harry Potter* is one of the most successful novels. It is very popular among teenagers.

   《哈利波特》是極為成功的一本小說。＿＿＿＿＿ 十分受到青少年的歡迎。

參考解答請見 p. 265

1.〈what + 名詞〉的感嘆句

　　在這種句型中，英文原文並未加上修飾名詞的形容詞，但在中譯時可以加上形容詞，更能表現出令人讚嘆之處。例如：

What a man he is!
他是個<u>真正的</u>男人！

說明 英文以句型結構來表現出感嘆的語氣，但中文如果不增補形容詞「真正的」而僅譯為「他是個男人」，就無法清楚表現感嘆的語氣。

2.〈such + 名詞〉的強調句型

　　這種句型和上述 what 感嘆句的情況類似，因此在中譯時也可以視情況加入形容詞。例如：

Such a man should not die a violent death.
這麼<u>好的</u>人不該橫死。

說明 在翻譯時，增補形容詞「好的」來形容這個人，讓句意更完整。

It served him right. Such a man is never punished enough.
他罪有應得。如此<u>壞的</u>人應該受到嚴厲的懲罰。

說明 從英文第二句中的 punish 可以看出這裡要表達負面的意義，因此加上形容詞「壞的」可以凸顯負面意義。

3. 補充用形容詞

　　中文的名詞常用兩字以上的詞組，為了不讓名詞落單，可在單字名詞前補上形容詞，讓名詞成為詞組，使語氣更為自然，如下例：

The house was burned down in the fire.

房子被<u>大</u>火燒毀了。

說明 增補形容詞「大」，讓「火」不會僅為單詞。

◢ **4** 增譯副詞

1. 程度副詞

　　程度副詞是用來修飾句中的形容詞，例如「很」、「真」等等。這些字往往未出現在英文原文中，而是為了讓中文語句通順達意才額外加上的字。

He is tall.

他<u>很</u>高。

說明 若僅譯為「他高」或「他是高」，不符合中文習慣。在形容詞「高」前面加上副詞「很」就比較自然。或者也可加譯動詞「長得」，譯成「他長得高」；加譯名詞則是「他個子高」。

She is nice.

她<u>真</u>好。

2. 時間副詞

時間副詞是用來表達時間先後順序的字，如「…前」、「之後」、「接著…」等等。英文利用動詞的時態變化等方式，往往就能清楚表達時間的先後順序，但中文裡並無表示時態的動詞變化，因此為了讓時間先後次序的語意邏輯更清楚，可在句中增加時間副詞。

The man thought a while, jot down a note, and then called his secretary.

那個男人沉思了一會兒後，寫了一張便箋，然後打電話給祕書。

說明 在第一個動作「沉思」之後加上時間副詞「後」，各個動作的先後順序就更清楚了。

鮮學現賣

(1) 請在中譯文的空格內填入英文原文沒有的形容詞，請特別注意英文畫底線的部分。

1. <u>What rain</u> it is! We can barely see the car in front of us.

   好 _____ 的雨啊！我們幾乎看不到前方的車。

2. <u>Such a job offer</u> can't be true! The same workload but paid twice?

   這麼 _____ 的工作不可能是真的吧！同樣的工作量，卻有兩倍的薪水？

3. The roof was blown away by <u>the wind</u>.

屋頂被 _____ 風吹走了。

(2) 請以增譯副詞方式修改以下的譯文。

1. The athlete is <u>excellent</u>, but his competitor is even better.

待修改譯文：那位運動員是優秀的，但他的對手更傑出。

修改後譯文：_____

2. We had some breakfast, cleaned the house, and went on a picnic.

待修改譯文：我們吃了點早餐，打掃房子，和去野餐。

修改後譯文：_____

參考解答請見 p. 265

■ **5** 增譯單複數

在英文中，可在冠詞或數字之後直接加上名詞，但譯為中文時卻必須增譯，補上量詞，例如 three children 無法直譯為「三孩子」，而必須譯為「三個孩子」，才是中文的習慣表達方式。英文的不定冠詞 a 或 an 翻譯時如果要表達出單數意涵，必須增譯適當的量詞，像是 a boy（<u>一位／個</u>男孩）、a rooster（<u>一隻</u>公雞）、a pen（<u>一支</u>筆）、a tree（<u>一棵</u>樹）、a table（<u>一張</u>桌子）、an article（<u>一篇</u>文章）、a full moon（<u>一輪</u>滿月）等。複數名詞也需要加譯量詞如 two houses（<u>兩棟</u>房屋）、three cars（<u>三輛／部</u>車）等。另外，翻譯英文複數名詞時，中文字無法像英文一樣以後綴的方式加上 -s 或 -es 來表示複數，但中譯時並不是一律加上「們」就沒問題了。中文裡除了人稱代名詞「你們、我們、他們」以外，很少在其他名詞後面加上「們」表示複數，

而是透過**疊詞、數詞或形容詞**來傳達複數概念，例如：flowers（<u>朵朵</u>鮮花）、reasons（<u>種種</u>理由）、men and women（<u>男男女女</u>）、people（<u>人人</u> / <u>眾人</u> / <u>民眾</u>）、troops（<u>大</u>軍 / <u>千軍萬馬</u>）、governments（<u>各國</u>政府）、legislators（<u>諸位</u> / <u>各位</u>議員）、professors（<u>眾多</u> / <u>許多</u>教授）、books（<u>一堆</u> / <u>幾本</u>書）、questions（<u>一些</u> / <u>幾個</u>問題）、mountains（<u>群</u>山）等等。又如以下例句：

They were ending the strike for humanitarian reasons.
他們為了<u>種種</u>人道理由而結束罷工。

說明 增譯疊詞「種種」置於名詞「理由」之前，以表達複數。

The government took measures to restrict the sale of tobacco products to teenagers.
政府採取<u>若干</u>措施限制販售煙草產品給青少年。

說明 英文名詞 measures 是複數，譯成中文時可在名詞「措施」前增譯「若干」。

For years the economy has thrived on state-run investment.
<u>數年</u>來國家主導的投資使得經濟繁榮。

說明 英文 years 是複數，但不知是幾年，此時必須根據上下文適當增譯為「數年」或「多年」、「歷年」等。

以下是關於增譯法的整理列表與更多譯例：

1. 增譯動詞

說明	1. 英文共用動詞時，中文不一定能夠共用。
	2. 翻譯英文名詞組時加上動詞，使句子更清楚生動。
例句	1. She had a burger and a Coke.
	她吃了個漢堡，喝了杯可樂。
	2. After market survey and assessment, they decided to release the new product next month.
	經過市調與評估後，他們決定在下個月推出新產品。

2. 增譯名詞

說明	1. 兩動詞共用一個受詞時，若譯文不夠通順，可再複述一次名詞。
	2. 抽象名詞多半需要增字使之更爲具體。
	3. 增補主詞以連接句子。
例句	1. He cleaned and polished his violin.
	他清理了小提琴，把琴擦得光亮。
	2. Compassion is easier said than done.
	要發揮博愛<u>精神</u>，說比做容易得多。
	3. The successful project was terminated. It is unbelievable!
	那個成功的計畫居然就此喊停，這下<u>場</u>真是令人難以置信！

3. 增譯形容詞

說明	1.〈what ＋名詞〉的感嘆句中，中譯時可能需要在名詞前加上形容詞。
	2.〈such ＋名詞〉的強調句中，中譯時可在名詞前加上形容詞。
	3. 中文單字名詞前可加上補充形容詞。
例句	1. What a day! I didn't even have time for bathroom.
	真是<u>忙碌的</u>一天！我連上廁所的時間都沒有。

166

2. Such a woman she is! She has never killed any animals or insects. 她真是個仁慈的人！她從沒有殺生過。

3. Beautiful moment is as transient as dews.
   美妙的時刻短暫如朝露。

4. 增譯副詞

說明	1. 中文形容詞前可增加副詞如「很」、「真」等，使語句通順。
	2. 英文以時態等方式呈現出時間順序時，中文可增加表示先後順序的時間副詞。

例句	1. The car is expensive. 那輛車很貴。
	2. He took out some vegetables from the fridge, washed them, and cooked them.
	他從冰箱裡拿出一些蔬菜，先洗過之後，再拿去煮。

5. 增譯單複數

說明	1. 加譯量詞表示英文不定冠詞。
	2. 增譯疊詞、數詞或形容詞來傳達複數概念。

例句	1. I just bought a book about digital photography.
	我剛買了一本有關數位攝影的書。
	2. I am grateful to the teachers that have taught me.
	我感謝教過我的諸位老師。

學以致用

(1) 請在中譯文的空格內填入表現單複數的詞彙，請特別注意英文畫底線的部分。

1. Four journalists launched a daily newspaper in Britain.

   四位新聞記者在英國開辦了＿＿＿＿＿＿日報。

2. Political <u>parties</u> are making use of this opportunity to solicit votes. They have been holding numerous campaigns.

_____ 政黨利用此機會拉票，舉辦了無數的競選活動。

(2) 請將下列句子譯為中文，畫底線的部分請使用增譯法。

1. He was blinded by the <u>snow</u>.

_____

2. The idea is <u>good</u>, but may not be as feasible as you think.

_____

3. <u>Boys and girls</u> are playing on the sun-filled field.

_____

4. She conquered what men could not. <u>What</u> a woman!

_____

5. Other urgent environmental <u>problems</u> to be solved were also considered important.

_____

6. Our Founding <u>Fathers</u>, faced with perils we can scarcely imagine, drafted a charter to assure the rule of law and the rights of man. (*President Barack Obama's inaugural address*)

_____

參考解答請見 p. 266

3 減譯法

課前暖身

有些人在翻譯以下英文時可能會這麼寫:

1. I brushed my teeth with a new toothbrush.

   我用一支新的牙刷刷我的牙。

2. It is a big fat lie.

   那是一個又大又肥的謊言。

3. Don't forget to give me a ring when you have time.

   當你有空的時候,別忘了打一通電話給我。

請同學想想看,這些譯文是否有更精簡、更符合中文表達習慣的說法?請試著把你想到的修改譯文寫下來。

參考譯文與解說:

1. 我用新牙刷刷牙。

   英文的單數可數名詞前必須加上冠詞,但是中文卻不需要。因此,在不會造成意義混淆的情況下,中譯時**通常不用譯出英文中的冠詞 a/an/the**。此外,「刷我的牙」或「刷他的牙」這種說法也不太自然,通常中文只說「刷牙」,可省略所有格「我的」。

2. 那是個天大的謊言。

   英文中有許多連用的形容詞,往往僅用來強調,翻譯時不一定需要刻意譯出,只需加上強調用語即可。其他常見的省略用法還有 little tiny(小小的)、fragile and frail(脆弱的)等。

3. 有空別忘了打電話給我。

   在中文裡,語境清楚時往往可以省略主詞,因此不一定需要把「你」這個

字寫出來。此外，很多人看到 when 可能不假思索就翻爲「當⋯的時候」，這樣往往會讓句子變得冗長；以本句爲例，即使省略連接詞 when 不翻譯出來，也不會影響語意。最後，本句中的冠詞也可以省略不譯。

以上三句修改後的句子是否變得更簡潔清楚呢？這就是應用了我們所謂的「減譯法」。

言歸正傳　　**減譯法**又稱爲省略法，也就是依據目標語的句法規範和修辭習慣，減少或省略來源語中的某些詞彙而不譯，使譯文更加精練簡潔。例如課前暖身中第 2 題英文兩個詞 big fat 減少爲中文一個詞「天大的」。減譯法的對象包括代名詞、主詞、連接詞、介系詞等。

1 減譯代名詞

英文的句構通常必須有主詞，但中文的句構則常省略主詞。此外，從屬連接詞連接的兩個英文子句中，如果兩個子句的主詞相同，中譯時可減爲一個主詞，不需譯出兩次。例如：

When Mark walked in the street, he saw several fire engines fleeting by.
馬克走在街上時看到了幾輛消防車呼嘯而過。

說明 英文的兩個子句中，主詞 Mark 和 he 是同一個人，中譯時可以省略 he。

以上的減譯句型和英文的分詞構句具有異曲同工之妙：Walking in the street, Mark saw several fire engines fleeting by.。這個句子中，主詞 Mark 只出現一次，句型較精簡，但句意不變。

代名詞作為受詞且連續出現時，中譯時往往也可省略。例如：

Where is my wallet? I have looked everywhere in my room for it, but
I still can't find it.
我的錢包呢？我找遍了房間各處，還是找不到。

說明 在譯文中，省略了英文中的兩個代名詞 it，並不影響原文的意思。

另外，英文的人稱代名詞所有格如 my, your, his, her, their, its 用得比中文頻繁，中譯可適時減譯，例如：

We can restore the vital trust between people and their government.
待修譯文 我們能讓人民重拾對他們的政府的重要信賴。
參考譯文 我們能讓人民重拾對政府的重要信賴。

說明 英文中的人稱代名詞所有格 their 在中譯時可省略。

▌**2** 減譯虛主詞

英文中如果主詞過長往往會用虛主詞 it 代替，將真正的主詞置於句子後方，方便閱讀理解。而譯為中文時，虛主詞 it 不需要譯出。例如：

It is important to be punctual.
守時很重要。

說明 英文句中真正的主詞為 to be punctual，用虛主詞 it 取代置於句首，但中譯時不需譯出虛主詞 it。

在一些強調的句型像是分裂句，句中的 it 也可省略不譯。例如：

It is the brave young man that rescued the drowning boy.
是那位勇敢的年輕人救了溺水的男孩。

說明 分裂句是用來強調 It is 與 that 之間的訊息，it 與 that 沒有實質意義，不需要譯出。

鮮學現賣   **(1)** 請在可減譯的代名詞下畫底線，並且譯出全句。

1. Before we see the movie, we need to buy tickets first.

_____

2. Whatever the result is, we have to accept it.

_____

3. He covered his face with his hand.

_____

(2) 請翻譯以下的句子，並判斷句中的 it 是否為虛主詞，如果是的話請在 it 下方畫底線。

1. It takes two to tango.

_____

2. You can't have your cake and eat it too.

_____

3. If a job is worth doing, it is worth doing well.

_____

4. It's better to give than to receive.

_____

參考解答請見 p. 266

3 減譯連接詞

英文中有些句型必須使用連接詞，但中文常依賴上文文境和邏輯關係來連結語意，不一定需要明確的連接詞，因此有時不需要譯出。例如：

Mary is a good singer and an excellent dancer as well.

待修譯文 瑪莉能歌和擅舞

參考譯文 瑪莉能歌擅舞。

說明 英文句中的對等連接詞 and 不需譯出為「能歌和擅舞」。

If I had known the result, I would not have spent so much money on it.

待修譯文 如果我早知結果如此，我就不會砸下那麼多錢了。

參考譯文 早知結果如此，我就不會砸下那麼多錢了。

說明 英文句中的從屬連接詞 if 可以減譯，而且兩個子句有相同的主詞 I，所以可以省略第一個子句的 I，不用譯成「如果我早知結果如此」。

　　英文中表示時間或地點的介系詞在譯為中文時多半可以省略。例如：

In 1998, he published his most famous book in his life.

1998 年他出版了畢生最知名的著作。

說明 不一定需要將表示時間的介系詞 in 譯成「在」或「於」。

Beautiful melodies came from the small house.

小屋傳出優美的旋律。

說明 表地點的介系詞 from 不需譯出。

　　但是，動詞後的介系詞多半必須保留，不宜省略不譯。例如：

She will stay in Taipei for a week.

她將在台北停留一週。

說明 此處的 in 是表地點的介系詞，位於動詞 stay 之後不宜省略。

(1) 請使用減譯連接詞的方法來翻譯以下句子。

This is a really useful textbook <u>because</u> it explains everything about translation clearly.

_____

(2) 請看下面句中畫底線的介系詞，如果翻譯時可省略請畫 O，不可省略請畫 X，並請翻譯全句。

1. Tony will move <u>to</u> Taichung next week.

_____

2. How much is the train ticket <u>from</u> Taipei to Taichung?

_____

參考解答請見 p. 266

5 其他減譯

　　課前暖身練習中已經提過英譯中時可減譯冠詞，例如：He bought a pen on his way home.（他在回家的路上買了筆。）然而，如果冠詞本身具有「強調」的意味，或是代表「數字單位」的話，則不能省略。例如：

I have never even heard a word about it.
我之前隻字未聞。

說明 此句中的不定冠詞 a 有強調「從未聽過」之意，不可省略。

He earns a thousand dollars a day.

他每天賺一千元。

說明 此句中的不定冠詞 a 表示實際數字「一」，不可省略。

英譯中時為了讓譯文更精練，可以直接譯出句子的意涵，省略不必要的文字或訊息重複的部分。例如：

There is no mother but loves her child.

待修譯文 除了愛孩子的母親以外，就沒有母親了。

參考譯文 沒有不愛孩子的母親。／母親都是愛孩子的。

說明 第一句譯文不但冗長不順，也會讓讀者摸不著頭緒，修改後則較為清楚流暢。

此外，許多英文諺語或成語，如果有相對應的中文諺語或成語，則建議使用符合中文習慣的說法，會比較精簡對仗，也更容易理解。例如：

As you sow, so shall you reap.

待修譯文 正如你如何播種，你就會有相同的收成。

參考譯文 種豆得豆。／要怎麼收穫，先怎麼栽。

說明 修改為符合中文習慣的諺語，更為清楚流暢。

以下是各種英文詞性的減譯法總整理與更多譯例：

1. 減譯代名詞

說明	1. 從屬連接詞連接的兩句主詞指涉同一對象時，可以省略其中的代名詞。 2. 代替前句名詞，在後句作為受詞的代名詞可省略。 3. 英文的人稱代名詞所有格中譯時也常省略不譯。
例句	1. If Sara won the jackpot, she could buy her dream house. 如果莎拉中了頭彩，就能買下夢想的房子。 2. Can you see the sign? I can't see it. 你可以看到那個告示牌嗎？我看不到。 3. The ruling party has lost more than 40 percent of its legislative seats to rivals. 執政黨在國會失去逾 40% 的席次。

2. 減譯虛主詞

說明	1. 虛主詞不需譯出。 2. 分裂句中的 it 與 that 不需譯出。
例句	1. It is easy to understand her lecture. 聽懂她的講課很容易。／她的講課淺顯易懂。 2. It is the man that saved the little girl. 是那位男士救了小女孩。

3. 減譯連接詞

說明	1. 英文文法中必要的連接詞，中文有時可以省略。 2. 語意清楚時，從屬連接詞可省略不譯。
例句	1. He keeps a cat, a dog, and a rabbit. 他養了一隻狗、一隻貓、一隻兔子。 2. If weather permits, we can go camping tomorrow. 天氣好的話，我們明天可以去露營。

4. 減譯介系詞	
說明	表時間或地點的介系詞可省略，但動詞後的介系詞不可省略。
例句	We will make a final decision on Friday. 週五我們會做最後的決定。
5. 其他	
說明	1. 英文不定冠詞中譯時常省略。 2. 將英文諺語或成語譯為適當的中文慣用語會較精簡。
例句	1. He bought a new car. 他買了新車。 2. Haste makes waste. 欲速則不達。

學以致用

(1) 請用減譯法修改以下譯文，請特別注意英文畫底線的字。

1. It is easier said than done.

   待修改譯文：說出口比做完成容易。

   修改後譯文：＿＿＿＿＿＿＿＿＿＿＿＿＿＿

2. It is incredible that he said such words to his mom.

   待修改譯文：那真是不可思議的事，他對他的媽媽說出這
   種話。

   修改後譯文：＿＿＿＿＿＿＿＿＿＿＿＿＿＿

3. The financial crisis did not result in a worldwide Great
   Depression.

   待修改譯文：此次金融危機沒有造成一次的全球大蕭條。

   修改後譯文：＿＿＿＿＿＿＿＿＿＿＿＿＿＿

(2) 請將下列句子譯為中文，英文畫底線的字請使用減譯法。

1. Before you leave for the vacation, <u>you</u> had better confirm <u>your</u> flight again.

---

2. The show is really funny. My family likes <u>it</u> very much.

---

3. <u>It</u> is worthwhile for him to spend such <u>a</u> long time in the project.

---

4. <u>If</u> the supervisor agrees, we can start to work on the new project.

---

5. The shop opens <u>from</u> Monday to Friday and closes <u>on</u> weekends.

---

6. I need <u>a</u> pen <u>and</u> paper.

---

7. We have to be flexible in <u>our</u> business approach in order to increase <u>our</u> market share.

參考解答請見 p. 267

課前暖身　請各位同學為以下的英文諺語配對選出正確的中譯：

1. Words cut more than swords.　　　(A) 眼不見，心不念。

　　　　　　　　　　　　　　　　　　（眼不見為淨。）

2. Out of sight, out of mind.　　　　(B) 少說為妙。

3. Few words are best.　　　　　　　(C) 舌劍利於刀劍。

解答：

1. (C)　2. (A)　3. (B)

　　在做以上的配合題時，同學是否發現雖然英文與中文要表達的意思相同，卻非字對字的直譯？例如，第一句中的動詞 cut（切、割）就未出現在譯文中，而是改用形容詞「利」來說明傷害的程度。在翻譯時，由於中英文慣用詞性的表達方式不同，因此常會使用「詞類轉換」的方法。

言歸正傳　**詞類轉換法**指的是在翻譯的過程中，將來源語轉換為不同詞性目標語的技巧。以下就不同的詞類轉換分別說明。

1 轉換為動詞

　　由於英文文法規定，一個句子當中通常只能有一個主要動詞，因此許多原本要表達動作的概念必須透過不定詞、動名詞、具動作意涵的名詞等來呈現。而中文的句法可以一句中連用數個動詞，因此在翻譯時，英文中的不定詞、動名詞、具動作意涵的名詞等往往要以中文的動詞形式呈現。這些表達動詞概念的字詞可分為以下幾類：

1. 由動詞衍生的名詞

許多英文名詞本身即表示進行某種動作的過程，例如：exploration（探索）、production（製造）、examination（檢驗）、explanation（解釋）等等。譯為中文時，通常會將這些詞還原為動詞。例如：

What did she say in explanation of her mistake?
她說了什麼來解釋自己的錯誤？

說明 英文名詞 explanation 轉換為中文動詞「解釋」。

The device will have to be tested before it goes into production.
這個裝置必須先經過測試才能生產。

說明 英文名詞 production 轉換為中文動詞「生產」。千萬不要譯成「這個裝置必須先經過測試才能進行一個生產的動作。」

以上兩句中，原本的英文名詞在譯文中皆轉換為動詞。這不僅是較佳的表達方式，往往也是唯一的表達方式。

2. 表示做某個動作的人

在英文中有些動詞可衍生為名詞來表示「做某個動作的人」，例如動詞 teach 加上 -er 形成 teacher，是指「教導的人」或「教師」，其他還有 runner 指「跑步的人」或「跑者」、thinker 指「思考的人」或「思想家」等。這類由動詞衍生的名詞有時在文境中缺乏對應的中文詞彙，或者直譯可能造成誤解，此時便可採用轉換為原動詞的譯法。

The little girl is a swift runner.

那個小女孩跑得很快。

說明 名詞 runner 若是直譯為「跑步的人」或「跑者」，感覺較為生硬，轉換詞性譯為動詞「跑」比較符合中文的語氣。

I can drive but I don't know how to teach driving. Sara is a better teacher.

我會開車，但是不會教人開車。莎拉比較會教。

說明 此句中 teacher 並非指特定職業，若譯為「老師」容易造成誤解。譯成動詞「教」比較自然。

3.「動作片語」中的名詞

英文中許多〈動詞＋名詞〉的片語，其動詞本身沒有實質意義，反而是靠名詞部分表達出「動作」的意涵，例如：take a <u>break</u>（休息）、take a <u>nap</u>（小睡片刻）、have a <u>look</u>（看一下）、go on a <u>diet</u>（節食）、go for a <u>swim</u>（游泳）、go on a <u>field trip</u>（去校外教學）。這類「動作片語」只需要把英文的名詞部分轉譯成中文動詞就能傳達訊息。

A group of scientists will go on an expedition in Antarctica next month.

一群科學家下個月即將到南極洲探險。

說明 go on an expedition 無法譯為〈動詞＋名詞〉的形式，直接把名詞 expedition 轉譯成中文動詞「探險」即可。

You should give it a try.
你應該試試看。

說明 動詞 give 本身沒有什麼意義，翻譯時應該把名詞 try 轉譯成動詞「試試看」。

4. 介系詞轉換為動詞

英文中常用介系詞表示朝某個方位移動，中譯時往往可譯為動詞，例如 up, down, over, across, beyond, toward, past 等。例句如下：

You might try over the hill or across the water.
你可以試著越過山丘或者渡河。

說明 介系詞 over 和 across 譯為動詞較為生動自然。

The man past his house is a detective.
路過他家的男士是位偵探。

說明 介系詞 past 譯為動詞「路過」。

5. 形容詞轉換為動詞

英文中常用〈be 動詞 / 連綴動詞 + 形容詞〉的句型來表示心理狀態、慾望、知覺等，中譯時常將這類形容詞轉譯為動詞，例如 angry（生氣）、annoying（惱人）、aware（察覺）、careful（小心）、sure（確信）、delighted（高興）、thankful（感謝）、grateful（感激）、ashamed（羞愧）、sorry（抱歉）等。例句如下：

Why are you angry with me?
你為什麼生我的氣？

說明 若將形容詞 angry 譯為「生氣的」，會造成中文不通順。

I'm not sure whether he will come tomorrow.
我不確定他明天會不會來。

說明 英文形容詞 sure 若譯為「確定的」則相當累贅。

6. 副詞轉換為動詞

英文有些副詞本身也帶有動作的意涵，例如 in（進來）、out（出去）、into（進入）、onto（到…上）等等。在看棒球比賽時，常會聽到裁判大喊一聲：Out! 表示該球員出局，正是這種用法。例句如下：

He opened the door to let his pet dog in.
他開門讓寵物狗進來。

說明 in 在本句中是副詞，中譯時轉換成動詞「進來」比較通順。

■2 轉換為名詞

1. 動詞轉換為名詞

　　在英文中有些名詞可轉作動詞，但在中文裡不易找到對應的動詞，因此翻譯時將這些英文動詞轉譯為中文的名詞較恰當。例如：

> The exhibit features cubist paintings in the 20th century.
> 這個展覽的特色是二十世紀的立體派畫作。
>
> **說明**　英文 feature 通常用作名詞，但在此句中卻是作動詞，意思是「以…為特色」，中譯時可再轉為名詞「特色」。

　　有時英文的動詞可以轉譯為中文的名詞，也可以保留原有的動詞詞性，視文境和譯者的偏好而定。如下例：

> Sickles symbolize death.
> **譯文 1** 鐮刀是死亡的象徵。
> **譯文 2** 鐮刀象徵死亡。
>
> **說明**　譯文 1 是將英文動詞轉換為中文的名詞，譯文 2 是維持動詞的詞性，兩種譯法皆可。

2. 被動語態改譯為名詞

　　英文的被動語態比中文發達，中文往往以主動句型表達被動的語意，也就是前面第二章提到的「意義被動」句型，並且可用〈遭到＋名詞〉、〈蒙受＋名詞〉等句型代替「被」字句。

The man's brain was seriously injured in the accident.

那位男士的腦部在車禍中受到嚴重傷害。

說明 英文被動語態可用中文句型〈受到＋名詞〉來翻譯，因此英文的 injured 可轉化為名詞「傷害」，作為「受到」的受詞。

The natural environment in this area has been highly impacted since the factory set up.

工廠設立之後，這個地區的自然環境遭到嚴重的衝擊。

說明 英文被動語態可譯為〈遭到＋名詞〉的句型。

鮮學現賣

(1) 請將下列句子譯為中文，畫底線的部分請使用詞類轉換法。

1. We changed some parts of the plan after discussion.

_____

2. Sara is an excellent storyteller.

_____

3. We need to make a decision about what to do next.

_____

4. Their performance is below average.

_____

5. He is <u>sorry</u> for his lateness.

_____

6. Time is <u>up</u>.

_____

(2) 以下英文畫底線部分可改譯為名詞的句子請畫 O，無法改譯
為名詞請畫 X，並請翻譯全句。

1. The line vividly <u>describes</u> her suffering.

_____

2. We <u>are faced with</u> a major crisis.

_____

3. In China and Taiwan, red <u>symbolizes</u> happiness.

_____

4. <u>The friendly</u> man is my best friend.

_____

參考解答請見 p. 267

■3 轉換為形容詞

1. 名詞轉換為形容詞

有些英文名詞是由形容詞轉變而來，中譯時常直接譯為形容詞。例如：

Please show him around as he is a stranger here.

因為他對這裡很陌生，請你帶他到處參觀一下。

說明 英文的名詞 stranger 若譯為中文名詞「他是這裡的陌生人」，在中文中容易造成誤會，易有「不速之客」的聯想，也不通順，還是轉譯為形容詞「陌生」較佳。

The warmth of her smile conquered the audience.

她溫暖的笑容征服了觀眾。

說明 英文名詞 warmth 譯為中文形容詞「溫暖的」，語意較清楚。

2. 抽象名詞轉換為形容詞

有些英文抽象名詞譯為中文時語意較為模糊，此時除了採用增譯法改寫以外，也可以轉譯為形容詞。

I am much relieved after seeing the glow of health on her face.

看到她臉色紅潤，我就放心了。

說明 英文抽象名詞 glow 譯為中文形容詞「紅潤」。

I wish the conference every success.

敬祝大會圓滿成功。

說明 英文的抽象名詞 success 轉譯為中文的形容詞「圓滿成功」。

1. 名詞轉換為副詞

英文中有些〈介系詞＋名詞〉的片語或是抽象名詞等，中譯時可轉換為副詞，例如 by nature（天生）、a sure thing（當然）等等。其他例句如下：

He fought back by instinct.
他本能地反擊回去。

說明 這裡的 by instinct 若逐字譯為「藉由本能」，相當累贅不順，不如轉譯為副詞「本能地」為佳。

A pop quiz is a possibility.
可能會有隨堂考。

說明 英文名詞 possibility 若直接譯為名詞「可能性」過於抽象。

2. 形容詞轉換為副詞

英文名詞轉譯為中文的動詞時，原本修飾名詞的形容詞往往也會隨之轉譯為中文的副詞，以修飾譯文中的動詞，如下句：

We made a short stop in Tokyo last week.
上週我們在東京短暫停留。

說明 由於英文名詞 stop 譯為中文動詞「停留」，因此形容詞 short 譯為中文時也轉換為副詞。

此外，英文有些形容詞，如 sheer, clear, right 等也常譯爲中文的副詞。

She persuaded them by her sheer magnetism.

她完全靠個人魅力說服了他們。

說明 這裡若按照原文詞性譯為「完全的魅力」會造成語意不清。

鮮學現賣

(1) 請在可轉換為形容詞的名詞下畫底線，並翻譯全句。

　　1. We wish you prosperity in your business.

　　_____

　　2. The heat of sun made us sweat.

　　_____

(2) 請在可譯為副詞的形容詞下畫底線，並翻譯全句。

　　1. They took a wonderful trip to New Zealand.

　　_____

　　2. He moved into sole possession of first place.

　　_____

參考解答請見 p. 268

以下是各種詞性的詞類轉換總整理與更多譯例：

1. 轉換為動詞

說明　1. 由動詞衍生的名詞

2. 表示做某個動作的人

3.「動作片語」中的名詞

4. 介系詞轉換為動詞

5. 形容詞轉換為動詞

6. 副詞轉換為動詞

例句　1. They found some defect under close examination.

他們仔細檢視後發現了一些瑕疵。

2. Kevin is a skillful driver. 凱文開車技術高超。

3. We must put the plan into practice. 我們必須實行這個計畫。

4. His ability is beyond our imagination.

他的能力超乎我們的想像。

5. She married a good man. I am really happy for her.

她嫁了個好人。我真替她高興。

6. You need to put your shoes on. 你必須穿上鞋子。

2. 轉換為名詞

說明　1. 動詞轉換為名詞

2. 被動語態改譯為名詞

例句　1. The movie features dazzling special effects.

這部電影的特色是炫目的特效。

2. The book is characterized by medieval paintings.

這本書的特色是中世紀的繪畫作品。

3. 轉換爲形容詞

說明	1. 名詞轉換爲形容詞
	2. 抽象名詞轉換爲形容詞

例句	1. I witnessed the prosperity of his business.
	我親眼目睹了他興隆的事業。
	2. The tension of the negotiation made my heart throb.
	緊張的談判讓我心跳加速。

4. 轉換爲副詞

說明	1. 名詞轉換爲副詞
	2. 形容詞轉換爲副詞

例句	1. He found a new species of snake by accident.
	他意外發現一種新的蛇。
	2. I'll take a quick look at the e-mail.
	我會迅速看一下電子郵件。

學 以致用　請用詞類轉換法翻譯下列句子，請特別注意畫底線部分的詞性。

1. There were many <u>onlookers</u> around the building when the firefighters tried to put out the fire.

_____

2. He had <u>a long talk</u> with his son last night.

_____

3. Who is the <u>fastest swimmer</u> in the world?

_____

4. She <u>is thankful</u> to him for his timely help.

_____

5. My brother opened the window to let the fresh air <u>in</u>.

_____

6. The new law will <u>go into effect</u> as of July 1st.

_____

7. The box <u>measures</u> 30cm in length, 20cm in width, and 15cm in height.

_____

8. The kind woman always gives a hand to <u>the needy</u>.

_____

9. He is more of a <u>doer</u> than a <u>speaker</u>.

_____

10. The fired man left the work <u>unfinished</u> on purpose.

_____

參考解答請見 p. 268

5 正反表達法

課前暖身 如果朋友問道:「你明天沒空嗎?」,我們在明天有事的情況下,回答通常是:「是啊,我明天很忙。」但在英文當中,若是遇到以下問句:So, you don't have any free time tomorrow?,你會怎麼回答呢?請從下面兩句中選出你認為正確的答案。

1. <u>No</u>, I'm busy tomorrow.

2. <u>Yeah</u>, I'm busy tomorrow.

正確的回答是 1. No, I'm busy tomorrow.,但我們在翻譯時,應將 No 翻譯為「是啊」,這是中英語言表達習慣不同所導致的差異,要將英文的否定語譯成中文的肯定語。接下來,再看下面兩句英文中畫底線的部分,請想想看通常你會怎麼翻譯?

1. The police yelled to the running thief, "<u>freeze</u>!"

_____

2. There was a sign on the lawn saying, "<u>Keep Off</u>!"

_____

第一句中警察會對小偷大叫「冰凍!」嗎?第二句的告示牌上會寫著「避開!」嗎?當然不會,其實 freeze 是警察抓強盜場景中最常喊的「不准動!」,而草坪上的告示牌通常會寫著大大的「請勿踐踏!」。以上兩句可譯成如下句子:

1. 警察對著小偷大喊:「不准動!」

2. 草坪上的告示牌寫著「請勿踐踏!」

194

這些英文原文當中並沒有 no 或 not 的否定字眼，但在中文譯文中卻出現了「不」或「勿」等字，這就是所謂的「正反表達法」。

　　簡單來說，正反表達法就是「正話反說、反話正說」。有些情況下，同一句話可以有不同的表達方式，正面說法也可以，反面說法也可以。例如課前暖身中第 1 題的 freeze 除了譯成「不准動」，也可譯成「站住」；而「我不是不愛你」(It's not that I don't love you.) 也可等於「我是愛你的」(I do love you.)。同樣的語義可以有不同的表達方式，翻譯當然也可以用不同的方式來表達同樣的意思。

　　我們翻譯時通常會依照原文肯定或否定的句意，譯成相同句意的中文，但有時如果依照英文的肯定或否定句意譯入中文，會產生句法或者邏輯不通順的情形，此時可以採用**正話反譯**或**反話正譯**的方法，就能產出語法邏輯都通順的譯文。簡言之，原文肯定句型譯成否定句型，就是將原本正面表達的肯定句在譯文中以反面的否定方式來表達，例如原本英文句子用肯定語氣表達，沒有出現 no 或 not 等否定用詞，在中文裡卻譯出「不」、「無」、「沒」等否定用詞，這就是「正話反譯」；原文否定句型譯成肯定句型，則是將原本反面表達的否定句在譯文中以正面的肯定句陳述，例如英文句子中出現 no 或 not，中文卻譯為肯定表達的方式，不需加入「不」、「沒有」、「無」等否定用詞，就是「反話正譯」。

　　舉例來說，以下含反面表達的英文句子若直接按照反面句意翻譯，可能會使中文顯得不通順，而使用反話正譯，將否定改為肯定說法後，就能改進譯文品質。

I can't agree with you more.
待修譯文 我不能同意你更多。
參考譯文 我非常同意你的說法。

同樣地，有時肯定句照著原本的正面句法翻譯，可能出現拙劣的譯文，此時可用正話反譯法，將原本英文的肯定句譯為中文的否定句。

He would fight to the death before surrendering.
待修譯文 要他投降，他寧可奮戰到死。
參考譯文 他寧死不屈。

說明 兩種說法都表達了原文的意義，但以「寧死不屈」呈現，更顯得簡短有力，更能凸顯不願屈服的精神。

The paint is still wet.
待修譯文 油漆還是濕的。
參考譯文 油漆未乾。

說明 英文中用 wet 來形容油漆還沒乾，但在中文裡很少會這樣形容，而是慣用「還*沒*乾」、「*未乾*」來描述，所以要將原本肯定的句子轉為中文否定的「**未**」乾。

另一方面，善用正反譯法可以增加譯文的變化，請看下面的例子：

She walked out of the door without shoes.

反話反譯 她沒穿鞋子就走出門。

反話正譯 她光著腳走出門。

說明 without shoes 可譯成「**沒穿鞋子**」，也可以用採用反話正譯說成「**光著腳**」，這也是中文習慣的表達方式。

I'm only going to have a few words with him. It won't take too much time.

反話反譯 我只是跟他說幾句話，不會太久。

反話正譯 我只是跟他說幾句話，去去就回。

She spends more than she earns every month.

正話正譯 她每個月花的比賺的還多。

正話反譯 她每個月都入不敷出。

 請以「正話反譯」或「反話正譯」方式翻譯以下句子，請特別注意畫底線的部分。

1. I <u>don't</u> think that's <u>possible</u>.

2. She decided that the work load was <u>more than she could</u> <u>handle</u> and so she resigned from the job.

參考解答請見 p. 268

英文中還有很多含有否定或者半否定意涵的說法，翻譯時不妨使用反話正譯的方式，可讓譯文更加自然流暢。以下依照英文的詞性分類，分別闡述不同詞性的正反表達譯例。

1 動詞反譯

諸如 fail, refuse, miss, ignore, lack 等動詞，都有直接對應的中譯詞彙如「失敗」、「拒絕」、「失去」、「忽略」、「缺乏」等，但在句子中單字的意義可能會隨文境而變化，例如動詞 refuse 直譯的意思可能是「拒絕」，但在句子中可能比較適合翻譯成否定的「不願意」；或者 fail 不見得一定要譯成「失敗」，在考試的情境也可翻為「不及格」。例句如下：

As much as he needed it, he refused to accept the donation.
雖然他急需那筆錢，卻不願接受捐款。

說明 refuse 通常可翻譯為「拒絕」，但語氣會顯得較為強烈。本句中可採反譯法翻譯為「不願意」接受他人好意，而非「拒絕」他人好意。

2 形容詞反譯

形容詞 few, little 原意為「少許」、「些微」，也可以採反譯法翻譯成「不多」、「沒有太多」等，如下例：

He has made only few mistakes on his first day at work.

他今天第一天上班，沒犯什麼錯。

> **說明** 這句的 made only few mistakes 可以直接翻譯成「只犯了很少的錯」，但以反譯法翻為「沒犯什麼錯」似乎更通順且較符合中文說法。

▪**3** 副詞反譯

像 hardly, barely, scarcely, seldom 等副詞本身就包含了否定的意思，因此即使句中沒有 no 或 not 等否定用語，在翻譯時仍要表現出此種否定意涵。

> I could hardly hear her voice in the phone, due to the noisy background.
>
> 因為背景實在太吵了，電話裡我聽不清楚她的聲音。
>
> **說明** hardly, barely, scarcely 等副詞有 not able 或 not often 的意思，為了呈現出這樣的否定語意，可以翻譯為「幾乎聽不到」或「聽不清楚」等。

▪**4** 連接詞反譯

連接詞除了具備文法上的功能，也可用來整合前後句的資訊，表達因果關係等。以 or 為例，表面上雖然不帶否定語氣，其實帶有「否則」、「不然」的意涵，此時可採用反譯的方式來呈現。

> Hurry up, or you'll miss the bus.
>
> 動作快一點，不然就要錯過公車了。

5 介系詞反譯

　　如 without, instead of, above, beyond 等介系詞也可以適當運用反譯法，使句意更清楚流暢。

Instead of distracting her, he helped her concentrate harder on her studies.
他不但沒有使她分心，反而還讓她更專心讀書。

6 否定字首正譯

　　很多英文單字加上否定字首如 non-, de-, dis-, in-, im-, un-, mis-, il-, ir- 等，就可以將原本的正面意涵轉為否定。例如 dependent 加上字首 in- 成為 independent 就會從「依賴」變成否定的「不依賴」；legal 加上字首 il- 則從「合法」變成「不合法」。但「不依賴」及「不合法」在中文也有正面的表達方式如「獨立」及「違法」，翻譯時可以視情況採用「反話正譯」法，使句子更通順自然。

She is tired all the time due to her irregular hours.

她每天都很疲倦是因為作息混亂。

學以致用 請以「正話反譯」或「反話正譯」方式翻譯以下句子，請特別注意畫底線的部分。

1. Half of the class <u>failed</u> the final examination.

_____

2. If you <u>scarcely</u> ever show up for class, it's no wonder you failed the class.

_____

3. You can't truly love someone <u>unless</u> you learn to love yourself first.

_____

4. I could <u>not</u> have possibly completed the task <u>without</u> your timely assistance.

_____

5. I <u>refuse</u> to participate in any sort of <u>illegal</u> activity no matter how you justify the cause.

參考解答請見 p. 268

謝謝、不謝

一個想學中文的美國小孩問華僑小孩：「中國話的謝謝怎麼說？」
(How do you say "Thank you" in Chinese?)

華僑小孩：「謝謝。」

美國小孩面露凝色，問道：「真的？」(Really?)

華僑小孩：「當然真的啊！」

美國小孩又問：「那不謝怎麼說？」(Then how do you say "You are welcome?")

華僑小孩：「不謝！」

美國小孩非常生氣，說：「你騙我！那有人跟人道謝時說 shit、shit（狗屎、狗屎），不謝又說 bullshit（胡說八道；狗屁）！」。

6 順譯法與逆譯法

課前暖身
請同學先看看以下譯例中的兩種譯法：順譯與逆譯。

1. I decided to listen to his advice and pulled myself together.

　　順譯：我決定聽取他的建議，好好振作。

　　逆譯：我好好振作了，因爲決定聽取他的建議。

2. I went shopping with a friend from college yesterday.

　　順譯：我去逛街，跟個朋友，大學時的，昨天。

　　逆譯：我昨天跟大學朋友去逛街。

現在請同學思考一下，什麼時候該使用順譯法，什麼時候選擇逆譯法比較恰當？

例 1 依照原文的順序就可以譯出符合中文語法的譯文，改用逆譯法就會成爲「先果後因」，不符合中文習慣因果律的句型。而在例 2 若採用順譯，聽起來像是男生被女友逼供一樣地將資訊一一吐出，改採逆譯反而可以產出通順的中文譯文。

言歸正傳
順譯法就是按照原文的字詞、片語或子句順序翻譯，不須改變原文的形式結構，可說是一種基本的譯法。同學只要徹底理解原文意涵，再依序用目標語表達即可。遇到英文的邏輯關係、順序結構跟中文的表達方式一致時，通常會採取順譯法。例句如下：

I decided　　to listen to his advice　　and pulled myself together.
　1　　　　　　　2　　　　　　　　　　3

順譯法 我決定　聽取他的建議　，好好振作。
　　　　　　1　　　　2　　　　3

反之，**逆譯法**就是把原文的字詞、片語或子句順序顛倒過來翻譯。比如說依照第二章介紹的三種語序規律（範圍律、時序律、因果律）將英文語序轉換爲中文常用的表達方式，就可能會將原本英文句子最後面的訊息挪至中文譯文的句首，也就是從英文原文後面的訊息開始向前翻譯。例句如下：

I　went shopping　with a friend　from college　yesterday.
　　　　1　　　　　　2　　　　　　3　　　　　4
逆譯法 我　昨天　跟大學時　的朋友　去逛街。
　　　　　　4　　3　　　2　　　1

上面所舉的兩個例子都是比較簡單的句型，英文還有許多較長的複雜句型，例如含有 when...、which... 或 that... 等所引導的形容詞子句、名詞子句、副詞子句等，此時就需要在複句中，找出符合中文習慣的順序、因果關係等，再視情形決定採用順譯法或者逆譯法。如果英文句型的邏輯順序與中文的表達方式相符，採用順譯法直接譯出即可。但如果英文原句型採順譯產出的譯文不符合中文語序表達方式，則可考慮採用逆譯法，適當挪動文句的位置，最重要的原則就是要符合中文習慣的表達方式。請見下例：

Like many who lived through the war,　they had experienced enough
　　　　　　　　1　　　　　　　　　　　　　　　　2
excitement that,　when it was over,　they desired simply to settle
　　　　　　　　　3
down, raise a family, and lead a less eventful life.
　　　　　　　　　4
(Steve Jobs: A Biography by Walter Isaacson)

順譯法 <u>如同許多經歷戰爭的人</u>，<u>他們經歷過太多刺激</u>，<u>所以當戰爭結束後，</u>
                  1   2   3

<u>他們只渴望安定下來、生兒育女、過平靜的生活。</u>
                  4

《賈伯斯傳》華特・艾薩克森著

說明 句中第 1 和第 2 部分在解釋原因，因為他們「經歷過戰爭」；後半的 3 與 4 則是在說明結果，也就是他們「希望的生活」。英文全句與中文的語序相符，因此在翻譯時，只需在正確理解後依序順譯即可。

<u>After five rounds of dialogues,</u>   <u>there is finally some real progress—</u>
                  1   2

<u>not in the negotiations,</u>   <u>but in North Korea's nuclear program</u>
        3   4

<u>progress.</u>

順譯法 <u>經過五回合的談判之後，</u><u>終於有些實質進展，</u><u>但並非協商本身有進展，</u>
             1   2   3

<u>反倒是北韓的核武計畫出現了進展。</u>
              4

說明 這個句子的順序經過刻意安排，前面第 1 和第 2 部分先說「有些實質進展」，讓讀者以為是正面消息，直到最後第 4 部分才點出其實是「北韓的核武計畫出現了進展」，是令人失望的負面消息，利用讀者預期的反差造成一種閱讀趣味。翻譯時按英文順序所產出的中譯相當通順且符合中文的語序，因此採順譯法比較恰當。反之，若採逆譯法將重點「北韓的核武計畫出現進展」挪至句首，便失去了原文中所鋪陳強化的反差語氣。

It is unlikely that the European economy can recover from the debt
                                                        1

crisis,   unless the EU countries work together to find a solution.
                                          2

逆譯法 除非歐盟國家共同合作找出解決方案，否則歐洲經濟難以從歐債風暴
                   2   1

中復甦。

說明 英文原句將結果擺在前頭，再指出假設性的解決方式，但中文語序習慣將條件置前，結果擺在句尾。若按照原文順序譯成「歐洲經濟難以從歐債風暴中復甦，除非歐盟國家共同合作找出解決方案」則容易產生重點不清、前因後果顛倒的感覺。因此採取逆譯法，將英文中的假設條件 unless 譯成「除非…」並提到句首指出前提，再將可能的結果擺在句尾，更符合中文語序及邏輯。

I was extremely disappointed   when I had to postpone my trip
                  1   2

which was originally scheduled for July to Hawaii.
                            3

逆譯法 我原本安排七月要去夏威夷，後來被迫延期，實在令我非常失望。
                3   2   1

說明 這句話如果採順譯法，就必須在一開始點出「非常失望」的結果，接著再解釋失望的原因。但中文比較習慣「前因後果」的寫法，先說出原因（計畫改變）再陳述結果（我失望），因此採逆譯法會較為通順。

接著，請同學看看以下這段摘自暢銷小說《追風箏的孩子》(*The Kite Runner*) 的段落。這個段落是採什麼方式翻譯的呢？是屬於順譯或逆譯法？

Then I glanced up and saw a pair of kites, red with long blue tails, soaring in the sky. They danced high above the trees on the west end of the park, over the windmills, floating side by side, like a pair of eyes looking down on San Francisco, the city I now call home. And suddenly Hassan's voice whispered in my head: *For you, a thousand times over*. (*The Kite Runner* by Khaled Hosseini)

我抬起頭，看見一對風箏，紅色的，拖著長長的藍尾巴，扶搖直上青天。風箏高高飛舞，越過公園西端的樹，越過風車，併肩翱翔，像一對眼睛俯視著舊金山，這個我現在稱之為家的城市。突然之間，哈山的聲音在我耳畔低語：「為你，千千萬萬遍。」

《追風箏的孩子》卡勒德‧胡賽尼著，李靜宜譯

說明 這個段落有三個句子，譯者皆採順譯法，完全依照英文原文的順序翻譯，語序與字序都沒有變動，用語及邏輯等也都符合中文的習慣。這樣的句型或許不需刻意採取逆譯手法，文句也能保持通暢，同時保留了原作者的語氣。

接下來讓我們把上面的段落拆為三個句子來比較順譯和逆譯法的效果，看看何時採順譯，何時採逆譯會產出比較好的譯文？

Then I glanced up   and saw a pair of kites,   red   with long blue
        1   2   3   4

tails,   soaring in the sky.
           5

順譯法 <u>我抬起頭</u>，<u>看見一對風箏</u>，<u>紅色的</u>，<u>拖著長長的藍尾巴</u>，<u>扶搖直上</u>
     1   2   3   4   5

    <u>青天</u>。

逆譯法 <u>我抬起頭</u>，<u>看到天空中搖曳著</u> <u>一對拖著長長藍尾巴</u> <u>的紅色</u>
     1   5   4   3

    <u>風箏</u>。
     2

說明　英文作者刻意將句子切割為幾個部分以加強描述風箏的語氣，譯者也刻意依照原作者的風格，將中譯文切割為幾個語段如「……一對風箏，紅色的，拖著長長的藍尾巴……」。另一方面，採逆譯法表面上似乎比較符合中文形容詞前飾名詞的習慣（用「一對拖著長長藍尾巴的紅色」放在名詞「風箏」前面加以修飾），但本句中的動詞「看到」與其受詞「風箏」之間的形容詞過多，顯得冗長而重點模糊。因此譯者或許是考量採順譯法較貼近原作者的語氣，才刻意將句子切割，同時也避開了前飾過長的問題。

<u>They danced high</u> <u>above the trees on the west end of the park,</u>
   1   2

<u>over the windmills,</u> <u>floating side by side,</u> <u>like a pair of eyes</u>
  3   4   5

<u>looking down on San Francisco,</u> <u>the city I now call home.</u>
               6

順譯法 <u>風箏高高飛舞</u>，<u>越過公園西端的樹</u>，<u>越過風車</u>，<u>併肩翱翔</u>，<u>像一對眼</u>
     1   2   3   4

    <u>睛俯視著舊金山</u>，<u>這個我現在稱之為家的城市</u>。
     5   6

逆譯法 這個我現在稱之為家的城市——舊金山，被那對像眼睛般的風箏俯視
　　　　　　　　　　6　　　　　　　　　　　　　　　　　　　　　　5

著，它們併肩翱翔，越過風車　及公園西端的樹梢，高高飛舞著。
　　　4　　　　　　3　　　　　　2　　　　　　　　1

說明 英文句中 5 及 6 的部分在中文要以逆譯的方式處理並不容易，只能
採取象徵方式的「像眼睛般的風箏」來表現，而城市**「被風箏俯視著」**不
符合中文少用被動語態的習慣，讀起來不通順且拗口，因此此句使用順譯
法較為適當。

And suddenly　　Hassan's voice　　whispered in my head:　*For you,*
　　1　　　　　　　　2　　　　　　　　　　3　　　　　　　　　4

a thousand times over.
　　　　5

順譯法 突然之間，哈山的聲音　在我耳畔低語：「為你，千千萬萬遍。」
　　　　　　1　　　　　　2　　　　　3　　　　　4　　　5

逆譯法 「千千萬萬遍　都為你。」我腦中浮現　哈山的聲音，在那一瞬間。
　　　　　　5　　　　　　4　　　　3　　　　　　2　　　　　　　1

說明 如果依照英文原文順序翻譯，重點在哈山所說的「為你，千千萬萬
遍」。而如果改以逆譯法，重點則較強調「那一瞬間」。但是哈山的那句話
是貫穿全段的焦點，從第一句看到風箏、到第二句帶出場景、直到最後浮
現故人的語音，亦即從睹物、寫景、而思人，一連串的發展在譯文中比較
適合將「為你，千千萬萬遍」擺在句尾。

　　經過以上的說明分析，同學可能會發現上面三個例句若要採逆譯法也並
非完全不能表達原意，只是在上述例子中，採順譯法較為恰當。

順譯法或者逆譯法，如同其他的翻譯技巧，其實都可以視句子本身或前後文內容來穿插使用，成爲翻譯時的應用工具，讓翻譯技巧更加有彈性及變化。只要能夠保留英文原文的訊息意義，又能夠符合中文語法、語序及邏輯，要採順譯法、逆譯法或者其他的翻譯技巧，都可由譯者彈性決定，以求達到最好的效果。

學以致用　請按照指示以順譯法或逆譯法翻譯以下句子。

1. 逆譯法：I performed in front of the whole school this evening.

　　_____

2. 逆譯法：The little girl pranced around the garden in her new dress.

　　_____

3. 順譯法：Mr. Wang, a pitcher for the Washington Nationals, is beloved by many Taiwanese not only for his pitching skills, but also for helping to raise Taiwan's international profile.

　　_____

　　_____

4. 順譯法：If he hadn't been so tired, if he'd paid a bit more attention to the snowflakes swirling out of the sky like feathers, he might have realized that he was traveling straight into a blizzard; he might have seen at the start that he was setting out on a journey that would change his life forever and chosen to turn back.

5. 逆譯法：Passenger satisfaction with airlines has shown decline among both leisure and business travelers, according to a survey released Wednesday.

參考解答請見 p. 269

7 被動語態譯法

課前暖身

1. The sky has been cleared by the rain.

第一眼看到這句話，多數人可能會譯成「天空被雨水洗淨了」，這樣是好的譯文嗎？我們再看下一句。

2. Where can you be reached?

這句又應該怎麼翻譯比較好？同學翻出來的譯文是「你要在哪裡才能被找到？」嗎？

從上面兩個句子可以發現，英文被動語態最簡單的譯法就是在中文的動詞之前加個「被」字，但這是最好的翻譯方式嗎？其實除了「被字句」之外，還有許多方式可以翻譯被動語態。

以例 1 來說，除了譯成「天空被雨水洗淨了」，也可譯成「雨過天青」，將被動語態轉換爲主動語態。但以例 2 來說，「你要在哪裡才能被找到？」

211

是不是聽起來怪怪的？若改為「要上哪兒找你？」就比較符合中文用法。請同學試想一下，英文被動語態除了「被字句」之外，還有哪些中譯的方式？

言歸正傳　本書第二章已經針對中英語態的特色進行比較，清楚指出被動句中的「施」與「受」關係，施予行為者稱為「施事者」，接受行為者則稱為「受事者」。主動句型的結構是〈施事者＋行為〉，被動句型的結構則是〈受事者＋行為〉。在此簡單複習一下，英文被動語態的基本句型如下：

主詞（受事者）	be 動詞	動詞的過去分詞
John	was	cheated.
Mary	was	deeply moved.

接下來看看被動句型的各種翻譯方式。

John was cheated.
約翰被騙了。

說明　除了直接使用「被」字句來翻譯之外，也可譯成「約翰**受到**欺騙」、「約翰**遭到**欺騙」、「約翰**被人給**騙了」、「**有人**欺騙約翰」等。

Mary was deeply moved.
瑪莉被深深感動了。

說明　與上一句相同，除了「被感動」外，也可譯為「瑪莉**非常**感動」、「瑪莉**深受**感動」等。

除了「被」以外，中文被動語態還可以使用「遭」、「讓」、「給」、「受」、「獲」、「蒙」、「挨」等字，由此可見，英文被動語態要譯成中文有許多不同的方式。同學不妨平常多多留心這些不同的表現方式，可選擇的翻譯方式愈多，也就愈能更彈性多元地將原文翻譯出來。

以下將被動語態的翻譯方法分為兩大類，第一類是英文被動譯為中文被動，又可分為「被字句」、「遭／受字句」、「使／把字句」等被動用法。第二類是英文被動譯為中文主動，可分為「直接譯為主動語態」、「加入施事者」及「不加入施事者」等主動用法，詳述如下。

■1 英文被動譯為中文被動

被動語態的翻譯有很多不同方式，而且不同方式之間可以互相轉換，翻譯時的重點在於找出句中的「施」與「受」關係，以及所要傳達的重點訊息，然後在譯文中明確表達出來。一些中文被動的表達方式整理如下：

1.「被」字句

翻譯英文被動語態最簡單的方式就是「被」字句，在中文動詞前面加上「被」字，如他「被」罵、我「被」欺騙等。要注意的是，中文的被字句常用於表達負面的事件或經驗。例如：

Though he kept a very low profile, his secrets were still discovered.
雖然他行事非常低調，他的祕密還是被發現了。

說明 祕密「被發現」、「被揭露」可凸顯非自願的狀態。如果改用「遭到發現」、「受到揭露」則可能顯得太過刻意。

Many lives and homes were destroyed by the tsunami.

許多生命和家園都被海嘯摧毀了。

說明 這句採「被」字句翻譯，重點在「生命及家園被摧毀」的悲慘事件。這句也可譯為主動語態「海嘯摧毀許多生命和家園」，但如此一來重點將轉移到施事者「海嘯」，強調海嘯的威力。因此翻譯時應注意句子前後的關係，確認重點為何，再決定翻譯的方式。

2.「遭／受」字句

「遭／受」字句的重點大多在強調「受事者」，而非「施事者」。透過「遭／受」的用法，更能凸顯「甲受到乙」影響的作用。

His authority was challenged time and again by his employees.

他的權威不斷遭到下屬挑戰。

說明 英文的重點在 his authority（受事者）遭到挑戰，也可翻為「他的權威**被**下屬挑戰」。若改為主動語態「下屬不斷挑戰他的權威」，重點將轉移到「下屬」（施事者）。

The newly launched iPhone was warmly received by the market.

剛推出的 iPhone 受到市場廣大的歡迎。

說明 句中的受事者為 iPhone，施事者為「市場」，以「受到」來處理被動語態。若譯為主動語態「市場極為歡迎 iPhone 上市」，則會削弱原文中 iPhone 的重要性，轉為強調「市場」的反應。

3.「使／把」字句

「使／把」字句和前面的「遭／受」字句相反，通常強調「施事者」對「受事者」的作用或影響，重點在於「甲使得乙」或者「甲把乙」怎麼了，而非「乙被甲」或「乙遭甲」如何影響，也就是強調「施事者」。例如：

John was grounded by his father for getting into a fight at school.
約翰在學校跟人打架，父親把他禁足了。

說明 中文譯文「父親**把**他禁足」指出施事者「父親」對受事者「約翰」所做的行為，而且先敘述時間上先發生的因「跟人打架」，再敘述後發生的果「把他禁足」，符合時序律和因果律。

The famous museum was almost burned into ruins by the fire.
大火使得那座有名的博物館差點燒成灰燼。

說明 譯文以「大火」為主詞，可點出施事者「大火」對受事者「博物館」的作用或影響。若是用被字句譯為「博物館差點**被**大火燒成灰燼」則是以「博物館」為重點。

鮮學現賣　請用被動語態翻譯下句，特別注意畫底線的部分。

He <u>was beaten</u> by his father since birth until the age of five, when the neighbors finally reported the abuse to the police.

參考解答請見 p. 269

有些英文被動語態的描述，譯成中文被動語態便會顯得不順暢，此時可考慮轉爲主動語態，就能譯出較爲自然流暢的中文。例如 It is said that flying roaches are pregnant roaches.，其中 it is said 就難以翻成中文的被動語態，勉爲其難只能說「會飛的蟑螂<u>被說成</u>是懷孕的蟑螂。」但若改爲主動語態「<u>聽說／據說</u>會飛的蟑螂……」或者「<u>有人說</u>會飛的蟑螂……」，就會比較通順。

1. 直接譯為主動語態

有些英文被動句可直接以中文主動語態表達，反而更清楚明確。

The Titanic was destined for New York.
待修譯文 鐵達尼號被預定要開往紐約。
參考譯文 鐵達尼號預定開往紐約。

說明 「鐵達尼號**被**預定要開往紐約」可說是英文被動語態的直譯，但這樣的中文實在難以接受，因此必須改爲主動語態「鐵達尼號預定開往紐約」，或「鐵達尼號的目的地是紐約」。

2. 加入施事者的主動語態

英文被動語態有時不會清楚寫出施事者，例如 A huge donation was made to the foundation. 中的「受事者」是 foundation，動作是 made a huge donation，但並未說明是由誰捐出，也就是並未指出「施事者」。這句話可以直接譯成「一大筆款項<u>被</u>捐給基金會」，但如果加入主詞變成「<u>有人</u>捐出大筆金額給基金會」，那麼句子的結構及「施」與「受」的關係就會更清楚明確。再如以下例句：

Despite the fact that all evidence was against him, the accused was still ruled not guilty and discharged.

雖然所有證據都顯示對被告不利，<u>法官</u>仍判他無罪釋放。

說明 英文並未指出判決是由誰定的，但根據句中所提到的 evidence（證據）、accused（被告）、not guilty（無罪）、discharged（釋放）等都指向法庭用語，因此翻譯時可根據前後文加上主詞「法官」或「陪審團」等，使句意更清楚。

He is well known for his generosity.

待修譯文 他的慷慨<del>被大家知道</del>。

參考譯文 <u>大家</u>都知道他的慷慨。

說明 英文並未指出是誰知道他很慷慨，但 well known 隱含「大家都知道」的意思，因此這句的原意是「他的慷慨**被**大家知道」，但這並非中文的習慣說法，所以譯文加入了原文隱含的「施事者」（大家），譯成「**大家**都知道他的慷慨」，闡明句中的關係。另外，這句也可譯為「他的慷慨**眾**所皆知」或「他是出了名的慷慨」。

3. 不加入施事者的主動語態

英文 it is believed...、it is said...、it is reported... 等被動語態並不一定都要加上主詞譯成「有人相信」或「大家所說」，也可以用「據說…」、「聽說…」、「根據報導…」等句型，而不需加上施事者。例如：

It is reported that smoking does increase the possibility of lung cancer.

根據報導，抽菸確實會增加罹患肺癌的可能。

說明 英文 it is reported 未指明這件事被誰報導，中文只需譯為「根據報導」或「據報載」，而不需譯出主詞。

It is said that 2012 would bring about the end of the world.

待修譯文 2012 年被說成會帶來世界末日。

參考譯文 據說 2012 年將是世界末日。

說明 第一句譯文「被說成會帶來世界末日」是被動語態的被字句，但中文顯得不夠自然，因此第二句譯文改用「據說」來點出被動的語意。

學以致用　請將以下句子譯為適當的中文，特別注意畫底線的部分，譯為主動語態或者被動語態皆可。

1. Mainland Chinese tourists and students who have experienced life in Taiwan <u>are greatly influenced</u> by Taiwan's values of democracy, freedom and human rights. <u>It is hoped</u> that these values <u>will be transferred</u> to the Mainland upon their return and bring about reform within their society.

_____

_____

2. Smoking bans <u>are viewed</u> by public health experts as an important measure in reducing smoking rates and improving healthy outcomes, and when <u>effectively implemented</u>, they can also <u>be seen</u> as an important policy which promotes healthier lifestyle and environment for the people.

_____

_____

3. A survey on mobile etiquette and digital sharing showed that 90 percent of Americans think too much <u>is being divulged</u>, and nearly half <u>feel overwhelmed</u> by all the data that is out there.

_____

_____

4. <u>As suggested by</u> latest polling data, support for same-sex marriage has been on the rise for the last four years, signaling a gradual shift in the overall political and social views of Americans. <u>It is believed</u> that a higher percentage of Democrats, Republicans, elites and minorities groups, and people of all generations are in support of the legalization of same-sex marriage.

_____

_____

參考解答請見 p. 269

第3節 多句的翻譯方法

1 合句法

課前暖身

同學讀過諾貝爾文學獎得主印度詩人泰戈爾 (Tagore) 的《漂鳥集》(*Stray Birds*) 嗎？我們先一起來欣賞以下的詩句：The sadness of my soul is her bride's veil. It waits to be lifted in the night.，這是兩個英文的簡單句，請同學比較以下兩種譯文：

1. 我靈魂的憂傷是新娘的面紗，它在夜裡等待被揭起。
2. 我靈魂的憂傷是新娘夜裡等待揭起的面紗。

上面第二句譯文把英文原文的兩個句子合併成一句，感覺語意較為濃縮，朗讀起來較為流暢，符合一般中文詩歌的特性，這就是所謂的合句法。

言歸正傳

合句法是把來源語兩個以上的句子譯成目標語的一個句子，可達到精簡譯文的效果。在英譯中時使用合句法大致有三種情況。第一種是將兩個以上的英文簡單句合譯成一個中文單句。第二種是將兩個英文句子組成的合句 (compound sentence) 合譯成一個中文單句。第三種是把包含兩個英文子句的複句 (complex sentence) 合譯成一個中文單句。分別介紹如下。

■1 兩個簡單句譯為一個單句

兩個英文簡單句中如果有重複的訊息或關係緊密的成分，中譯時往往可以使用合句法將這些訊息省略或合併，形成訊息緊密簡練的譯文。如下例：

Mary travels around the world a lot. She gives speeches and appears on television.

待修譯文 瑪莉經常到世界各地旅行。她做演講也上電視。

參考譯文 瑪莉經常到世界各地演講、上電視。

說明 兩個英文簡單句的主詞 Mary 和 she 是同一人，而且兩句的訊息關係密切，合併兩句的譯文可以省略其中一個主詞，又可把句意連結起來，較為精簡通順。

His eyes were cold. There was no light, no interest.

待修譯文 他的目光冷酷。眼神無光，淡漠無情。

參考譯文 他的目光冷酷、呆滯而無情。

說明 如果分譯兩句，「目光」與「眼神」的意義有些重複。採用合句法並以「呆滯」取代「無光」可避免直譯，並且使得表達更為簡潔有力。

Leon owns a beautiful house. He's living his dream.

待修譯文 李昂擁有一棟漂亮屋子。他實現了他的夢想。

參考譯文 李昂實現了擁有美宅的夢想。

說明 兩句合併後更簡單扼要。

■2 合句譯為一個單句

兩個英文句子用對等連接詞連結，就形成所謂的合句，常用的對等連接

詞有 and, or, but, so, for 等。中譯時可使用合句法，省略對等連接詞和重複的主詞，簡化譯文的句型。

From Pintian Mountain in Hsinchu County the Tamsui River ran through many northern townships, and then it reached the sea.

待修譯文 淡水河從新竹縣品田山流經北部許多城鎮，而後它會入海。

參考譯文 淡水河從新竹縣品田山流經北部許多城鎮後入海。

說明 第一句譯文以「而後它」譯 and then it，顯得累贅；第二句譯文用合句法省略兩句的連接詞 and 與重複的主詞 it，較為緊湊。

"Classics" are books given with praise, but they are not actually read.

待修譯文 所謂「經典」乃眾人稱許，但是卻沒有人真正在看的書。

參考譯文 所謂「經典」乃眾人稱許卻乏人問津的書。

說明 兩句合併，並使用四字成語「乏人問津」，使句子更為簡潔有力。

In March 2000, I met Paul, and we fell in love.

待修譯文 2000 年三月我與保羅相識，接著我們相戀。

參考譯文 2000 年三月我與保羅相識相戀。

說明 英文的兩句合譯，省略對等連接詞 and 與主詞 we，並使用四字詞組「相識相戀」翻譯兩個英文句中的動詞 met 和 fell in love，更符合中文習慣的表達方式。

222

善用中文的四字詞組、成語及諺語

同學有沒有注意到，以上在使用合句技巧時，利用了一些中文的四字詞組，如：相識相戀、眾人稱許、乏人問津等。四字詞組是中文的一大特色，但這類詞組不一定是成語，讓我們來看以下說明：

自從三千年前的《詩經》開始，中文就偏愛使用四字詞組，如《詩經・小雅・小旻》：「不敢暴虎，不敢馮河。人知其一，莫知其他。戰戰兢兢，如臨深淵，如履薄冰。」四字詞組不一定都是成語。成語是已經固定的詞組，經過長久使用而約定俗成，不容改變或增減字眼。有些成語出自古代文章，例如：三顧茅廬；有些出自古代寓言，例如：愚公移山；有些出自歷史故事，例如：四面楚歌、草木皆兵。而四字詞組則比成語的範圍更廣泛，只要是四個字一組的詞語都可包含在內，例如：三代同堂、歡歡喜喜。另外，什麼是諺語呢？諺語又稱為俗語，是廣泛流傳的現成語句，往往含有長久累積的知識和經驗，簡練通俗，意思完整，例如「一寸光陰一寸金，寸金難買寸光陰」等。翻譯時善用四字詞組或成語可讓文字更加精練簡潔，使用諺語則可讓語氣親切易懂，不妨多嘗試應用。

◼3 複句譯為一個單句

英文的複句是由主要子句和從屬子句組成，句意以主要子句的訊息為重，從屬子句的訊息次之，有主從輕重的區別。從屬子句必須藉由從屬連接詞如 when, where, as, since, because, although, though, as soon as 等與主要子句銜接，才能成為合乎文法的英文複句。但中文並無明顯的從屬概念和句型，因此中譯時可採合句法，將英文的主要子句和從屬子句合譯為一個中文句子。合併的具體方法包括消除主要子句和從屬子句之間的逗號，再把從屬連接詞的意涵整合至句中。

Where there is life, there is hope.

待修譯文 有生命的地方，就有希望。

參考譯文 活著就有希望。

說明 第一句譯文太貼近英文的字面意義，合併濃縮為「活著就有希望」，更像是精簡易誦的中文格言，從屬連接詞 where 不用譯出。

When you are distracted, it doesn't mean you aren't paying attention to anything.

待修譯文 當你分心時，不代表你什麼事都沒在注意。

參考譯文 分心時並不代表你什麼事都沒注意。

說明 英文從屬連接詞 when 不一定要譯為「當⋯」，參考譯文省略「當⋯」和逗號，較符合中文表達方式。

As soon as Kyle's rental contract runs out, he will move to a nicer place.

待修譯文 一旦凱爾的租約到期，他就會搬到更好的地方。

參考譯文 凱爾的租約一到期就會搬到更好的地方。

說明 英文從屬連接詞 as soon as 可調整挪至句中，譯為「凱爾的租約一到期」，並與後面的主要子句合併。

When you pushed your younger brother into the swimming pool, what on earth were you thinking?

待修譯文 當你把你弟推進游泳池時，你到底在想什麼？

參考譯文 你把弟弟推進游泳池時到底在想什麼？

說明 第一句譯文非常貼近英文的複句句構和字意，建議合併成一句，省略重複的主詞 you，比較有一氣呵成的感覺。

學以致用 請用合句法翻譯以下的簡單句、合句及複句。

1. While he took his bath, he heard the phone ring.

---

2. When scorching August arrives, you may find a lot of young people swimming under the blazing sun.

---

3. It was January 2000, and I just returned from the States after living there for 15 years.

---

4. It was a peaceful town, and you wouldn't imagine such a tragedy to happen.

---

5. When people search for information on the Internet, they don't just get exactly what they want.

參考解答請見 p. 270

2 分句法

課前暖身 在 2007 年教育部中英文翻譯能力檢定考試英譯中的試題中曾出現以下這個句子，讓不少考生傷透腦筋，尤其句中 irreversibly 這個副詞特別不好處理，請同學先試譯一下：

The severe predictions of a key report on international oil supplies released Wednesday suggest that oil prices could move <u>irreversibly</u> over the US$100-a-barrel threshold in the not too distant future.

同學會不會覺得 irreversibly 很難找到對應的中文詞彙？接下來我們來看看教育部提供的參考譯文：

週三發佈的一份國際石油供應重要報告提出嚴峻的預估，認為在不遠的將來，油價可能突破每桶 100 美元大關，<u>而且不會再降回來</u>。

參考譯文中把 irreversibly 一字獨立出來譯成一句話「而且不會再降回來」，而不是翻譯成中文的單詞，像這樣把來源語的單詞譯成目標語的一個句子，就是所謂的分句法。

<table>
<tr><td>言歸正傳</td><td>**分句法**是將一個英文簡單句譯成兩個以上的中文句子。一般而言，英文強調表面形式與邏輯概念的契合，長句較多，句法結構比中文緊密；而中文句法強調內部意義的聯繫，短句較多（陳定</td></tr>
</table>

安，2004）。針對這種中英句構的差異，同學可使用分句法，將英文句中的單詞、片語或句中的主述部、分詞片語、不定詞片語或子句拆離，獨立成中文的短句，發揮中文句法的特色。具體的拆句方法分述如下。

1 拆離單詞

將英文句中的單詞如副詞、形容詞、名詞等拆離後，譯成中文短句。以下分別介紹不同詞類的譯法。

1. 副詞拆離

西化中文傾向將英文的副詞一律譯爲「⋯地」，例如 surprisingly 譯爲「出乎意料之外地」，如置於句中難免讓全句更長。但如果用分句法將副詞拆離成短句，中文句子就不至於過長，句意也比較清楚。如下句：

My mom was surprisingly not angry at my grades.
待修譯文 母親出乎意料之外地並沒有因我的成績而生氣。
參考譯文 出乎意料之外，母親並沒有因我的成績而生氣。

說明 第二句譯文將 surprisingly 從句中拆離，調至句首並省略「地」，可避免句子過長。

He is deservedly punished for his crimes.
待修譯文 他因犯罪而應得地受到懲罰。
參考譯文 他因犯罪而受懲罰，罪有應得。

2. 形容詞拆離

英文的形容詞中譯時常譯為「…的」，但在某些情況下，可以運用分句法將形容詞做靈活的切分，讓譯文更有變化且好讀易懂。余光中 (1994:256) 曾舉雪萊 (Shelley) 的詩句為例：an old, mad, blind, despised, and dying king 如譯為「一位衰老的、瘋狂的、瞎眼的、被人蔑視的、垂死的君王」就顯得單調重複，不如譯為「又狂又盲，眾所鄙視的垂死老王」。其他例子如下：

A movie star is usually the most identifiable person in public places.

待修譯文 電影明星通常是公眾場所中最容易被認出來的人。

參考譯文 電影明星在公眾場所中，通常最為醒目。

說明 第一句譯文句尾名詞「人」的前飾過長，不如第二句譯文將形容詞 identifiable 分拆成另外一句，改譯為「醒目」，使兩個短句的重點各自分明清楚。

She wears long and silky shiny hair.

待修譯文 她有一頭又長又柔又亮的頭髮。

參考譯文 她一頭長髮，又柔又亮。

3. 名詞拆離

　　如果名詞的前飾過多，導致全句偏長時，也可用分句法將名詞拆離出來另成一句，維持中文喜用短句的特色。

The great early human civilizations from the ancient Egyptian culture to the Mesopotamian culture sprung up and flourished alongside rivers.

待修譯文　早期人類偉大的文明自古埃及開始到美索不達米亞文化都是沿著河岸發跡並茁壯。

參考譯文　綜覽人類早期偉大文明，自古埃及到美索不達米亞文化，都是沿著河岸發跡茁壯。

說明　第一句譯文中的名詞「文明」與後面的一連串名詞相連，影響解讀。參考譯文拆離成獨立的短句後，更簡潔有力。

2 拆離片語或子句

　　把英文句中的主述部、分詞片語、介系詞片語、不定詞片語或子句等拆離後，譯成中文短句，譯法分述如下。

1. 主述部拆離

　　把英文長句的主部與述部拆離，譯成中文時分成兩個短句，比較容易理解。所謂「主部」是指句子的主詞部分，告訴讀者這個句子在講何人何事，主詞後面的敘述也就是「述部」，則是以動詞為核心，告訴讀者這個人或這個東西怎麼樣。

The prospect of longer and deeper droughts due to human-induced climate change will hasten the depletion of groundwater.

待修譯文　人為因素導致的氣候變遷將造成更長更嚴峻的乾旱使地下水的消耗加速。

參考譯文　人為因素導致的氣候變遷將造成更長更嚴峻的乾旱，加速地下水的耗竭。

說明　第一個譯文句子過長，有點不易解讀；第二個譯文將句子的主部和述部拆離成兩句，語意較明朗。

The capital Quito in Ecuador partnered with The Nature Conservancy (TNC) is starting a watershed protection fund.

待修譯文　厄瓜多爾首都基多與大自然保護協會合作開始募款保護集水區。

參考譯文　厄瓜多爾首都基多與大自然保護協會合作，開始募款保護集水區。

說明　第二句譯文從主部與述部分切，避免句子過長且語意不清楚。

2. 分詞片語拆離

分詞是從動詞衍生而來帶有動作狀態的詞，分詞片語可分為現在分詞和過去分詞兩類，中譯時可使用分句法，把英文句中的分詞片語譯為短句。

The production of global goods and services valued at $70 trillion dollars last year has an even faster expansion this year.

待修譯文 去年全球商品和服務的產值高達七十兆美元，今年成長更為驚人。

參考譯文 全球商品和服務的產值，去年高達七十兆美元，今年成長更為驚人。

說明 第二句譯文將過去分詞片語 valued at $70 trillion dollars last year 拆離後獨立譯出，較符合中文短句要求，意義上也較有層次。

Images from space show that the Earth is a strikingly blue planet harboring great stores of water.

待修譯文 從外太空拍攝的相片顯示地球是個蘊藏著大量水資源的蔚藍行星。

參考譯文 從外太空拍攝的相片顯示地球是個蔚藍的行星，蘊藏著大量水資源。

說明 第二句譯文將現在分詞片語 harboring great stores of water 拆離，置於句尾成為獨立的短句，可避免前飾過長的問題，也可使語意及重點更為分明。

3. 介系詞片語拆離

介系詞片語可作為修飾語，也可延展句意。中譯時可適當運用分句法，讓中文的斷句較合乎習慣。

Friendship blossoms with great care.

待修譯文 友誼開得嬌豔燦爛是由於細心呵護。

參考譯文 友誼以細心呵護，就會開得嬌豔燦爛。

說明 介系詞片語 with great care 修飾動詞 blossoms，第二句譯文將此片語拆離後調到句前，分句譯出，較符合中文表達方式。

He won her heart by building rapport with every family of hers.

待修譯文 他贏得她的芳心是因為跟她所有家人打好關係。

參考譯文 他跟她所有家人打好關係，因而贏得芳心。

說明 中文敘述習慣遵照時序和因果關係，先說原因再說結果（重視意合）；英文則利用連接詞等「形式」來表達出時間及因果關係（重視形合），因此可以先說原因，也可以先說結果，兩種語序都是很自然的英文表達方式。此處參考譯文將介系詞片語 by building rapport with every family of hers 拆離後挪至句首，先講原因，後句再講「贏得芳心」的結果，比較符合中文習慣的表達方式。

4. 不定詞片語拆離

　　英文句子通常只有一個主要動詞，若句中還需要陳述其他動作或行為，可使用不定詞片語。翻譯時可將不定詞片語拆開，獨立成句，使句長縮短，有助閱讀理解。

We need water to produce nearly everything in life, from electricity and paper to burgers and blue jeans.

待修譯文 日常用品的生產從電力、紙張、到漢堡及牛仔褲無一不需要水。

參考譯文 舉凡日常用品的生產，從電力、紙張、到漢堡及牛仔褲無一不需要水。

說明 第二句譯文將英文不定詞片語拆離譯出，並且增譯「舉凡」兩字，重點較為分明。

5. 子句拆離

英文可以利用子句一直延伸句意，就算句子再長，只要文法關係清楚就可解讀。但中文則喜用短句，一旦把句子拉太長，就不易斷句理解。因此遇到英文子句時，可考慮運用分句法，將子句切成獨立短句，也可增詞以連貫句意。

He managed to raise a crop of 200 huge corns that were all golden yellow.

待修譯文 他居然種出了兩百支金黃剔透的大玉米。

參考譯文 他居然種出了兩百支大玉米，每支都金黃剔透。

說明 英文子句 that were all golden yellow 用來修飾先行詞 corns，但中文並沒有相等或類似的關係代名詞，因此建議將 that 子句拆離，並增譯量詞「每支」。

請使用分句法，將以下句子畫底線的部分拆離後翻譯出全句。

1. The French seemed <u>justifiably</u> proud of their economic potential.

   _____

2. <u>Whether or not she should attend her ex-boyfriend's wedding</u> is a hard decision for her to make.

   _____

3. <u>His failure to follow traffic law</u> resulted in a car accident yesterday.

   _____

4. The boy lay on his bed <u>looking out the window at the mountain view</u>.

   _____

5. He walks back and forth in the room <u>thinking hard about what to do</u>.

   _____

6. Build me a son <u>whose wishes will not take place of deeds</u>. (_General MacArthur's Prayer for His Son_)

   _____

參考解答請見 p. 270

請使用分句法，將以下句中的片語或子句拆離後翻譯出全句。

1. Watching late night movies or making excited phone calls with friends may be delightful on Christmas Eve.

   _____

2. Her family was reluctant in giving away two of their children when they reached 7 and 8 years old respectively.

   _____

3. By 2030, those two countries will be responsible for two-thirds of the world's carbon dioxide emissions causing global warming.

   _____

4. Mary went inside the unlocked door. She was near collapse and unable to move her swollen feet.

   _____

5. Perhaps the best cure for the fear of death is to reflect that life has a beginning as well as an end.

   _____

參考解答請見 p. 270

3 重組法

以下是全球暢銷小說《哈利波特》作者羅琳幾年前對哈佛大學畢業生的部分演講稿，請同學先看一下中英原文及譯文：

You will never truly know yourself, or the strength of your relationships, until both have been tested by adversity. Such knowledge is a true gift, for all that it is painfully won, and it has been worth more than any qualification I ever earned. (J. K. Rowling, *The fringe benefits of failure and the importance of imagination*)

如果未經過逆境的考驗，你絕無法真正了解自己及人際關係的力量。這種認知，是必須先經歷痛苦才能獲得的珍貴禮物；它比我費心培養的各種能力都要寶貴。〈失敗的額外收益與想像力的重要性〉，J. K. 羅琳

由以上段落來看，英文結構上有許多子句與一連串的修飾語，譯文則未按照英文的語序翻譯，而是按照中文行文習慣重新鋪陳，這就是使用所謂的重組譯法。

重組法是脫離英文原文的句式結構和訊息排序，遵循中文的行文敘事習慣重新改寫成譯文，通常用於處理複雜的長句。重組法可以擺脫原文語法句型的限制，專注在如何使譯文更加自然流暢。翻譯時必須先將英文原文的長句結構解析清楚，訊息之間的邏輯關係理解透澈之後，先形成數個可能的翻譯單位，再按照中文的表達習慣重新組合這些翻譯單位而成為譯文。

我們先從翻譯英文新聞報導的長句著手，英文新聞傾向將消息來源和報導日期放在句後，但譯成中文時需將這些資訊置於句首。其他事件或訊息成

分也可能與中文的習慣不同，需要調整順序。我們首先分析英文句子的各個訊息成分來決定翻譯的單位，如下：

Fantasy and adventure novels were　the most popular genre for book
　　　　　　1　　　　　　　　　　　　　　　　　2

borrowers　in Taiwan's public libraries last year,　accounting for 16
　　　　　　　　　　　　　3　　　　　　　　　　　　　　　4

of the 20 most-borrowed titles,　according to the results of a recent
　　　　　　　　　　　　　　　　　　　　　　　5

survey. (*China Post*)

將原文分析成 5 個翻譯單位後，接著再按中文新聞的行文風格把翻譯單位重新排列譯出，結果如下：

根據最近一項調查顯示，去年台灣的公共圖書館　借閱率最高的書籍是
　　　　5　　　　　　　　　　　　3　　　　　　　　　　　2
奇幻和冒險類小說，在最多人借閱的 20 本書籍裡就占了 16 本。
　　　1　　　　　　　　　　　　　4
《中國郵報》

以下另一個例子是含有多個子句的長句，需要將英文句構的層次解析明白，然後再按照中文的敘事結構重新鋪陳，必須完全脫離英文原句的結構與層次安排：

One can perhaps get a clearer picture of　Japan's acute population
　　　　　　　　　1　　　　　　　　　　　　　　　　2

pressure　by imagining　what Switzerland would be like　if that
　　　　　　　3　　　　　　　　　　4

small and mountainous country　were inhabited by 28 million people
　　　　　　　5　　　　　　　　　　　　　　6

instead of the 5.7 million at present.
　　　　　7

按照中文寫作習慣，通常為先敘事，後總結，所以翻譯時宜從中間第 3 個翻譯單位 by imagining 入手，最後再回到句首，譯出第 1 個翻譯單位 One can...。中文譯文的句子結構與英文截然不同，但行文訊息較為流暢。

只要設想一下，假若那小又多山的瑞士　所居住的人口不是現在的五百
　　　3　　　　　　　　5　　　　　　　　　　7

七十萬，而是兩千八百萬，那麼瑞士會是何種情景？
　　　　　6　　　　　　　4

你也許便會清楚理解　日本所面臨的人口壓力有多大。
　　　1　　　　　　　　2

請使用重組法，先釐清以下英文句意，然後打破結構，依中文的敘事習慣譯出。

1. Nothing inspired us more as we watched the breathtaking performance of the gymnasts than the final jump of the Chinese player that put the Chinese boys on the champion stand.

_____

_____

2. In Kaohsiung, where the weather is sunny and refreshing, more than 1,300 players from 35 countries and regions attended the World Paralympics as the last games of this kind of this century.

_____

_____

3. This leadership game of musical chairs also means key players in the nation's economic and financial administration, foreign policy, public security, and military operations "will be mostly newcomers after 2012," says Brookings analyst Cheng Li, who specializes in Chinese politics. (*Newsweek*)

參考解答請見 p. 271

第4節 歸化與異化譯法

課前暖身 我們先來討論一個美國節目的字幕翻譯。英文卡通 *South Park* 透過幾個小孩日常生活的言行來諷刺嘲弄美國的文化和社會時事，並因其中的黑色幽默而聞名。劇名在台灣譯爲《南方四賤客》，大陸則直譯爲《南方公園》，兩岸的中文字幕翻譯策略明顯不同，影片也會產生不同的效果。以下是部分英文譯名，同學比較喜歡哪一種翻譯方式？

英文原文	台灣譯名	大陸譯名
Mr. Garrison	葛屁老師	加里森先生
Cartman	阿ㄆㄧㄚˇ	卡特曼
Kenny	阿尼	肯尼
Stan	屎蛋	斯坦
Kyle	凱子	凱爾
the 4th of July	中秋節	美國國慶日
Mr. Hat	藏鏡人	帽子先生

　　台灣的字幕翻譯風格比較接近國內觀眾的生活用語，劇中出現的其他譯文如「扁你」、「嘿咻」、「白目」、「擔擔麵」、「屁啦」等，非常貼近台灣人的生活經驗，觀眾欣賞影片時一定覺得親切有趣，這在翻譯上稱爲歸化譯法。可是看到劇中金髮碧眼的人物講台式中文，以及黑人講話自稱「俺」的山東腔，整體情境又有些不協調。另一方面，中國大陸的字幕翻譯則比較忠於英文原文，保留美國的文化特色，有助於英語學習和認識美國社會，這就屬於一種異化策略。

翻譯界對於歸化和異化的討論，可說是先前意譯與直譯之爭的延續。羅馬時期的希賽羅 (Cicero) 和聖經譯者聖哲羅姆 (St. Jerome) 便曾提出他們對於「意對意」(sense for sense) 與「詞對詞」(word for word) 翻譯的看法，與直譯和意譯的論點類似。直到二十世紀中葉的奈達 (Nida) 在其 *Toward a Science of Translating* 一書提出動態對等與形式對等兩種原則，翻譯研究逐漸脫離直譯和意譯的規範性討論。七〇年代翻譯研究出現文化轉向，歸化和異化正式取代了直譯與意譯的討論。簡而言之，直譯和意譯是語言文字層次的技術問題，而歸化和異化則是從語言提升到文化層次的討論，甚至涉及文化身分認同與翻譯倫理的問題。在討論翻譯的歸化與異化策略之前，首先要了解影響語言形成的文化系統。

1 影響語言形成的文化系統

柯平 (1994) 提出文化主要包括技術經濟、社會、觀念與語言四大系統，我們可就這四大分類作以下闡述：

1 技術經濟系統

包括各種生產與科學技術都會影響語言使用，例如英國是傳統航海大國，因此其語言表達會反映出這種文化，一些相關表達如 still waters run deep（靜水流深，意指深藏不露）、burn the boat（破釜沉舟）。而中國以農立國，農作動植物與工具是生活的重心，因此衍生出相關的用語如雨後春筍、桃李滿天下、對牛彈琴、骨瘦如柴等。

2 社會系統

包括社會階級、親屬稱謂、風俗習慣、教育法律制度等，這些都和語言使用關係密切。歐洲語言的親屬稱謂遠比中文簡單，華人需要區分輩分、男

女、父母系或直旁系，依此觀念，華人對英文 cousin, uncle, aunt 這類稱謂很難理解接受，翻譯上也有困難。法律制度上，台灣與英美國家法律體系不同，台灣屬於大陸法系，英美屬於海洋法系。大陸法系沒有陪審團的制度，相關的術語如 Allen charge 或 Dynamite charge 指陪審團意見僵持不下，法官請陪審團重新考量，這樣的詞彙在大陸法系國家便很難譯出[1]。

■3 觀念系統

包括宇宙觀、宗教觀、民間信仰、藝術創作與任何認知與價值觀念。西方人與華人對顏色與數目字認知不同，在歐洲國家黑色表示悲哀與莊嚴，華人則以白色表示哀悼，有時也用黑色。華人指妻子紅杏出牆是讓先生戴綠帽，西方卻無此比喻。歐洲人將紫色視為權力象徵，華人以黃色代表至尊權貴。若要翻譯西方文學作品產生的典故暗引 (allusion) 也是一大挑戰，如 Adam's apple，意指男生喉結，又 You must have come out of the ark. 指一個人知識落伍，都是源自於聖經故事的典故。再如英文中的 vinegar 是不高興的意思，將 His refute was made with a strong note of vinegar. 譯成「他的反駁帶著醋意」便是誤解原意。而蠟燭在中國文學帶有豐富的比喻意象，例如「多情卻似總無情，唯覺樽前笑不成。蠟燭有心還惜別，替人垂淚到天明。」（唐朝杜牧詩）；「相見時難別亦難，東風無力百花殘，春蠶到死絲方盡，蠟炬成灰淚始乾。」（唐朝李商隱詩），這些豐美的蠟燭意涵在西方便看不到。

■4 語言系統

包括語言的字素、音素、詞彙和句法結構等，直接決定了語言表現的形式和內容。如中國的律詩絕句和英詩的抑揚格五音步詩，都是不同語言系統的生成物，有其特別的規律、用法與意義。

---

1 台灣翻譯學會網站，李憲榮《法律翻譯的困難》，http://www.taiwantati.org/?p=421

② 歸化與異化概念

歸化 (domestication) 的定義是在翻譯中採用透明流暢的風格，極力淡化讀者對於外文的陌生感，而異化 (foreignization) 則是在某種程度上保留原文的異域性，是一種打破目標語常規的翻譯方法（Shuttleworth & Cowie, 1997:43-44；王東風，2002）。

翻譯學上有關歸化和異化策略的討論以美國學者韋努帝 (Venuti) 為代表，他極力提倡異化翻譯，主張異化是針對英美國家普遍採用歸化譯法現象所做的匡正，反對強勢文化霸權所做的抵抗。他稱異化翻譯的目的為「偏離本土主流價值觀，保留原文的語言和文化差異」。其作用是「把外國文本中的語言文化差異注入目標語之中，把讀者送到國外去」。韋努帝引述十九世紀德國哲學家施乃爾馬赫 (Schleiermacher) 的觀念：翻譯有兩種可能，譯者要麼讓作者不動，把讀者推到作者那邊去；要麼讓讀者不動，把作者推到讀者那邊去 (Schleiermacher, 2004)。儘管韋努帝 (1995) 大力提倡異化翻譯，他也知道這是個主觀且相對的策略，任何翻譯都涉及一定程度的歸化，但異化的譯文偏愛外語文本原有的風格，而且傾向把這種偏愛展示出來，而非隱藏起來（王東風，2008）。

在韋努帝之前，清末民初的作家魯迅也同樣倡導異化，他說：「動筆之前，就先得解決一個問題：竭力使它歸化，還是盡量保存洋氣呢？」他認為翻譯的目的是博覽外國的作品，不但可以因此豐富本土的語言，讀者也能趁機知道這種新鮮事（王東風，2008）。若考慮使用異化譯法，可參考魯迅所說：不但移情，也要移智，至少是知道何地何時有這等事，這很像到外國旅行，它必須有異國的情調，就是所謂的「洋氣」（王東風，2008）。魯迅所謂的「洋氣」正是我們現在所講的「異化」。

另一方面，歸化翻譯是以目標語讀者爲中心，迎合其閱讀口味而調整外國文本的句法結構、風格語域和文化價值觀，採用流暢自然的目標語來進行翻譯，降低本國讀者對外國文本和文化的陌生和距離感，這也是目前市場上主流的譯法。採用歸化譯法時，譯者相對處於「隱身透明」的狀態，比較不會引起讀者的注意。應用歸化法有六個步驟：(1) 審愼選擇適合翻譯的原作；(2) 有意識地採取流暢而自然的目標語言文風；(3) 使譯作順應目標話語的類型；(4) 加入解釋性材料；(5) 消除原文語言的異域和歷史色彩；(6) 使譯文在總體上與目標語言的成見及偏好一致（王東風，2002）。

至於譯者要採取歸化或異化法是種策略性的考量，取決於要如何處理中西文化價值系統的差異，以及對於目標語的社會要產生何種影響。

下面以一首詩歌譯作來闡釋歸化和異化翻譯的差異。九百多年前，波斯天文學家兼詩人奧瑪珈音 (Omar Khayyam) 著有抒情詩集《魯拜集》(*Rubaiyat*)，美國作家詩人費茲傑羅 (Edward J. Fitzgerald) 將之譯爲英文。而根據英譯本所譯成的中文《魯拜集》版本迄今大約有四種，其中以美籍華人黃克孫（1956 年啓明書局出版）及大陸詩人郭沫若（1924 年上海泰東圖書局出版）的譯作最爲有名，我們來欣賞兩人對原作第 12 號詩歌的譯文：

A Book of Verses underneath the Bough,
A Jug of Wine, a Loaf of Bread—and Thou
Beside me singing in the Wilderness—
Oh, Wilderness were Paradise enow!

黃克孫譯文：
一簞疏食一壺漿，
一卷詩書樹下涼，
卿爲阿儂歌瀚海，
茫茫瀚海即天堂。

郭沫若譯文：

樹蔭下放著一卷詩章，

一瓶葡萄美酒，一點乾糧，

有你在這荒原中傍我歡歌——

荒原呀，啊，便是天堂！

黃克孫譯的這首詩具有典型的平仄格律，是標準的七言絕句。其中「一簞疏食一壺漿」還會讓我們聯想到《論語》〈雍也篇〉孔子對顏回寡淡作風的稱讚[2]。黃克孫的譯作讀來極具中文古典詩的特色，完全是針對中文讀者而翻譯，他所採取的就是典型的「歸化」策略。兩相對照，郭沫若的譯詩採取較易閱讀的白話新詩體，在形式上如斷句、停頓、押韻及感嘆詞如「呀」與「啊」的使用，力圖反映英文原文的風格與樣貌，有意將中文讀者拉近西方作者處。更仔細觀之，兩位譯者不約而同將 paradise 譯為西方宗教色彩濃厚的「天堂」一詞，這是兩譯文中最明顯的「異化」策略。

另外，來華傳教士的翻譯作品中也有同時採用歸化與異化的例子。《天路歷程》(The Pilgrim's Progress) 是十七世紀英國牧師兼作家約翰·班揚 (John Bunyan) 的代表作，他在牢獄中完成該書，描述基督徒主角為了追求天國的光明，歷盡艱險，戰勝了妖魔猛獸，最後終於抵達天國之門。而《天路歷程》在中國的流傳，清初英國傳教士賓威廉 (William C. Burns) 的譯介功不可沒。他翻譯《天路歷程》的時間是在 1853 年，這部小說每卷結束時，都寫有一首絕句，這是原作中沒有的，很明顯是受到中國古典小說章回形式的影響，譯者改造了原作品形式以順應當地讀者的閱讀品味[3]。但值得注意的

---

2 《論語》〈雍也篇〉：「賢哉回也！一簞食，一瓢飲，在陋巷，人不堪其憂，回也不改其樂。賢哉回也。」意思是說：飲食清苦，住所粗陋，別人是憂愁得難以忍受，顏回仍然不改自得其樂，真有賢德啊！

3 如其中一首詩：斯人悔悟切哀呼、欲保靈魂脫罪辜、幸得聖徒傳福道、指明離死人生途。又如詩曰：基督徒從世智言、頓離正路大違天、雖云脫任得安樂、終是罪奴履禍田。

是，賓威廉又保留英文原著第一人稱的敘述手法，中國古典小說向來沒有如此寫法，對中國讀者又是一種異化譯法，如故事一開始說：

> 「世間好比曠野、我在那裏行走、遇著一個地方有個坑、我在坑裏睡著、做了一個夢、夢見一個人、身上的衣服十分襤褸、站在一處、臉兒背著他的屋子、手裏拿著一本書、脊梁上背著重任。又瞧見他打開書來、看了這書、身上發抖、眼中流淚、自己攔擋不住、就大放悲聲喊道、我該當怎麼樣纔好……」

這對當時的中國讀者而言是一種新鮮的閱讀嘗試，體會所謂洋氣的寫作風格，也影響之後的小說寫作形態。

3 電影片名與人名的歸化與異化譯法

西洋電影片名中有不少採取歸化或異化翻譯的實例。先講歸化方面，*Rebecca* 在台灣譯爲《蝴蝶夢》，符合中國文學有關夢境代表美麗與短暫的比喻，若音譯爲《芮蓓卡》，純粹是劇中女主角名字的音譯，觀眾無法從片名猜出影片的內容。另一部美國電影 *Waterloo Bridge*，在台灣譯爲《魂斷藍橋》，「藍橋」二字在中國唐代文學[4] 中，是情人相遇之處的代名詞。片名 *Waterloo Bridge* 若是異化直譯爲《滑鐵盧橋》多少就會失去電影所要刻畫的戰爭與愛情交融的氛圍。另外還有一些採取異化的電影片名，例如 *Jane Eyre*《簡愛》、*Titanic*《鐵達尼號》、*The Silence of Lamb*《沉默的羔羊》這些帶有異域文化色彩的片名，雖然不容易懂，但可引起觀眾好奇心前去一看，是另一種宣傳訴求手法。

再來看歐美人名的中譯問題，《飄》(*Gone with the Wind*) 是美國作家瑪格麗特·米切爾 (Margaret Mitchell) 的作品，自 1936 年問世以來，不同的

---

4 據傳唐代裴鉶小說《傳奇裴航》中藍橋搗藥故事，使得「藍橋」成爲情人相遇之處的代名詞。

年代總會有不同的翻譯家重譯，以滿足不同年代讀者的不同需求。其中最具代表的應該是傅東華 1940 年的譯本，將原著中兩對男女主角的名字翻譯爲郝思嘉 (Scarlett O'hara)、白瑞德 (Rhett Butler)、衛希禮 (Ashley Wilkes)、韓媚蘭 (Melanie Hamilton)，按照中國人習慣將姓移至前面，並且男子名帶著些許剛強，女子名帶著些許陰柔。同學們對於英文小說人名歸化或異化方式的處理與感想又是如何？還可以想到哪些例子呢？

4 中英成語的歸化與異化譯法

成語是語言文化的精粹呈現，善用成語不僅可使語言表達更生動傳神，不同文化的成語更代表該文化的歷史典故和風俗習慣。翻譯成語時可採歸化或異化譯法，歸化譯法接近意譯，比較容易理解而貼近讀者生活經驗；異化譯法常直接依字面翻譯，可凸顯與目標語的差異，同時刺激並豐富目標語的表達。

例如英文成語 Who keeps company with the wolf will learn to howl. 若譯爲「跟狼作伴就會學狼叫」，便是帶有異域色彩的異化譯法，能豐富中文的表達方式。若譯爲「近朱者赤、近墨者黑」就是順應中文讀者的閱讀需求，屬於歸化譯法。同樣的情況還可見諸以下成語翻譯：

Rome was not built in a day.
異化：羅馬不是一天造成的。
歸化：冰凍三尺非一日之寒。

Quite a few attendants at the funeral of the former president were crying crocodile tears.
異化：這位前總統喪禮上不少人掉的都是鱷魚的眼淚。
歸化：這位前總統喪禮上不少人哭得虛情假意。

When Diana graduated from college, she looked at the world through rose-colored glasses.

異化：黛安娜大學剛畢業時，是戴著玫瑰色的眼鏡看世界。

歸化：黛安娜大學剛畢業時，總是樂觀地看待周圍的一切。

另外要注意，異化法雖常採取直譯，但直譯與死譯不同，死譯是指不合乎目標語語法，讀起來生硬呆板，甚至無法理解其意思的譯文，直譯則是保留原文風格同時有效傳達意義。例如：

He took a French leave, which made his friends sad.

死譯：他採取法國式的告別，讓他的朋友很傷心。

歸化譯法：他不辭而別，讓他的朋友很傷心。

以下是更多英文成語和俚俗語的翻譯，有些英文和中文用語有相同或類似的比喻，這時候可以使用歸化譯法，讓中文讀者很快理解。但若無相近的成語表達方式，則可使用異化譯法。

歸化譯法

英文	中文
a flash in the pan	曇花一現
as dumb as an oyster	守口如瓶
as easy as falling off a log	易如反掌
as poor as a church mouse	一貧如洗
as strong as a horse	健壯如牛
As you sow, so shall you reap.	種瓜得瓜、種豆得豆
at the end of one's rope	山窮水盡；黔驢技窮
Blood will have blood.	血債血還

born with a silver spoon in mouth	出身富貴之家
Brevity is the soul of wit. (*Hamlet*)	要言不煩；言貴簡潔《哈姆雷特》
burn the boat	破釜沉舟
burn the candle at both ends	焚膏繼晷
bury one's head in the sand	逃避現實
cast pearls before swine	對牛彈琴
gild the lily	畫蛇添足；多此一舉
Habit is second nature.	習慣成自然
help a lame dog over a stile	雪中送炭
It is never too late to mend.	亡羊補牢，時猶未晚
kill the goose that lays the golden eggs	殺雞取卵
look for a needle in a haystack	大海撈針
no smoke without fire	無風不起浪
Pandora's box	禍患之源
strike while the iron is hot	打鐵趁熱
The early bird catches the worm.	捷足先登
To err is human.	人非聖賢、孰能無過
wake a sleeping dog	打草驚蛇

異化譯法

英文	中文
As you sow, so shall you reap.	要怎麼收穫，先怎麼栽（胡適譯）
born with a silver spoon in mouth	含著銀湯匙出生

Brevity is the soul of wit. (*Hamlet*)	簡短是機智的靈魂。《哈姆雷特》
burn the candle at both ends	一根蠟燭兩頭燒
bury one's head in the sand	把頭埋進沙堆裡
Habit is second nature.	習慣是人的第二天性。
It is never too late to mend.	改過永不嫌遲。
kill the goose that lays the golden eggs	殺死會生金蛋的鵝
lame duck president	跛鴨總統
Pandora's box	潘朵拉的盒子
show one's cards	攤牌
stay in the ivory tower	活在象牙塔裡
The early bird catches the worm.	早起的鳥兒有蟲吃。
the last straw that breaks the camel's back	壓垮駱駝的最後一根稻草
To err is human.	犯錯爲人之常情。

翻譯小助教

異化譯法的創造物——「她」字

魯迅倡導異化，認爲翻譯時採取異化不但可以豐富本土的語言，讀者也能趁機知道外國的新鮮事。關於異化譯法，傳統中文裡所沒有的「她」應該就是個很好的例子。西方語言如英文和法文的第三人稱代名詞皆有陰性與陽性之別，古代中文卻沒有這樣的觀念。現在我們用「她」這個人稱代名詞已經相當頻繁，但在古代中文裡，作主詞的第三人稱常用「其」字。後來白話文興起，一般人只用「他」字做第三人稱代名詞，可以代表男性、女性及其他事物。五四運動前後，留學生與知識

份子吸收大量外國作品，西方語言中人稱代名詞的陰陽觀念刺激了中文的表達，有些文學作品開始用「伊」字來指女性，如魯迅早期作品就是如此。1917 年，旅英的語言學家劉半農在翻譯英國戲劇《夢魂》時，試用自己創造的新字「她」。隨後為了推廣使用「她」字，劉半農於 1920 年寫了膾炙人口的詩歌〈教我如何不想她〉[5]；後由趙元任譜曲，成為著名歌曲。「她」字的出現剛開始受到保守封建勢力的排斥與反對，後來逐漸得到群眾的認可，也正式編入中文字典。翻譯西方作品時，劉半農創造了中文原本不存在的「她」字，這就是一種異化譯法的創造物，從而豐富了中文的語言文字。

學以致用

(1) 請分別使用異化法和歸化法，將下列英文譯成兩句中文，請特別注意畫底線的部分。

1. I don't think any woman could resist the charm of a man like Brad Pitt.

   異化：_____

   歸化：_____

2. The book is considered the Bible of investment industry.

   異化：_____

   歸化：_____

---

[5] 歌詞如下：

天上飄著些微雲，地上吹著些微風，啊！微風吹動了我頭髮，教我如何不想她？
月光戀愛著海洋，海洋戀愛著月光，啊！這般蜜也似的銀夜，教我如何不想她？
水面落花慢慢流，水底魚兒慢慢游，啊！燕子你說些什麼話，教我如何不想她？
枯樹在冷風裡搖，野火在暮色中燒，啊！西天還有些兒殘霞，教我如何不想她？

3. There is no such thing as <u>a free lunch</u> in the world.

異化：＿＿＿＿＿＿＿＿＿＿＿＿＿＿＿＿＿＿＿＿＿＿＿＿

歸化：＿＿＿＿＿＿＿＿＿＿＿＿＿＿＿＿＿＿＿＿＿＿＿＿

(2) 以下是《賈伯斯傳》(*Steve Jobs*) 書中的一段英文情書，請試譯看看。

We didn't know much about each other 20 years ago. We were guided by our intuition; you swept me off my feet. It was snowing when we got married at the Ahwahnee. Years passed, kids came, good times, hard times, but never bad times. Our love and respect has endured and grown. We've been through so much together and here we are right back where we started 20 years ago—older, wiser—with wrinkles on our faces and hearts. We now know many of life's joys, sufferings, secrets and wonders and we're still here together. My feet have never returned to the ground.

＿＿＿＿＿＿＿＿＿＿＿＿＿＿＿＿＿＿＿＿＿＿＿＿

＿＿＿＿＿＿＿＿＿＿＿＿＿＿＿＿＿＿＿＿＿＿＿＿

＿＿＿＿＿＿＿＿＿＿＿＿＿＿＿＿＿＿＿＿＿＿＿＿

＿＿＿＿＿＿＿＿＿＿＿＿＿＿＿＿＿＿＿＿＿＿＿＿

＿＿＿＿＿＿＿＿＿＿＿＿＿＿＿＿＿＿＿＿＿＿＿＿

(3) 以下是前一段情書的網路讀者譯文，請同學比較一下你自己的譯文，並思考以下譯文偏向歸化或是異化譯法？為什麼？

「二十年前，未相知時。然郎情妾意，夢繞魂牽。執子之手，白雪為鑒。彈指多年，添歡膝前。苦樂相倚，不離不變。愛若磐石，相敬相謙。今二十年歷經種種，料年老心睿，情如初見，唯增兩鬢如霜，塵色滿面。患難歡喜與君共，萬千真意一笑中。便人間天上，癡心常伴儂。」

_____

_____

(4) 以下是二十世紀初加拿大傳教士馬偕所著的《福爾摩沙紀事》(From Far Formosa) 書中一段描述台灣的文字，請試譯看看。

Far Formosa is dear to my heart. On that island the best of my years have been spent. There the interest of my life has been centered. I love to look up to its lofty peaks, down into its yawning chasms, and away out on its surging sea.

_____

_____

_____

_____

(5) 以下是前一段文字的詩歌譯文，請同學比較一下你自己的譯文，並思考以下譯文是偏向歸化或是異化的譯法？為什麼？

「我全心所疼惜的台灣，我的心青春攏總獻給你，我全心所疼惜的台灣，我一生的歡喜攏於此，我在雲霧中看見山嶺，從雲中隙孔觀望全地，波浪大海中遙遠的對岸，我意愛在此眺望無息，我心未通割離的台灣，我的人生攏總獻給你。」

參考解答請見 p. 271

翻譯鬧笑話

中國人名常有豐富意涵，很難以歸化方式譯成英文，如國內前最高法院院長王甲乙曾戲稱其英文名字可譯為 A B King，或許算是某種程度的歸化譯法吧。但是武俠小說的人名就常語帶雙關以反映角色的個性和能力，非常難譯。網路上有人乾脆採取音譯或是照字面意思將武俠人名譯成搞笑英文，對外國人而言就是種異化翻譯吧！

李莫愁	Don't Worry Lee	李尋歡	Be Happy Lee
常遇春	Always Meet Spring	楊不悔	No Regrets Young
楊康	Health Young	韋小寶	Baby Way
任我行	Let Me Go	何足道	What To Say
向問天	To Ask Sky	江玉郎	Handsome Man River

附錄

參考解答

第一章　翻譯概述

無參考解答。

第二章　中英語言比較

第 1 節　中英語序比較

(p. 41)　鮮學現賣

最新報導指出，居家護理是**美國前五大賺錢的加盟產業之一**。
《今日美國報》

(p. 43)　鮮學現賣

小提琴家**演出**超水準，**迷倒**全場觀眾。

(p. 46)　鮮學現賣

出版《華爾街日報》的道瓊斯集團表示：因為廣告收入比預期
少，第一季營收將遠低於分析師的估算。《美聯社》

(pp. 48-49)　腦力激盪

1. 中文受到傳統說書影響，「某某人說」習慣放在句首，英文
   則無此限制，置於句首、句中、句尾皆可。

2. 中文的時間副詞通常置於句首，英文的時間副詞則通常出
   現在句尾。

3. 英文常用後位修飾，例如以 -ible 或 -able 結尾的形容詞、
   〈of + 名詞〉(a question <u>of great importance</u>)、〈like + 名
   詞〉(a popular singer <u>like him</u>) 等；中文則多用前位修飾，
   例如「可以…的」、「<u>重要的</u>問題」、「<u>像他這樣的</u>當紅歌手」。

4. 英文裡長串的修飾語，常以形容詞子句置於所要修飾的名詞後面，翻譯成中文時往往會反過來，把修飾語放在名詞前面。不過此處也可以採用順譯法：「慧真七年級就開始用手機，傳簡訊都不用看鍵盤」，可依據上下文情境選擇合適的譯法。

5. 中文習慣敘事在前：「我們必須提供穩定的資金來源來購書」、表態在後：「這點非常重要」；但英文則往往相反，表態在前、敘事在後。

(pp. 49-50) 學以致用

1. 去年七月，歐洲聯盟便建議柏林當局開放服務業市場、鼓勵薪資隨生產力提升而調漲，以增加國內消費需求。《金融時報》

2. 因為電腦相關公司營收優於預期，更多人認為未來網路交易會更頻繁，投資人再度對相關類股產生興趣，導致亞馬遜網路書店和其他網路零售業者股價上漲。《今日美國報》

3. 某破產信用合作社的前主管，先前因盜用公款遭到起訴，週五又因違法超貸造成 16 億日圓的損失而遭控背信。《每日新聞》

第 2 節　中英詞性比較

(p. 67) 鮮學現賣
這個展覽最吸引人之處，在於**展示**了牛頓的理念如何從狹隘的科學界往外**傳播**。《紐約時報》

(p. 69) 鮮學現賣
腦容量愈大，朋友愈多。（頭條新聞網）

(p. 70)　腦力激盪

1. 誰也不敢說他究竟有沒有罪。

2. 他做丈夫雖然失敗，做總統卻很成功。

3. 他雖然生性內向，卻比他父親還有名。

(pp. 70-71)　學以致用

1. 蜜雪兒和黛碧雖然**睡得很沉**，但就是不安靜，**不僅會踢被，還會說夢話**。《暗處》，吉莉安·弗琳著

2. 他生得俊，又聰明，**跳舞**跳得不錯，槍法還不算壞，網球也**打**得很好，開派對總少不了他，而且買花、買高級巧克力絕不手軟，雖然很少請客，請起來倒也別出心裁討人歡心。《剃刀邊緣》，毛姆著

第 3 節　中英語態比較

(p. 88)　學以致用

(1)　1. 北區國稅局呼籲業者，販售料理酒時，<u>料理酒應陳列於調味用品區</u>，並與飲用酒隔開。

2. 隱私與新聞自由同樣重要，<u>隱私權不容媒體新聞自由侵犯</u>。

(2)　1. 一排排**給**北風磨利的牙齒

2. 擁有一個女人並**為**這個女人所擁有

3. 那樣毫無保留地凝望著你也**讓**你瞪視

第 4 節　中英思維比較

(p. 93)　鮮學現賣

1. 西化原因：此句不需使用「而且還又」等連接詞。句末的「它」也可省略。

建議修改：你這棟房子冬暖夏涼、坐北朝南，教我怎麼能不喜歡。

2. 西化原因：重複使用代名詞。連接詞「而且」也可省略。

建議修改：他們都是男生，都喜歡打籃球。

3. 西化原因：重複的代名詞「你」和連接詞「如果」、「那麼」都可省略。

建議修改：只要肯用功，你考試一定能過關。／只要你肯用功，考試一定能過關。

(p. 100)　鮮學現賣

1. 害群之馬

2. 貴族

3. 愛拍馬屁的人

4. 大腦

5.（健康或心情）很好的

6. 負債

(p. 103)　學以致用

1. 偷窺狂

2. 分手信

3. 一般人

4. 中餐桌上的轉盤

5. 貨真價實的東西

第三章　翻譯方法與技巧

第 1 節　詞語的翻譯方法

(pp. 113-114)　學以致用

(1)　音譯的例子包括：探戈 (tango)、迪士尼 (Disney)、比基尼 (bikini)、羅曼蒂克 (romantic)、俱樂部 (club)、高爾夫 (golf)、烏托邦 (utopia) 等等。

(2)　**強制音譯**：

幽默 (humor)、布丁 (pudding)、卡通 (cartoon)（也可意譯為「動畫」或「動畫片」，但若將「動畫」回譯成英文，多半是 animation，跟 cartoon 稍有不同）

音意並存：

夾克 (jacket)（意譯：外套）、粉絲 (fans)（意譯：〔影、歌、球〕迷）、馬殺雞 (massage)（意譯：按摩）

音意兼顧：

駭客 (hacker)、部落格 (blog)、幫寶適 (Pampers)、脫口秀 (talk show)

局部音譯：

（畫底線處為音譯部分）<u>吉普</u>車 (jeep)（「車」字為增補）、<u>撲克</u>牌 (poker)（「牌」字為增補）、<u>冰淇淋</u> (ice cream)（「冰」字為意譯）、<u>保齡</u>球（英文若是 bowling，則「球」字為增補；英文若是 bowling ball，則「球」字為意譯）

(3)　Borders 書店可譯為「博得識」或「飽讀書」書店，兼顧音譯及創意。Sisley 於台灣的中譯名為「希思黎」，不妨也可譯為「稀世麗」或「希時麗」。

(pp. 125-127)　學以致用

(1)　直譯的例子包括：高峰會 (summit)、足球 (football)、芝麻街 (Sesame Street)、綠卡 (green card)（其中「卡」屬於音譯）、電磁波 (electromagnetic wave)、聯合國 (United Nations)、溫室效應 (greenhouse effect)、性騷擾 (sexual harassment)、性別歧視 (gender/sex discrimination) 等等。

(2)　**逐字式直譯**：

牙刷 (toothbrush)、賽車 (race car)、雨衣 (rain coat)、遙控

(remote control)、政治正確 (politically correct)、電子郵件 (email)

微調式直譯：

瓶裝水 (bottled water)（bottled「裝瓶」在字序上微調成「瓶裝」）、食蟻獸 (anteater)（「食蟻」是字序上的微調，「獸」是字義上的微調）、放大鏡 (magnifying glass)（glass「玻璃」在字義上微調成「鏡」）、全民健保 (national health insurance)（national「國家；全國」在字義上微調成「全民」）

增減式直譯：

獨角獸 (unicorn)（「獸」字是額外的增補）、加油站 (gas station)（「加」字是額外的增補）

混合式直譯：

爆米花 (popcorn)（「爆」譯自 pop「跳；突然冒出」，在字義上微調並兼顧模仿 pop 的發音，有音譯的效果，「米」是直譯或是「玉米」的微調，「花」字是額外的增補，也可算是一種形譯）、顯微鏡 (microscope)（「鏡」是 scope「看；觀看器具」字義上的微調，「顯」字是額外的增補）、伺服器 (server)（「伺」是額外的增補，「器」是字義上的微調）

(3) **Everpure** 可直譯為「永淨」、「長純」、「恆淨」等名稱。ever 是「永遠；持續；長久；恆常」之意，pure 是「純潔；清淨」之意。不過許多外商企業可能希望中文消費者記得或認得其品牌之原音原貌，或者擔心將品牌以歸化方式直譯會令消費者以為是本土品牌而非外國品牌，因此即使其品牌具有顯而易見的意思，卻仍採用音譯或音意兼顧的譯法。例如 Everpure 採音譯「愛惠浦」較有外來風，若按字義直譯為「永淨」則本土味較重，可能會影響消費者對該品牌的觀感和購買意願。

Cuisinart 可直譯為「廚之藝」、「烹術師」、「膳餚士」、「美饌家」等名稱。cuisine 是「烹飪；菜餚」之意，art 是「藝術；技藝」之意。直譯時可能須微調字義或字序，或者略做增補如「之」、「師」、「士」、「家」等字，才能譯出優美響亮的名稱。

Groupon 可直譯為「團購惠」、「群購券」、「優購幫」等名稱。group 是「團體；群集；群眾」之意，coupon 是「優惠券」之意。參考譯名中的「優購幫」將 group 譯為「幫」，屬於字義上的微調，將「幫」字移至詞尾，「優」字移至詞首，則屬於字序上的微調；「購」字則屬於增補。

(4)

英文	中譯
financial derivative; derivative financial product	衍生性金融商品
initial public offering (IPO)	首次公開發行
World Trade Organization (WTO)	世界貿易組織
International Monetary Fund (IMF)	國際貨幣基金
genetically modified food (GM food)	基因改造食物
liquid crystal display (LCD)	液晶顯示器
Anti-lock Brake System (ABS)	防鎖死煞車系統
Multi-media Messaging Service (MMS)	多媒體訊息服務

(pp. 136-138)　學以致用

(1)　意譯的例子包括：紅茶 (black tea)、詢問處 (information desk)、吹風機 (hair dryer)、薯條 (French fries)、不被看好的一方 (underdog)、打籃球 (shoot some hoops)、事後諸葛／放馬後砲 (Monday morning quarterback)、淋浴 (hit the shower)、母乳 (breast milk) 等等。

(2) **習語意譯：**

光說不練 (lip service)、坐牢 (behind bars)、防患未然 (nip in the bud)、書呆子 (bookworm)、貓哭耗子 / 假慈悲 (crocodile tears)

創改意譯：

吸塵器 (vacuum cleaner)、拼圖 (jigsaw puzzle)、各自付帳 (go Dutch)、隨身碟 / 拇指碟 (flash drive)、香港腳 / 足癬 (athlete's foot)、便利貼 (sticky note/Post-it note)

(3) 1. sour grapes：酸葡萄（逐字式直譯）；吃不到葡萄說葡萄酸 / 嫉妒心態（創改意譯）；見不得別人好（習語意譯）。

2. correction tape/liquid：修正帶 / 液（逐字式直譯）；立可白（創改意譯）。

3. bandwagon effect：篷馬車效應 / 樂隊花車效應（逐字式直譯）；從眾效應 / 西瓜效應（創改意譯）；「西瓜偎大邊」效應（習語意譯）。

4. walk down the aisle：步入禮堂（微調式直譯）；走向地毯的另一端（混合式直譯）；結婚（習語意譯）。

5. against all odds：儘管勝算很小 / 在不被看好的情況下（創改意譯）。

6. out of the blue：突如其來 / 冷不防地 / 如晴天霹靂般（習語意譯）。

7. jump through hoops：跳火圈（微調式直譯）；竭盡所能地討好〔某人〕（創改意譯）。

(4) falk 或許可以意譯為「臉窺」，例如：He's been falking all the time. 譯為「他一天到晚在『臉窺』別人。」

學以致用

(1) 形譯的例子包括：八字鬍 (mustache)、C 字褲 (C-string)、十字起子 (Phillips screwdriver)、牛角麵包 (croissant)、一字起子 (slotted screwdriver)、平頭 (crew cut)、馬臉 (long face)、A 字裙 (A-line skirt) 等等。

(2) **英文字母類：**

L 夾／L 型文件夾 (L-folder)、臉上的 T 字部位 (T-zone of the face)

中文字形類：

丁骨牛排 (T-bone steak)、凸版印刷 (relief/letterpress printing)

形狀紋線類：

圓領 (crew neck)、三角牆 (gable)

物體器官類：

鐘乳石 (stalactite)、喇叭褲 (flared trousers)

動植生物類：

老虎鉗 (vise)、兔唇 (cleft lip/palate)、蛇行 (weave in and out of traffic)

(3) 1. square face：國字臉（中文字形類）

說明：若譯為「方臉／方形臉」則屬直譯，方形恰似中文的「國」字外框。

2. split：一字馬（中文字形類）

說明：split 是體操的劈腿動作，由於兩腿呈「一」字，中文習慣稱為「一字馬」，「馬」是沿用「馬步」之意。

3. flounced skirt：荷葉邊裙（動植生物類）

說明：flounced 指的是波浪狀的滾邊，恰似荷葉的邊緣，此名稱已成為服飾上的固定用語。

4. batwing sleeves：飛鼠袖（動植生物類）

　　說明：英文用 batwing 將衣袖形容為「蝙蝠翼」；由於其外形近似飛鼠兩腋的滑翔構造，因此台灣習慣稱為「飛鼠袖」。batwing 有時也直譯為「蝙蝠袖」。另外，從事滑翔運動時穿的 wingsuit 也有人稱為「飛鼠裝」，則算是形譯。

第 2 節　單句的翻譯方法

(pp. 151-152)　鮮學現賣

(1)　1. c. 革除　2. a. 起飛　3. d. 刪除　4. b. 脫掉

(2)　1. 有挑戰性的　2. 困難的

(pp. 154-155)　學以致用

1. 他是我想要**效法**的對象。他畢竟是個值得學習的模範。

2. 他是我要盡力**抗衡**的對象，即使輸了也沒有遺憾。畢竟他是我遇過最頑強的敵人。

3. 他的**死因乍看之下**是自殺，但後來證實為謀殺。

4. **據說**大象怕老鼠。

5. 環境的改變對他有**良好的影響**。現在他工作起來更有效率。

(p. 160)　鮮學現賣

(1)　他踏進房子之前先看了大門，環顧院子，再凝視著老舊的燈。

(2)　1. 衣服　2. 地　3. 工作　4. 這本小說

(pp. 163-164)　鮮學現賣

(1)　1. 大　2. 好 / 棒　3. 強 / 大

(2)　1. 那位運動員**很**優秀，但他的對手更傑出。

2. 我們吃了點早餐**後**，打掃了房子，**然後**去野餐。

(pp. 167-168) 學以致用

(1) 1. 一份　2. 這些／許多

(2) 1. 白雪讓他睜不開眼。

2. 這個想法**很好**，但可能不像你想的那麼容易實行。

3. **許多**／**一些**男孩和女孩在陽光普照的原野上玩耍。

4. 她完成了連男人都無法完成的任務。**真是了不起**！

5. 其他亟待解決的**種種**環境問題也都很重要。

6. 建國的**諸位**先賢面對我們難以想像的危險，撰擬了確保法治與人權的憲章。（美國總統歐巴馬就職演說）

(pp. 172-173) 鮮學現賣

(1) 1. Before we see the movie, we need to buy tickets first.

看電影之前要先買票。

2. Whatever the result is, we have to accept it.

無論結果如何，我們都必須接受。

3. He covered his face with his hand.

他用手遮住臉。

(2) 1. It takes two to tango.

一個銅板敲不響。／一個巴掌拍不響。

2. You can't have your cake and eat it too.

魚與熊掌不可兼得。

3. If a job is worth doing, it is worth doing well.

要做就要做到好。

4. It's better to give than to receive.

施比受更有福。

(p. 175) 鮮學現賣

(1) 這真是本有用的教科書，有關翻譯的事項都解釋得很清楚。

(2)　1. X　湯尼下週將搬到台中。

　　　 2. O　台北到台中的火車票多少錢？

(pp. 178-179)　學以致用

(1)　1. 說比做容易。

　　　 2. 眞是不可思議，他對媽媽說出這種話。

　　　 3. 此次金融危機沒有造成全球大蕭條。

(2)　1. 你出發度假前，最好再確認一次機位。

　　　 2. 那個節目眞好笑。我們全家都很喜歡。

　　　 3. 他長時間投入那個案子是值得的。

　　　 4. 主管一同意，我們就可以著手進行新案子。

　　　 5. 這間店週一到週五營業，週末不營業。

　　　 6. 我需要紙筆。

　　　 7. 我們必須彈性調整營運方式以擴大市場占有率。

(pp. 186-187)　鮮學現賣

(1)　1. 我們**討論**之後修改了部分計畫。

　　　 2. 莎拉很會**說故事**。

　　　 3. 我們必須**決定**接下來怎麼做。

　　　 4. 他們的表現**比**平均水準**差**。

　　　 5. 他因爲遲到而**抱歉**。

　　　 6. 時間**到**。

(2)　1. X　那行文字生動地**描繪出**她遭受的苦難。

　　　 2. X　我們**面臨**重大的危機。

　　　 3. O　在中國與台灣，紅色是歡樂的**象徵**。

　　　 4. X　那位**友善的**男士是我最好的朋友。

鮮學現賣

(1) 1. We wish you <u>prosperity</u> in your business.

敬祝生意**興隆**。

2. The <u>heat</u> of sun made us sweat.

酷熱的太陽讓我們汗水直流。

(2) 1. They took a <u>wonderful</u> trip to New Zealand.

他們在紐西蘭玩得**很愉快**。

2. He moved into <u>sole</u> possession of first place.

他**獨**占冠軍寶座。

學以致用

1. 消防人員滅火時有許多人在旁**圍觀**。

2. 昨天夜裡他和兒子**聊了很久**。

3. 這世界上誰**游得最快**？

4. 她十分**感激**他及時的幫助。

5. 我弟弟開窗讓新鮮空氣**進來**。

6. 新法將在七月一日**生效**。

7. 這個盒子的**尺寸**是 30 公分長，20 公分寬，15 公分高。

8. 那位善良的婦人時時幫助**有需要的人**。

9. 他比較**會做**而不**會說**。

10. 那個被開除的人刻意**不完成**工作。

鮮學現賣

1. 我**認為**那是**不可能**的。

2. 她認爲自己**無法負荷**工作量，於是決定辭職。

學以致用

1. 全班有一半的人期末考**不及格**。

2. 如果你上課幾乎**從不出席**，那就難免會被當掉。

3. 你得先學會愛自己，**才能**眞正愛別人。

4. **有**你適時幫忙，我**才能**完成任務。

5. 不論你如何將事情合理化，我**絕不**參加任何**違法**活動。

(pp. 210-211) 學以致用

1. 今晚我在全校面前表演。

2. 小女孩穿著新洋裝在花園裡蹦蹦跳跳。

3. 華盛頓國民隊的投手王建民受到許多台灣人民喜愛，不只因爲他的投球技巧精湛，也因爲他協助提升台灣的國際知名度。

4. 如果不是他太累，如果他注意到雪花已如羽毛般從空中疾旋而下，他可能就會發現自己正直直朝著暴風雪前進，或許他從一開始就會發現這趟旅程將永遠改變他的人生，於是選擇回頭。

5. 根據週三發表的調查結果，觀光及商務乘客對航空公司的滿意度均下滑。

(p. 215) 鮮學現賣

他自出生就**遭到**父親**虐打**，直到五歲時鄰居終於向警方報案。

(pp. 218-219) 學以致用

1. 體驗過台灣生活的陸客及陸生都**深受**台灣民主、自由及人權價值的**影響**，**希望**他們返回中國大陸後，**能將**這些價值**帶回**並爲其社會帶來改革。

2. 公共衛生專家**將**抽菸禁令**視為**降低人民抽菸比例及促進健康的重要方式，若能**有效執行**，也可**成為**改善人民健康生活態度及環境的重要政策。

3. 一項有關手機禮節和數位分享的調查顯示，90% 的美國人認為**人們透露**了太多個人訊息，近半數的人覺得網路上的資料氾濫得**讓人受不了**。

4. **根據**最新民調，過去四年來對同性婚姻的支持度不斷升高，可見美國人整體的政治及社會觀念正逐漸改變。**據信**民主黨、共和黨、精英團體、弱勢族群及各年齡層民眾對於同性婚姻合法化的支持度都在上升。

第 3 節　多句的翻譯方法

(pp. 225-226)　學以致用

1. 洗澡時他聽到電話響了。

2. 炎夏八月總有許多年輕人在豔陽下游泳。

3. 我在美國住了 15 年，2000 年 1 月剛返鄉。

4. 沒人料到如此祥和的小鎮會發生這種悲劇。

5. 網路搜尋常會獲得意料之外的資訊。

(p. 234)　鮮學現賣

1. 法國人為他們的經濟潛力感到自豪，**這似乎很合理**。

2. **是否要參加前男友的婚禮**，她很難決定。

3. **他沒有遵守交通規則**，造成昨天的車禍。

4. 那男孩躺在床上，**看著窗外的山景**。

5. 他在房間來回踱步，**努力思考解決辦法**。

6. 請陶冶我的兒子，**使他不要只有幻願而無實際作為**。〈麥帥為子祈禱文〉

(p. 235)　學以致用

1. 看午夜場的電影或者與朋友電話熱線，也許是聖誕夜的愉快經驗。

2. 她們家很不情願地送出了兩個小孩,分別在七歲和八歲時送走。

3. 到了 2030 年,兩國排放的二氧化碳將占全球排放量的三分之二,而二氧化碳正是全球暖化的元凶。

4. 門沒鎖,瑪莉走了進去,她幾乎癱瘓,無法挪動腫脹的雙腳。

5. 要克服怕死的心理,也許最好的辦法是去想:有生就有死。

(pp. 238-239) 學以致用

1. 當我們觀看體操選手驚心動魄的表演時,最鼓舞的莫過於中國選手的最後一跳,這一跳使得中國男孩們登上了冠軍台。

2. 在風和日麗的高雄,來自 35 個國家和地區的 1,300 多名選手,參加了本世紀最後一屆世界殘障奧運比賽。

3. 布魯金斯學會的中國政治分析專家李成表示,這場領導人的大風吹也意謂中國的財經、外交、公安和軍事高層官員「在 2012 年後大多會是新人」。《新聞週刊》

第 4 節　歸化與異化譯法

(pp. 251-254) 學以致用

(1) 1. 異化:我想沒有任何女人能夠抗拒**布萊德.彼特**的魅力。
　　歸化:我想沒有任何女人能夠抗拒**金城武**的魅力。

2. 異化:那本書被喻為投資界的**聖經**。
　　歸化:那本書被喻為投資界的**孫子兵法**。

3. 異化:天下沒有**白吃的午餐**。
　　歸化:天下沒有**不勞而獲的事**。

(2)　二十年前，我們對彼此認識並不多。直覺引領我們彼此相遇，你讓我神魂顛倒。在阿瓦尼結婚那一天，天上下著雪。多年以後，孩子一一報到，我們度過順境、逆境，但從來沒有一天不是相知相惜。我們對彼此的愛與尊重與日俱增、愈陳愈香。我們一起經歷了太多事情，現在，我們又回到二十年前的那個地方。年紀漸長、智慧漸增，臉上和心中都有了歲月的刻痕。我們經歷了人生的歡樂、苦痛、祕密與各種奇妙的事，而我們依然相守。我為你神魂顛倒，至今猶未回過神來。《賈伯斯傳》華特・艾薩克森著，廖月娟、姜雪影、謝凱蒂譯

(3)　此網路譯文採用中國文言文，包含中文獨具的一些四字詞組和成語，如：郎情妾意，夢繞魂牽。執子之手，白雪為鑒。彈指多年，添歡膝前。苦樂相倚，不離不變。愛若磐石，相敬相謙。其中「執子之手」更是出於《詩經》[1]，全篇文藝色彩濃厚，屬於歸化式譯文。當然賈伯斯是不可能寫出文言的情書，所以我們只能把這些譯文當成趣談。

(4)　遙遠的福爾摩沙是我所摯愛的地方，在那裡我曾度過最精華的歲月，那裡也是我生活關注的中心。望著島上巍峨的高峰、深峻的山谷及海邊的波濤，令我心曠神怡。《福爾摩沙紀事》馬偕著，林晚生譯

(5)　這段譯文是後人所譯的台語聖詩，名為「最後的住家」。出版者為具有台獨意識的前衛出版社，譯文很明顯地針對說河洛話的台灣本地讀者作了歸化式翻譯。

---

1 《詩經・邶風・擊鼓》：擊鼓其鏜，踴躍用兵，土國城漕，我獨南行。從孫子仲，平陳與宋，不我以歸，憂心有忡。爰居爰處，爰喪其馬，于以求之，于林之下。死生契闊，與子成說，執子之手，與子偕老。于嗟闊兮，不我活兮，于嗟洵兮，不我信兮。

參考文獻書目

丁聲樹、呂叔湘等 (1999)《現代漢語語法講話》。北京：商務。

王力 (1944)《中國語法論集》。北京：商務。

王治奎 (2004)《大學英漢翻譯教程》。山東：山東大學出版社。

王東風 (2002)〈歸化與異化：矛與盾的交鋒？〉，《中國翻譯》*23*(5)，22-26。

王武興 (2003)《英漢語言對比與翻譯》。北京：北京大學出版社。

汪化云、肖擎柱 (2008)。〈說「形譯」〉，《漢字文化》*6*，19-21。

余光中 (2009)〈從西而不化到西而化之〉，《分水嶺上》。台北：九歌。

余光中 (2009)《分水嶺上》。台北：九歌。

余光中 (2006)《從徐霞客到梵谷》。台北：九歌。

余光中 (2000)《余光中談翻譯》。北京：中國對外翻譯出版公司。

呂瑞昌 (2003)《漢英翻譯教程》。香港：香港公開大學出版社。

屈承熹、紀宗任 (2006)《漢語認知功能語法》。台北：文鶴。

林晚生（譯）(2007) 馬偕原著《福爾摩沙紀事：馬偕台灣回憶錄》。台北：前衛。

林語堂 (1967)《語言學論叢》。台北：文星。

吳潛誠 (2011)《中英翻譯：對比分析法》（修訂版）。台北：文鶴。

柯平 (1994)《英漢與漢英翻譯》。台北：書林。

思果 (2003)《翻譯研究》。台北：大地。

陳定安 (2010)《英漢句型對比與翻譯》。台北：書林。

陳定安 (1997)《英漢比較與翻譯》。台北：書林。

陳德鴻、張南峰 (2000)《西方翻譯理論精選》。香港：香港城市大學。

連淑能 (1993)《英漢對比研究》。北京：高等教育出版社。

曹逢甫 (1993)〈中文被動句的幾點觀察〉，《香港語文建設通訊》*42*，42-50。

梁實秋 (2008)《雅舍文選》。台北：九歌。

郭著章 (2007)《英漢互譯實用教程》(修訂第三版)。武漢大學出版社。

湯廷池 (1988)《漢語詞法句法論集》。台北:台灣學生。

湯廷池 (1979)《國語語法研究論集》。台北:台灣學生。

黃克孫 (2010)《魯拜集》。台北:書林。

黃宣範 (1982)《漢語語法論文集》。台北:文鶴。

張昀霓 (2009)〈象似性視角的形譯新解〉,《湖南醫科大學學報(社會科學版)》*11*(6),218-219。

張培基等 (1993)《英漢翻譯教程》。台北:書林。

張麗麗 (2006)〈漢語使役句表被動的語義發展〉,《語言暨語言學》*7* (1),139-174。

廖柏森 (2014)《翻譯教學理論、實務與研究》。台北:文鶴。

廖柏森 (2011)《英文論文寫作不求人 2》。台北:眾文。

廖柏森 (2010)《英文論文寫作不求人》。台北:眾文。

廖柏森 (2009)〈溝通式翻譯教學法之意涵與實施〉,《翻譯論叢》*2* (2),65-91。

廖柏森 (2007)《新聞英文閱讀與翻譯技巧》。台北:眾文。

廖柏森、林俊宏、丘羽先、張裕敏、張淑彩、歐冠宇 (2011)《翻譯教學實務指引:從 15 份專業教案開始》。台北:眾文。

蔣炳榮 (2007)《現代英語語法》。台北:書林。

劉宓慶 (2006)《新編英漢對比與翻譯》。北京:中國對外翻譯出版公司。

劉宓慶 (1997)《英漢翻譯訓練手冊》。台北:書林。

劉宓慶 (1997)《文體與翻譯》。台北:書林。

劉靖之(編) (2003)《翻譯新焦點》。香港:商務。

劉英凱 (1987)〈歸化──翻譯的歧路〉,《現代外語》*2*,58-64。

賴慈芸(譯)(2005)《翻譯教程》。台北:培生。

譚載喜 (1991)《西方翻譯簡史》。北京:商務。

Baker, M. (1992). *In other words: a coursebook on translation*. London: Routledge.

Benson, T. W., & Prosser, M.H. (1988). *Readings in Classical Rhetoric*. Davis: Hermagoras Press.

Canale, M., & Swain, M. (1980). Theoretical bases of communicative approaches to second language teaching and testing. *Applied Linguistics, 1*, 1-47.

Cao, D. (1996). A model of translation proficiency. *Target, 8* (2), 325-340.

Catford, J. (1965). *A linguistic theory of translation: an essay in applied linguistics*. London: Oxford University Press.

Chao, Y.-R. (1970). *Language and Symbolic Systems*. Cambridge: Cambridge University Press.

Colina, S. (2003). *Translation teaching, from research to the classroom: a handbook for teachers*. Boston: McGraw-Hill.

Gile, D. (1995). *Basic concepts and models for interpreter and translator training*. Amsterdam: John Benjamins.

Jakobson, R. (1959). On linguistic aspects of translation. In R. A. Brower (Ed.), *On translation*, 232-239. Cambridge, MA: Harvard University Press.

Kelly, D. (2005). *A handbook for translator trainers: A guide to reflective practice*. Manchester: St. Jerome.

Kennedy, G. (1998). *Comparative rhetoric: an historical and cross-cultural introduction*. New York: Oxford University Press.

Kiraly, D. C. (2000). *A social constructivist approach to translator education*. Manchester, UK: St. Jerome.

Li, C., & Thompson, S. (1981). *Mandarin Chinese: A Functional Reference Grammar*. Berkeley: University of California Press.

Mundy, J. (2008). *Introducing translation studies: theories and applications* (2nd ed.). London: Routledge.

Nida, E. A. (1982). *Translating Meaning*. New York: Penguin.

Nida, E. (1964). *Toward a science of translating*. Leiden, Netherlands: E. J. Brill.

Nida, E., & Taber, C. R. (1969). *The theory and practice of translation*. Leiden, Netherlands: E. J. Brill.

Nord, C. (2005). *Text analysis in translation: theory, methodology, and didactic application of a model for translation-oriented text analysis* (2nd ed.). Amsterdam/ New York: Rodopi.

Schleiermacher, A. (1992). On the Different Methods of Translating (W. Bartscht, Trans.). In R. Schulte & J. Biguenet (Eds.), *Theories of Translation: An Anthology of Essays from Dryden to Derrida*, 36-54. Chicago: University of Chicago Press.

Shuttleworth, M. & Cowie, M. (2004) *Dictionary of translation studies*. Shanghai Foreign Language Education Press.

Venuti, L. (1995) *The translator's invisibility*. London: Routledge.

Vermeer, H. J. (2004). Skopos and commission in translation action (A. Chesterman, Trans.). In L. Venuti (Ed.), *The translation studies reader* (2 ed.), 227-238. New York: Routledge.

MEMO

ENGLISH-CHINESE TRANSLATION 1:
BASIC THEORIES AND METHODS

新聞英文閱讀與翻譯技巧

定價：350 元

■ 台北大學應用外語系教授陳彥豪、
　台師大華語文教學研究所副教授謝佳玲，專文推薦！

同類書籍中，唯一著重「英文新聞文體特色」及「閱讀翻譯技巧分析」兩大重點！廖柏森博士以他曾在《遠東經濟評論》、非凡電視台、《經濟日報》等擔任新聞編譯的實務經驗，結合英語教學的專長，經由透析文體原理，幫助讀者培養新聞英文應用能力，是坊間難得一見的專書。

翻譯教學實務指引：從 15 份專業教案開始

作者：廖柏森、林俊宏、丘羽先、張裕敏、張淑彩、歐冠宇
定價：480 元

■ 全國第一本翻譯教案！

本書由師大翻譯所廖柏森教授與五位資深譯者兼翻譯教師編寫而成。15 份教案依六階段架構發展，步驟清晰；教案主題多元，有效激發學生學習興趣。全書另收錄了豐富的譯例，尤其推薦給對翻譯有興趣、想要自學翻譯或報考相關考試的讀者。

英文研究論文寫作：關鍵句指引

定價：380 元

■ 交通大學教授郭志華、台北大學副教授劉慶剛，專文推薦！

本書基於研究論文寫作的特色，大量收錄源自英美學術期刊上的文章及句型範例，經分類整理而有系統地呈現。全書介紹完整論文架構，及其各章節經常使用的文法結構、表達方式和字彙片語，精選國際學術期刊慣用句法 600 則，英文寫作常用範例 300 句。

英文研究論文寫作：文法指引

定價：480 元

■ 台北大學教授劉小梅、交通大學教授孫于智、
　台灣大學副教授張嘉倩，專文推薦！

英文研究論文因文體的特殊要求，在文法使用上也有它的獨特性。像是一般英文的時態有 12 種，但在論文寫作上只會用到五種時態，而在描述內文時，這五種時態都有其不同的邏輯和論理的要求。對於論文寫作者來說，文法的重要性也就在此！

英文研究論文寫作：搭配詞指引

定價：480 元

■ 清華大學教授張俊盛、交通大學教授鄒應嶼、
　 台灣師範大學教授陳浩然，專文推薦！

學術英文和一般英文的文體不同，有其獨特且慣用的搭配用字。本書精選學術英文領域中常見的100個詞彙，搭配英文期刊、學術書籍和語料庫的豐富例證，提供充足的文境讓讀者了解搭配詞的義涵和用法，是撰寫英文論文的學子不可或缺的工具書。

英文研究論文寫作：段落指引

定價：450 元

■ 政治大學特聘教授賴惠玲、台灣師範大學教授陳秋蘭，
　 專文推薦！

本書整合「英文研究論文」系列書籍的精華，除了收錄英文論文慣用的句型段落，更逐一講解句子、用字、文法，甚至進一步提供標點符號的正確用法，教導寫作者參考專業論文的語意邏輯、套用論文既有句型結構，帶領寫作者從第一句寫到最後一句！

英文研究論文發表：口語報告指引　　MP3

定價：350 元

■ 台北大學副教授左偉芳、交通大學副教授張靜芬，專文推薦！

本書收錄的英語句型，主要來自國際學術研討會、國內外相關的口語報告英文書籍、專業網站和語料庫，學習者若能參照本書所提供的英語句型，加上聆聽模仿 MP3 中的範例，就可在各種學術口語情境使用英語，達到事半功倍的效果。

美國老師教你寫出好英文

作者：Scott Dreyer・廖柏森

定價：320 元

本書由美國老師 Scott 以及台灣師範大學廖柏森教授攜手合作，其豐富的英文寫作教學經驗，使本書成為專為台灣學生打造的英文寫作專書。Scott 老師透過寫作 7 大文體以及獨家 12 步驟寫作技巧，並藉由批改台灣學生的英文作文，教導讀者從無到有寫出好英文！

國家圖書館出版品預行編目（CIP）資料

英中筆譯 1：基礎翻譯理論與技巧 / 廖柏森等合著 -- 初版 . -- 臺北市：眾文圖書，2013.06 面；公分
ISBN 978-957-532-434-6（平裝）1. 翻譯
811.7   102007015

SE056

英中筆譯1：基礎翻譯理論與技巧

定價 380 元
2020 年 10 月 二版 2 刷

作者	廖柏森・歐冠宇・李亭穎・吳碩禹
	陳雅齡・張綺容・游懿萱・劉宜霖
責任編輯	葛窈君
總編輯	陳瑠琍
主編	黃炯睿
資深編輯	顏秀竹
編輯	何秉修・黃婉瑩
美術設計	嚴國綸
行銷企劃	李皖萍・藍偉貞・楊詩韻
發行人	陳淑敏
發行所	眾文圖書股份有限公司
	台北市 10088 羅斯福路三段 100 號
	12 樓之 2
網路書店	www.jwbooks.com.tw
電話	02-2311-8168
傳真	02-2311-9683
郵政劃撥	01048805

ISBN 978-957-532-434-6
Printed in Taiwan